RICHARD LIFKA
Doppelkopf

Kontra, Re: Wer spielt mit wem?

Ninus Hagens zweiter Fall führt ihn in die Welt des Scheins und der Scheine. Während der Detektiv in einem bundesweiten Versicherungsbetrug ermittelt, wird die Ehefrau eines Wiesbadener Bankdirektors unter mysteriösen Umständen entführt.

Was zunächst wie eine gescheiterte Erpressung aussieht, entpuppt sich als ein ausgeklügelter Plan, hinter dem mächtige Kräfte die Fäden ziehen. Es geht um wesentlich mehr, als um läppische zwei Millionen Euro Lösegeld. Wie beim Kartenspiel *Doppelkopf* stellt sich erst nach und nach heraus, wer zusammenspielt.

Richard Lifka

geboren 1955 in Wiesbaden. Studium Germanistik, Politik, Geschichte und Soziologie in Mainz und Frankfurt am Main. Von 1983 bis 1989 Dozent an der Universität in Iasi/Rumänien für Literaturwissenschaft und Deutsche Kulturgeschichte. Seit 1990 selbstständig als freier Autor und Journalist. Für Feuilletons diverser Tageszeitungen arbeitet er als freier Journalist und ist Mitglied der Autorengruppe deutschsprachiger Krimiautoren *Das Syndikat.*

Er veröffentlicht unter seinem Namen Kriminalromane, Erzählungen und Kurzkrimis. Wenn er zusammen mit seinem Koautor Joachim Biehl schreibt, nennt er sich manchmal *Elka Vrowenstein*. Mit seinem Koautor Christian Pfarr nennt er sich *Lifka/Pfarr.* Seit 2007 leitet er Schreibwerkstätten zum Thema *Krimischreiben*.

Internet: *www.krimiundmehr.de*

Richard Lifka
Doppelkopf

Kriminalroman

Originalausgabe

Umschlag & Fotos: Wolfgang Hofhansl
Brücken Verlag
Kirschblütenstr. 35, 65201 Wiesbaden
Email: info@brueckenverlag.de
www.brueckenverlag.de
ISBN: 978-3-935136-36-5

Das Doppelkopf-Spiel

Die Regeln

oder wie das Leben die Karten verteilt …

Doppelkopf ist ein Kartenspiel zwei gegen zwei.

Die beiden Spieler mit einer *Kreuzdame* (Re-Partei) spielen zusammen gegen die *Contra*-Partei. Zunächst kennt kein Spieler seinen Partner.

Spätestens nach der Spielfindung weiß jeder Spieler, zu welcher Partei er gehört. Ein besonderer Reiz des Spiels besteht darin, dass keinem Spieler die Parteizugehörigkeit der anderen Spieler von Anfang an bekannt ist und er infolgedessen eine Zeitlang auch nicht weiß, mit wem er zusammenspielt. Dies erschwert die Zusammenarbeit mit dem Spieler der eigenen Partei vor allem in der Anfangsphase ungemein.

Hochzeit ist eine Spielvariante bei der ein Spieler, der zwei Kreuzdamen auf der Hand hat, Hochzeit ansagen kann. Der Partner ist derjenige, der den ersten Stich macht.

Es gibt viele *Variationen* und *Sonderregeln*, sodass schon die Einigung auf die verwendeten Regeln vor jedem Spiel schwierig werden kann.

In jedem Spiel gibt es zwei Parteien. Die Spieler gehören entweder der *Re-Partei oder* der *Kontra-Partei* an. Es kommt nicht nur darauf an, selbst gut zu spielen, sondern auch gut mit seinem jeweiligen Mitspieler zusammenzuarbeiten.

Fuchsfangen: Als Fuchs wird das Karoass bezeichnet, also der Trumpf mit der höchsten Punktzahl. Gelingt es einer Partei, der gegnerischen Partei diese Karte in einem Stich abzujagen, erhält sie dafür einen Sonderpunkt. Da alle Karten doppelt im Spiel sind, ist es natürlich auch möglich, zwei Füchse zu fangen. Es kann auch vorkommen, dass die Parteien gegenseitig ihre Füchse fangen.

Beim *Damensolo* stechen nur die Damen, wobei ihr Rang beibehalten wird. Dementsprechend gibt es acht Trumpfkarten.

Doppelkopf ist ein Kartenspiel zwei gegen zwei.

Die beiden Spieler mit einer *Kreuzdame* (Re-Partei) spielen zusammen gegen die *Contra*-Partei. Zunächst kennt kein Spieler seinen Partner.

Spätestens nach der Spielfindung weiß jeder Spieler, zu welcher Partei er gehört. Ein besonderer Reiz des Spiels besteht darin, dass keinem Spieler die Parteizugehörigkeit der anderen Spieler von Anfang an bekannt ist und er infolgedessen eine Zeitlang auch nicht weiß, mit wem er zusammenspielt. Dies erschwert die Zusammenarbeit mit dem Spieler der eigenen Partei vor allem in der Anfangsphase ungemein.

Hochzeit ist eine Spielvariante bei der ein Spieler, der zwei Kreuzdamen auf der Hand hat, Hochzeit ansagen kann. Der Partner ist derjenige, der den ersten Stich macht.

Es gibt viele *Variationen* und *Sonderregeln*, sodass schon die Einigung auf die verwendeten Regeln vor jedem Spiel schwierig werden kann.

In jedem Spiel gibt es zwei Parteien. Die Spieler gehören entweder der *Re-Partei oder* der *Kontra-Partei* an. Es kommt nicht nur darauf an, selbst gut zu spielen, sondern auch gut mit seinem jeweiligen Mitspieler zusammenzuarbeiten.

Fuchsfangen: Als Fuchs wird das Karoass bezeichnet, also der Trumpf mit der höchsten Punktzahl. Gelingt es einer Partei, der gegnerischen Partei diese Karte in einem Stich abzujagen, erhält sie dafür einen Sonderpunkt. Da alle Karten doppelt im Spiel sind, ist es natürlich auch möglich, zwei Füchse zu fangen. Es kann auch vorkommen, dass die Parteien gegenseitig ihre Füchse fangen.

Beim *Damensolo* stechen nur die Damen, wobei ihr Rang beibehalten wird. Dementsprechend gibt es acht Trumpfkarten.

Erstes Buch

Kontra

Prolog

Sie erwachte in der Realität ihrer aussichtslosen Situation. Für kurze Zeit hatte ihr ein Traum Beweglichkeit, Wärme und Sicherheit vorgegaukelt. Anstatt getragen von sanften Wellen in gleißender Sonne unter strahlend blauem Himmel durchs Karibische Meer zu kraulen, lag sie von oben bis unten besudelt vor dem kalten Heizkörper einer fremden Wohnung. Ausgehungert und ausgetrocknet dämmerte sie dem Tod entgegen. Wer sollte sie finden, wer wollte sie finden? Hier, in der Anonymität irgendeines Hauses, irgendeiner Wohnung, hinter irgendeiner verschlossenen Tür? Sie hatte weder Kraft zu stöhnen, noch zu jammern, geschweige denn zu rufen. Ein letzter Funke Hoffnung wünschte den Traum zurück. Im Lebenselement Wasser davon zu gleiten, über den Horizont hinaus, verlockendem Licht entgegen, in eine friedliche Welt der Ruhe und Geborgenheit. Doch das Unterbewusstsein hatte ebenfalls aufgegeben, schaffte es nicht mehr, sie hinauszutragen, hinaus aus diesem Elend. Weit, weit entfernt hörte sie ein Geräusch. Eine neue, andere Fantasie? Das Knacken eines sich im Schloss drehenden Schlüssels. Ein reibendes Rutschen, wie wenn eine Tür aufgeschoben wurde. Schritte! Deutlich. Deutlicher und lauter als alles, was sie je in ihrem Leben gehört hatte. Sie sammelte die verbliebene, kärgliche Kraftreserve und hob blinzelnd die Lider. Steinfliesen. Sonst nichts. Wieder so ein schöner Traum. Noch einmal genoss sie das friedliche Gefühl, gerettet zu werden. Ein verzweifelter Restverstand befahl ihr, den Kopf zu heben und der Wahrheit ins Gesicht zu sehen. Da stand er. Ein Mann. Ihr Retter! Schaute auf sie herab.

Mittwoch, 31. Dezember

»Heiraten!«, verkündete Ninus Hagen vollmundig.

Lena Rotmilch riss die Augen auf.

»Das geht nicht«, brummte Wanninger verärgert.

»Haben Sie das genau überprüft?« fragte Klaus Krückemeyer und zwinkerte dabei Lena zu.

»Ich weiß gar nicht, was ihr wollt«, entrüstete sich der Privatdetektiv. »Ihr habt gesagt, wenn zwei zusammen sind, muss man heiraten und hat die Wahl, es entweder zu verschweigen oder laut zu verkünden. Und genau das habe ich gemacht.«

In diesem Moment trat Alejandro, der Wirt des *La Chirona*, an den Tisch und brachte eine neue Runde Getränke.

»War Bier nix gut, oder warum so böse Gesichter? Heute letzter Tag im Jahr, da müsst ihr fröhlich sein, singen, tanzen und trinken.«

»Er will heiraten«, erklärte KK und griff nach dem Glas mit Kamillentee.

»Ninus, mein geliebter Freund, mittelguter Schnüffler. Hast du endlich Carla gefragt?«

»Traut der sich nie«, gab die rothaarige Lena zu verstehen und nippte an ihrer Bionade mit Ingwergeschmack.

Franz Wanninger verzichtete auf weitere Kommentare und trank einen großen Schluck vom frisch gezapften Pils.

»Bei eurer Laune, vergeht einem sogar die Lust auf einen guten Rioja«, schmollte Hagen und beschnüffelte genüsslich das Bouquet des Marquese Murrieta de Reserva.

»Ich habe wirklich alles richtig gemacht.«

»Fast, mein lieber Ninus, aber leider nur fast.«

Lena beugte sich über den Tisch zu Hagen hin, tätschelte ihm eine Wange und erklärte süffisant: »Heiraten ist zwar etwas Schönes, aber bei diesem Spiel hier heißt es schlichtweg Hochzeit ...«

»... Wortklauberei ...«

»... und Hochzeit sagt man an, vor dem ersten Stich und nicht nach dem vierten ...«

»... aber da habe ich erst gemerkt, dass ich zwei Damen ...«

»... das war dann einfach zu spät. Vorher richtig hingucken! Außerdem geht es in diesem speziellen Falle um die Kreuzdamen und nicht um die Herzdamen ...«

»... ich habe nur eine Kreuzdame, aber zwei Herzdamen. Wer eignet sich besser fürs Heiraten als die Herzdamen?«

Lena gab auf. Sie konnte sich nicht mehr zurückhalten und prustete los. Die beiden anderen Herren am Tisch stimmten ein. Nur Alejandro, der konzentriert dem Wortwechsel zwischen Hagen und Lena gelauscht hatte, schüttelte den Kopf.

»Was ist mit Hochzeit. Wer ist deine Herzdame? Das rote Teufelchen da oder Carla oder gibt es noch eine ... du gesagt, du haben zwei Herzdamen, nein, eigentlich drei, eine noch mit einem Kreuz. Ninus, von Nonnen lass die Finger, das ist Sünde ...«

Ninus stand beleidigt auf, verließ den Tisch, ohne die anderen eines Blickes zu würdigen und ging schnurstracks zur Toilette.

Als Ninus zurückkehrte, herrschte einigermaßen Ordnung in der illustren Runde. Die Spielkarten waren weggeräumt.

»Spielen wir nicht mehr?« fragte Hagen.

»Weißt du, Ninus«, begann Beppo, »Kartenspielen ist nicht jedem in die Wiege gelegt. Muss auch nicht sein. Und gerade Doppelkopf ist ein verzwicktes Spiel für ausgebuffte Zocker. Sei nicht traurig, mit ein wenig

Übung wirst auch du es schaffen. Aber dieses Jahr nicht mehr. Prost, Herr Detektiv.«

Wanninger hob das Glas und alle taten es ihm nach.

»Auf uns, auf unsere Freundschaft.«

Es hatte einen Anflug von Verschwörung, wie die fünf Freunde alleine in dem spanischen Lokal saßen und auf den Beginn des neuen Jahres warteten.

Das *La Chirona* in der Goldgasse war das Stammlokal des Privatdetektivs. Hier nahm er seine Mahlzeiten ein, hier trank er zwischendurch einen Espresso oder saß stundenlang bei einem Glas Wein und grübelte über sich und die Welt. Hier traf er sich mit Mandanten, Freunden, Feinden und Geliebten. Der Wirt kannte Ninus besser, als sein Vater ihn je gekannt hatte.

Schon lange verband die so ungleichen Männer eine tiefe Zuneigung, wenn es auch nach außen hin eher wirkte, als stritten sie sich ununterbrochen. Alejandro Labrador y Tirado stammte zwar aus Spanien, lebte aber seit über dreißig Jahren in Deutschland und sprach akzentfreies Deutsch. Sein spanisches Gestammel pflegte er lediglich aus geschäftlichem Kalkül heraus. Das spanische Essen schmeckte einfach spanischer, der Wein mundete südländischer, wenn er beim Servieren durch die deutsche Grammatik hoppelte.

Er liebte seine beiden Kinder über alles; den dreizehnjährigen Sohn Felix als seinen Stammhalter und die sechsjährige Maria als seine Prinzessin. Heroisch verteidigte er die männliche Vorherrschaft im Kampf der Geschlechter bei lautstarken Wortgefechten mit der Herrin der Familie und der Küche, seiner deutschen Frau. Das *La Chirona* war geschlossen, da Elisabeth mit den Kindern zu ihrer Schwester nach Kalifornien geflogen war. Spontan hatte Alejandro seine Freunde zu einer Silvesterparty eingeladen. *Jahresabschlussfeier der einsamen Herzen*, wie er es nannte.

Nicht ohne Grund. Nicht nur er war Strohwitwer, auch Ninus Hagen musste alleine ins neue Jahr rutschen. Wie gerne hätte er mit seiner neuen Liebe Carla einen gemütlich-romantischen Silvesterabend verbracht. Aber ihr Vater, der pensionierte Diplomat, war nur noch diese drei Tage in Deutschland, bevor er sich mit seiner jungen Frau Agneta nach Australien aufmachen und Töchterchen Carla ihn für Monate nicht mehr sehen würde. Zu verstehen. Dennoch, es wäre ihr erster gemeinsamer Jahreswechsel gewesen!

Kriminalhauptkommissar Franz Wanninger war nicht liiert und beteiligte sich nie an Gesprächen, die um das Thema Liebe, Ehe oder Partnerschaft kreisten. Von seinen Freunden wurde er liebevoll, von seinen Feinden respektvoll Beppo genannt. Beppo nach dem Schauspieler Beppo Brehm, der in den sechziger Jahren die Hauptrolle in der Fernsehkrimiserie *Die seltsamen Methoden des Franz-Joseph Wanninger* spielte. Ein Vergleich, der hinkte. Brehm war ein hoch aufgeschossener, eher rustikaler Bayer, der Wiesbadener dagegen ein schmächtiger, aus Hamburg stammender Hänfling. Er und Ninus kannten sich seit Jahren und waren eng befreundet.

Genauso eng und tief war Hagens Beziehung zu der Journalistin Lena Rotmilch. Als sie sich vor vielen Jahren kennenlernten, hatte er sich sofort in das rothaarige Energiebündel verknallt und ihr war es ähnlich ergangen. Bis Lena festgestellt hatte, dass sie sich mehr zum weiblichen Geschlecht hingezogen fühlte. Lena war ein eigenes Kapitel in Hagens Leben und zurzeit ebenfalls ohne feste Beziehung. Lena war es auch, die den einzigen Neuling in die vertraute Runde mitgebracht hatte.

KK, wie sie ihn vorstellte, hieß eigentlich Klaus Krückemeyer und war ein Kollege von Lena. Er war Reporter bei HR3 und seine witzigen Reportagen mittlerweile weit über Hessens Grenzen hinaus bekannt. Er und Lena hatten sich zufällig bei einer Lesung im Wiesbadener Literaturhaus getroffen und dabei festgestellt, dass ein Silvesterabend so ganz alleine nicht das wahre Leben sei und gar nicht witzig. Spontan hatte Lena ihn ins *La Chirona* eingeladen. Und KK war gekommen.

Bald hatte sich herausgestellt, dass Beppo, Lena, Klaus und Alejandro passionierte Doppelkopf-Spieler waren und es für eine gute Idee hielten, den letzten Abend des Jahres spielerisch zu verbringen. Einzig Ninus hatte zu Spielkarten keinerlei Affinität. Dunkel erinnerte er sich, als Kind mit seiner jüngeren Schwester hin und wieder *Mau-Mau* gespielt zu haben.

»Das musst du unbedingt lernen. Ich erkläre es dir.« Lena war voller Eifer gewesen und hatte den Wirt sofort um ein Kartenspiel gebeten. Ninus, dem jede Ablenkung Recht war, ließ sich auf das Experiment ein.

»Das ist fast ein detektivisches Spiel, weißt du Ninus. Durch geschicktes Kombinieren und Taktieren musst du herausfinden, wer mit wem zusammenspielt. Das weiß man anfangs noch nicht. Entscheidend sind die beiden Kreuzdamen. Die machen gemeinsame Sache, gegen die beiden anderen Spieler ...«

Nach dreißig Minuten schwirrte Hagen der Kopf. So viele Regeln und Ausnahmen konnte er sich nicht merken. Nach einigen Probespielen mit offenen Karten und zwei Runden mit verdecktem Blatt, war das Vorhaben *Ein Detektiv lernt Doppelkopf* nach Hagens *Hochzeitsverkündung* für gescheitert erklärt worden.

»Ich habe es gleich gesagt, Glücksspiele sind nicht mein Ding. Vor allem nicht, wenn es um Damen geht.«

»Oh, wie wir dich bedauern«. Lena stand auf, schritt um den Tisch herum und legte beide Arme von hinten um Ninus.

»Stimmt so nicht. Ich bin immerhin eine deiner Herzdamen, alleine meiner roten Haare wegen und mindestens so wertvoll wie die teuflischen schwarzen, wer und wo sie auch sein mögen. Und die andere, deine Carla, liebt dich, das weißt du ganz genau. Also spiele hier nicht den schwarzen Buben mit gebrochenem Herzen.«

»Na dann Prost.«

Kurhaus

Während in der spanischen Kneipe die Stimmung langsam in Fahrt kam, zeigte sich die Schickeria der Stadt auf dem Silvesterball im Kurhaus. Gestylt, aufgemotzt, restauriert und eingezwängt in aktuelles Modedesign stolzierten die Damen und Herren der feinen Gesellschaft durch die wunderschönen Säle. Man begrüßte und grüßte, Champagnergläser schwenkend, jeden, der einem so über den Weg lief oder vorbeirauschte.

Im Foyer, gegenüber dem Eingang zur Spielbank, standen der Bankdirektor Alexander de Rascalère und seine Ehefrau Silke. Sie unterhielten sich mit einer bekannten Sportjournalistin, als sich eine weitere Dame zu ihnen gesellte. Sie trug zu ihrer engen schwarzen Hose über der schwarzen, hochgeschlossenen und eng taillierten Rüschenbluse einen reich verzierten Bolero. Ihre stark gekräuselten Haare waren schwarz und standen in einem eigenwilligen Kontrast zu den hellblauen Augen.

An der Garderobe gab eine etwa fünfundzwanzigjährige Frau mit braunem zu einem Bubikopf geschnittenem Haar ihren Mantel ab und schaute unentwegt zu ihnen hinüber. Nachdem sie ihre Garderobenmarke eingesteckt hatte, schlenderte sie zielstrebig auf die Gruppe zu.

»Guten Abend, Herr de Rascalère, schön Sie zu treffen. Frau de Rascalère, sehr angenehm. Ihr Mann hat schon so viel von Ihnen erzählt.«

»Guten Abend, Frau Gurutze. Angenehm. Endlich lerne ich Sie persönlich kennen. Was machen denn die Bankgeschäfte? Ihr Institut soll ganz schön ins Trudeln geraten sein?«

»Lassen wir das Thema lieber. Nichts mehr von Geschäften. Ärgern können wir uns nächstes Jahr noch genug«, erwiderte die Angesprochene lächelnd und wandte sich der Journalistin zu.

»Sind Sie nicht Brigitte Pausewang, die Fußballreporterin beim SWR?«

»Ja. Woher kennen Sie mich?«

»Mein Freund ist begeisterter Fan von Mainz 05. Er verpasst keine Ihrer Moderationen. Er hat mir erst vor ein paar Tagen Ihr Bild im Internet gezeigt.«

»Und das hier, Frau Gurutze, ist Dr. Pinga Mondschein, Rechtsanwältin und eine gute Bekannte«, beendete Alexander die Vorstellungszeremonie.

Andrea Gurutze reichte ihr die Hand, schaute sie länger als opportun an und meinte: »Mondschein? Kommt mir sehr bekannt vor. Habe ich Ihren Namen nicht im Zusammenhang mit einem ziemlich spektakulären Prozess gelesen?«

Die Anwältin nickte. »Wahrscheinlich. Gab einen gehörigen Presserummel. Aber wie Sie richtig bemerkten, lassen wir es für dieses Jahr genug sein.«

Bevor allgemeines Schweigen einsetzte, schaute der Bankdirektor auf seine Uhr und verkündete aufgeräumt: »So, meine Damen. Es wird Zeit. Lassen Sie uns zur Beletage eilen, damit wir von dort das Feuerwerk auf dem *Bowling Green* genießen und auf das Neue Jahr anstoßen können.«

De Rascalère schritt mit vier illustren Damen im Gefolge voraus.

Silvester im Kurhaus, das war für viele Wiesbadener wie auch Gästen aus der Region mehr als eine liebgewordene Tradition. Sie schätzten nicht nur das stilvolle Ambiente des Kurhauses und die ausgesuchten Diners sondern auch die ungezwungene Atmosphäre der Silvester-Party, bei der in allen Sälen und Räumen ein abwechslungsreiches Programm mit viel Live-Musik geboten wurde. Und nicht zuletzt das beeindruckende Musik-Feuerwerk, mit dem das Neue Jahr wenige Minuten nach Mitternacht auf dem *Bowling Green* vor dem Kurhaus begrüßt würde. Auch in diesem Jahr hatten die Silvester-Gäste bei der Frage, wie sie in großer Robe oder dem *Kleinen Schwarzen* und Smoking den Abend des 31. Dezembers verbringen wollten, gleich zwischen fünf Varianten die Qual der Wahl.

Mit *Nobel´S Silvester Clubbing, Nobel´S Privée, Nobels´S Silvester Dinner* und der *Nobel´S Silvester Gala* ließen sich erlesene mehrgängige Menüs in der Beletage des Kurhauses, im Spielbank-Restaurant, in *Nobel´S Bistro* und im *Christian-Zais-Saal* genießen.

Aber auch diejenigen, die sich für den Besuch der Silvester-Party entschieden hatten, mussten auf die Köstlichkeiten aus der *Nobel´S-Küche* nicht verzichten, denn im Wintergarten wie im *Salon-Kaiser-Wilhelm*, fanden die Partygäste kulinarische Buffets.

Nachdem die Wiesbadener Kultband *Nightbirds* die große Party eröffnet hatte, konnten auch die Gäste, die nur im Besitz einer Flanierkarte waren, das große Parkett betreten. Danach, vom Alkohol schon leicht enthemmt, wackelte es sich prima zu lateinamerikanischem Feuer und Leidenschaft der Gruppe *Latino-Latino*, um anschließend in nostalgischer Tanzmusik der 20er bis 50er-Jahre zu versinken.

Gegen drei Uhr morgens, begannen die meisten Kurhausgäste das Fest zu verlassen. Die Taxischlange reichte von den drehbaren Eingangstüren bis zum Theaterparkhaus. Die Mobilfunknetze waren fast alle im Normalbetrieb, hin und wieder knallte irgendwo in der Stadt noch ein Feuerwerkskörper oder zischte eine verspätete Rakete in den wolkenverhangenen Nachthimmel. Die Anzahl der Polizei- und Feuerwehrsirenen verringerte sich in dem Maße, wie die Krankentransportsignalhörner zunahmen. Die Gruppe um Alexander de Rascalère hatte sich nach und nach aufgelöst. Die Sportmoderatorin war als Erste gegangen, man erwartete sie noch auf einer anderen Party, Silke und ihr Mann waren gegen zwei von ihrem Chauffeur abgeholt worden.

Im *La Chirona* hatte Lena die Beine auf dem Tisch und pfiff leise und ziemlich falsch eine traurige Melodie, Ninus versuchte aus den runden Bierdeckeln einen Turm zu bauen, was einfach nicht gelingen wollte. Beppo hatte die Hände vor dem Bauch gefaltet und schnarchte dezent vor sich hin. Nur Alejandro war noch einigermaßen fit. Zum hundertsten Male erklärte er Klaus Krückemeyer, wie sich eine Frau zunächst hofieren und später verführen lässt. KK schien aufmerksam zuzuhören, allerdings wanderten seine Gedanken kreuz und quer durch die Rock- und Popgeschichte, versuchte den einen oder anderen Song vorzutragen, musste freilich feststellen, dass nach der entsprechenden Menge Sekt und Alejandros Selbstgebranntem kein Text mehr so richtig zu den schwirrenden Melodien passte. Unverhofft stand Alejandro auf, begab sich zu Ninus hinüber und klopfte ihm heftig auf die Schulter. »Komm Freund, lass uns eine Runde Doppelkopf spielen. Jetzt wirst du es packen.«

»Scher dich nach Spanien, du *iberischer envenenador* und schlechtester Gastgeber des neuen Jahres. Deine Gäste schmachten hier mit knurrendem Magen und du willst so einen Kinderkram veranstalten. Ich werde in die *cocina* gehen und den *Johann Lafer* spielen.«

»Eine vorzügliche Idee«, sprang ihm KK bei. »Während ich ein paar Stullen schmiere, kannst du mir erklären, was ein envenenador ist.«

»Ich helfe. Ich bin berühmt für meinen roten Heringssalat ...«, ereiferte sich Lena, wozu Beppo mit geschlossenen Augen brummte: »Welche Farbe sollte dein Heringssalat sonst haben ...«

Einige Minuten später standen fünf Chefköche um Alejandros Herd herum und diskutierten, was sie zubereiten wollten.

»Roten Heringssalat gibt es nur an Weihnachten...«

»Mit labberigem Baguette kann man keine Stullen schmieren ...«

»Ich halte mich da raus, ich bin für den Kaffee zuständig ...«

»Knöpfchen drücken am Automat, richtig kreativ, wenn du mich fragst ...«

»Fragt aber keiner ...«

»Rote Bete hast du, oder ...«

»Auf eine Stulle muss viel Butter ...«

»Gruß an dein Cholesterin ...«

»Was haltet ihr von Bratkartoffeln?«

Plötzliches Schweigen. Das war's. Widerspruchslos wurde Krückemeyers Vorschlag angenommen, woraufhin Alejandro ihm die Kochmütze aufsetzte.

»Du *maestro de cocina* und holst die *patatas* aus der Kammer, Beppo und Ninus schälen sie, meine Wenigkeit wird hauchdünne Scheiben schneiden, die die rote Dame in *la paila* braun und knusprig braten wird. *Manos a la obra*!«

Freitag, 2. Januar

Ninus kratzte sich am Bauch, gähnte genussvoll und tappte barfüßig durch den Küchenbereich seiner Wohnung. Irgendwo musste noch eine Flasche Wasser stehen. Stand aber nicht. Dafür lagen zwei neben dem Regal, jedoch so leer, wie die Schwimmbecken des Kalle-Freibads im Winter. Dann eben Hahnheimer-Spezialquelle. Laut den Wasserwerken sollte die Flüssigkeit aus der Leitung trinkbar sein. Unabgekocht. Gegenwärtig glaubte er es und schüttete zwei große Gläser voll in sich hinein. Schmeckte wie eingeschlafene Füße. An die fortwährenden Kopfschmerzen hatte er sich gewöhnt.

Alejandros verdammter Selbstgebrannter! Den hatten sie nach den köstlichen Bratkartoffeln getrunken, der Verdauung wegen, damit das neue Jahr begrüßt und lange, lange weiterbegrüßt, solange, dass sich der Neujahrstag bereits dem Ende zuneigte, als Ninus endlich das *La Chirona* und seine Freunde verlassen hatte und nach Hause geschwankt war. Der große Vorteil dieses Lokals war unbestritten die Nähe zu Hagens Wohnung und somit in fast jedem Zustand zu erreichen.

Wer feiert, muss auch leiden können. Gut. Akzeptiert, dachte Ninus und schwor, die nächsten hundert Jahre keinen Tropfen Alkohol mehr anzurühren. Kaffee und Zigaretten waren nun die Waffen, mit denen er gegen die Schnapsschäden ankämpfen musste.

Es klingelte an der Wohnungstür. Wer stört denn um diese frühe Morgenstunde?, brummelte er vor sich hin, wobei ihn ein Blick auf die Uhr eines Besseren belehrte. So früh war es gar nicht mehr. Wer kann das wohl sein? Lena? Eher nicht. Die kämpfte sicherlich genauso mit dem Jahreswechselkater wie er. Carla?

Wäre schön, kann aber nicht sein, da sie den letzten Tag des Jahres mit ihrem Vater in Berlin verbracht hatte und erst am Abend zurückkommen würde. Das war der Hauptgrund, warum ihm bei Alejandro einigermaßen die Kontrolle über die Anzahl der geleerten Gläser abhanden gekommen war.

Diese Gedankengänge hatten indes nicht dazu beigetragen, zu klären, wer eigentlich ununterbrochen an der Tür läutete und klopfte. So penetrant konnten genau genommen nur Gerichtsvollzieher oder Vertreter Einlass begehren. Beide fürchtete Ninus nicht. Er erhob sich, zog auf dem Weg zur Tür den Bademantel an, den Bademantel, in dem Carla einst in seiner Wohnung gesessen hatte – Ninus! Es ist gut.

Der Mann, der das Bimmelkonzert veranstaltet hatte und der leicht indigniert auf Hagens Erscheinung reagierte, war der Boss der Hessischen Versicherungs AG, Tochter einer europaweit agierenden Gesellschaft. Schon mehrfach hatte er von der H.V. Aufträge erhalten. Gut bezahlte Aufträge, kleinere und größere, aber stets so heiß, dass man die Ermittlungen weder im eigenen Hause noch von der Polizei hatte durchführen lassen wollen.

»Kommen Sie ruhig rein. Am besten schauen Sie sich nicht um, Sie kennen meine Büroräume bereits und mich betrachten Sie auch nicht so genau. Ich bin etwas indisponiert«, äußerte Hagen und schloss hinter dem Besucher die Tür. Ninus räumte einen Tisch frei, schob einen Stuhl, von dem er einen Aktenstapel heruntergenommen hatte, heran und bedeutete seinem Gast dort Platz zu nehmen.

Minkas, Hans-Werner Minkas. So hieß der Typ, war Ninus eben noch rechtzeitig eingefallen.

»Sie sind krank? Hoffentlich nichts Ernstes, denn wir hätten da einen Job für Sie.«

Ninus winkte ab: »Geht, geht.«

»Tja ... vordergründig sieht es nach Autodiebstahl aus. Es geht um einen silberfarbenen Mercedes SLS AMG. Dieser Luxusschlitten kostet so um die 180.000 Euro. Ein Leasingfahrzeug, das seit letzter Woche spurlos verschwunden ist ... halt, Herr Hagen, bevor Sie einwenden, Autodiebstahl sei nicht ihr Fachgebiet, lassen Sie mich erklären. Geleast hatte diesen Wagen ein gewisser Paul Beyer, der sich als Versicherungs- und Finanzmakler bezeichnet. Anscheinend liefen die Geschäfte des Herrn Beyer nicht besonders gut. Er hatte jedenfalls mehrere Raten nicht bezahlt, sodass er gezwungen wurde, den Wagen zurückzugeben. Was nach seinem Bekunden auch geschehen sei, nach Aussage des Autohauses aber nicht. Beyer behauptet, er habe am 23. Dezember gegen 17 Uhr das Cabriolet auf dem Gelände des Mercedes Autohauses abgestellt und die beiden Schlüssel in den Briefkasten geworfen. Gesehen habe dies ein Mitarbeiter des Autohauses, dessen Name er aber nicht wüsste und den er auch nur vage beschreibt. Nach Aussage der Geschäftsleitung sei der Wagen aber nie auf dem Gelände gesehen worden, kein Mitarbeiter könne sich an Herrn Beyer erinnern, im Briefkasten hätten sich auch keine Schlüssel befunden. Es ist durchaus üblich, dass Kunden des Autohauses ihre Fahrzeuge, die sie zur Reparatur oder Inspektion bringen, auf dem Gelände abstellen und die Schlüssel in den Briefkasten werfen. Wie Sie sich denken können, wird dieser Fall natürlich vor Gericht landen, was aber nur die eine Hälfte der Geschichte ist. Dummerweise ist das Autohaus als auch Paul Beyer bei unserer Gesellschaft versichert.

Das bedeutet, dass wir in jedem Falle zahlen müssen, denn das Auto ist verschwunden, sprich gestohlen.«

Ninus, der sich sehr konzentrieren musste, um den Ausführungen seines Gegenübers zu folgen, wollte einwenden, dass dies zwar ärgerlich sei, aber der Betrag für die Versicherungsgesellschaft nun keinen großen Brocken darstelle, als Minkas fortfuhr.

»Sie denken sicherlich, dass dieser Betrag Peanuts für uns ist. Gewiss, es gibt wesentlich höhere Schadensfälle zu begleichen. Aber zwei Dinge haben uns bewogen, der Sache auf den Grund zu gehen. Zum einen ist es nicht die erste auf diese Art verschwundene Luxuslimousine – es gab einen ähnlichen Fall in Rüsselsheim – zum anderen gehört Beyer zu einer Organisation von Finanz- und Versicherungsmaklern, die wir bereits längere Zeit beobachten. Nichts Konkretes, es ist mehr so ein Gefühl, dass da nicht ganz legale Geschäfte laufen. Wir möchten Sie engagieren, um Licht in die Sache der verschwundenen Autos zu bringen und sich Paul Beyer näher anzuschauen.«

Ninus, der massive Probleme hatte, den Sachverhalt aufzunehmen, fiel ein, dass er seinem Gast ein Getränk anbieten müsste, was er auch sofort tat.

»Einen Kaffee, wenn es nicht zu viele Umstände macht«, erwiderte Minkas, wobei er kritisch auf den Stapel ungespülten Geschirrs auf der Ablage blickte. Das traf sich gut. Nicht der Blick, aber das Verlangen nach Kaffee. Während Hagen an der Kaffeemaschine herumhantierte, versuchte er das Gehörte einzuordnen.

Wenn es sich wirklich nur um Autodiebstahl handelte, würde die Versicherung ihre hauseigenen Ermittler einsetzen. Da steckte mehr dahinter. Minkas war nicht der Typ, der auf ein vages Bauchgefühl hin handelte. Entweder wusste er wirklich nicht mehr über die Sache und hatte Anweisungen von weiter oben erhalten, oder er wollte Ninus nicht alles sagen. Beides sprach dafür, dass die H.V. irgendwie darin verstrickt war oder zumindest einzelne Mitarbeiter.

In den zwölf Jahren, in denen Ninus sich als Privatdetektiv durchs Leben geschlagen hatte, war er dermaßen oft von seinen Auftraggebern belogen oder mit Halbwahrheiten abgespeist worden, dass es für ihn fast normal war, nicht nur die Hintergründe des jeweiligen Auftrags genau zu recherchieren, sondern gleichzeitig auch die dunklen Seiten seiner Auftraggeber aufzuhellen.

Bis die braune Flüssigkeit fertig durch den Filter getropft war, hatte Ninus sich eine Zigarette gedreht und angezündet. Das tat gut. Redete er sich wenigstens ein. An irgendetwas musste der Mensch glauben.

Als er den Kaffee in die Tassen eingeschenkte und diese auf dem Tisch abgestellt hatte, stand sein Entschluss fest. Schließlich musste man nicht nur glauben, sondern auch leben.

Der Rolozko-Fall, der nun fast ein Jahr zurücklag, war sein letzter Job gewesen. Nicht, dass es keine Anfragen gegeben hatte. Das schon. Aber diese Geschichte hatte Hagen mehrfach an die Grenze des Verkraftbaren gebracht. Zu viele Menschen waren gestorben, zu viele verletzt worden, nicht nur körperlich. Lange hatte er mit sich gerungen, die Schnüffelei aufzugeben. Und wenn man so lange mit sich selbst beschäftigt ist, reduziert sich der Kassen- und Kontobestand schnell und gründlich. Nun waren seine Zweifel weggeblasen, wie der letzte Zug an seiner Zigarette. Auf zu neuen Abenteuern, Herr Hagen, feuerte er sich an und wandte sich an Minkas. »Mein Tagessatz hat sich erhöht, die Krise, Sie verstehen, Spesen nach Belegen, Berichte und Ergebnisse wie gewohnt.«

Minkas streckte Ninus die Rechte entgegen, dieser schlug ein und damit war das Geschäft besiegelt.

»Ich freue mich, Herr Hagen, dass wir uns einig geworden sind. Ich schicke Ihnen schnellstens die Vertrags- und Honorarvereinbarung in doppelter Ausführung zu.«

Soviel zur *Ein Mann - ein Wort - Romantik*.

Da der Inhaber spurlos verschwunden war, hatte der Geisenheimer Winzer Ludwig Reichenberger den Auftrag angenommen, sich um das verwaiste Weingut zu kümmern und dort ab und zu nach dem Rechten zu sehen. Die prächtige Villa war verschlossen, die Fenster und Türen mit Holzbrettern vernagelt.

Sein Interesse galt vornehmlich dem Weinkeller. Hier lagerten Weine von unschätzbarem Wert. Seit September, genauer gesagt mit Beginn der Weinlese, den darauf folgenden Kellerarbeiten und dem anschließenden Weihnachtsgeschäft, hatte er keine Zeit mehr gefunden, her zu kommen. Da es ein sonniger Tag war, dieser erste Freitag im Neuen Jahr, hatte er beschlossen einen ausgiebigen Spaziergang durch die Weinberge zu unternehmen. Vom *Klaus* aus war er am Kloster vorbei durch die *Hölle* zum *Goldatzel* marschiert und hatte dabei den Zustand der winterlichen Rebstöcke begutachtet, bevor er hier eintraf. Ein wenig unheimlich wirkte so ein verlassenes Gut, dachte er und fingerte aus der gefütterten Jacke den Kellerschlüssel hervor. Die schwere Eichenholztür ließ sich leicht öffnen, der Lichtschalter befand sich an der linken, weißgekalkten Wand. Reichenberger tappte die Metalltreppe hinunter, durchquerte den Raum, in dem sich im vorderen Bereich hauptsächlich Gerätschaften wie die Etikettiermaschine, der Verkorker, aber auch leere Kartons und Flaschen befanden. Am Ende verzweigte er sich. Rechts führte er zum Flaschenlager, links zu den Gewölben mit den Weinfässern.

Er wandte sich nach links und schritt die Reihe der Weinfässer ab. Auf jedem stand mit Kreide geschrieben, was es beinhaltete, Weinlage und Jahrgang.

Alles schien in Ordnung. Er wollte umkehren, als er

am Ständer eines großen Fasses rechts hinten einen dunklen Fleck entdeckte. Neugierig schlurfte er hin. Flüssigkeit war hier getrocknet und hatte den Boden verfärbt. Er strich darüber, kratzte daran. Weder Wein noch Wasser. Reichenberger betastete das Fass, ein merkwürdiger Geruch stieg ihm in die Nase. Er zwängte sich zwischen den Fässern hindurch, um hinter das große Fass zu gelangen und staunte nicht schlecht, als er bemerkte, dass die Rückwand fehlte.

Was soll denn dieser Unsinn?, fragte er sich kopfschüttelnd, gleichzeitig schlug ihm ein Gestank entgegen, der ihm sofort heftige Übelkeit verursachte. Schnell holte er sein Taschentuch heraus und hielt es sich vor Mund und Nase. Er blickte in den Bauch des hölzernen Gefäßes, sprang entsetzt zurück, knallte gegen das benachbarte Fass und übergab sich.

Eine Stunde später war es mit der Ruhe auf dem Weingut vorbei. Fahrzeuge der Polizei, private und dienstliche, standen im Hof kreuz und quer, mittendrin ein Leichenwagen. Im Weinkeller waren Scheinwerfer aufgestellt und überfluteten alle Bereiche des Verlieses mit grellem Licht. Beamte in weißen Schutzanzügen sicherten Spuren, schossen Fotos und filmten in allen Ecken.

Auch der Innenhof war ausgeleuchtet. Neben einem schwarzen BMW-Kombi standen Kommissar Wanninger und der stellvertretende Leiter der Spurensicherung.

»Und Otto, hast du ein paar Informationen für mich?«

»Älterer Mann, schon seit mehr als vier Monaten tot. Gut sichtbares Loch im Schädel, Schusswunde, wenn du mich fragst. Keine Brieftasche oder ähnliches.«

»Ich habe so eine Vermutung, behalte sie aber noch

für mich. Was denkst du, wann du genaueres weißt?«

»Morgen, aber nicht vor fünfzehn Uhr ...«

Der Gerichtsmediziner wurde vom heraneilenden Max Graf unterbrochen.

»Chef, das ist doch bestimmt der verschollene Petrescu oder was meinen Sie?«

Beppos Kollege wirkte siegesgewiss.

»Wenn Sie noch lauter brüllen, können die Reporter dort drüben direkt mitschreiben! So viel zu meiner zurückgehaltenen Vermutung.«

»Welcher zurückgehaltenen Vermutung?«, fragte Graf eingeschüchtert.

»Vergessen Sie es einfach. Ja, ich denke auch, dass es Petrescu ist. Wir sollten das aber noch nicht öffentlich machen. Wir ziehen uns zurück und lassen die Kollegen in aller Ruhe weiterarbeiten. Otto, du hast das voll im Griff und wir, Herr Graf, machen Feierabend. Schönen Abend noch.«

Wanninger verabschiedete sich mit Handschlag vom Spusi-Chef.

Die Kripobeamten fuhren am Rhein entlang, Richtung Wiesbaden. Beide hingen ihren Gedanken nach. Beppo wollte ursprünglich über die Konsequenzen des Leichenfundes und die weitere Vorgehensweise nachdenken, konnte sich aber nicht konzentrieren.

Fortwährend brummte es in seinem Kopf und das flaue Gefühl im Magen ebbte nur ganz allmählich ab. Die Feier im *La Chirona* wirkte nach. Ich werde alt, stellte er resigniert fest. Nächstes Jahr werde ich 60. Nicht geheiratet, kein Kind gezeugt, kein Haus gebaut und keinen Baum gepflanzt. Wenn ich dereinst diese Welt verlasse, bleibt nichts von mir zurück. Außer einem riesigen Stapel Akten, der in irgendeinem Keller einstaubt und all das beinhaltet, wozu der Mensch in der Lage ist, wenn er zu gierig, zu eifer-, rach- und machtsüchtig wird. Reiß dich zusammen, befahl er sich. Zur eigenen Ablenkung musste nun Graf herhalten.

»Fahren Sie zu sich nach Hause. Ich nehme dann den Wagen mit. Was ich Sie überhaupt seit langem schon fragen will ...«

Graf schaute alarmiert zu seinem Chef hinüber.

»Wartet zu Hause gewissermaßen jemand auf Sie? Ich weiß, dass Sie nicht verheiratet sind und mich ihr Privatleben auch gar nichts angeht, dennoch interessiert es mich.«

»Chef, wirklich. Ich habe Ihnen schon mehrmals von Sabine erzählt. Meine Freundin seit vier Jahren!«

Ach du Scheiße. Beppo, du bist wirklich ein Trottel. Klar, jetzt wo Graf es erwähnte. Aber was hatte er erzählt?

»Klar, weiß ich. Ich meine, wie sieht es denn so aus, mit Hochzeit, Kindern und so?«

Beim Stichwort *Hochzeit* meinte er den Geschmack von Alejandros Selbstgebranntem auf der Zunge zu verspüren und musste unvermutet an Hagens Kartenspielversuche denken. Der hatte wenigstens eine Herzdame. Wobei er das mit der Hochzeit nicht wirklich kapiert hatte, geschweige die Sache mit den Füchsen, was es mit denen auf sich hatte, wann die gefangen waren und wann nicht.

»Ach, ich würde gerne«, antwortet Graf zögernd. »Aber Sabine liebt ihre Arbeit und ist überzeugt davon, wenn sie Kinder bekäme, wär es aus mit ihrem Job. Und solange kein Kind unterwegs sei, gäbe es keinen Grund zu heiraten.«

Graf empfand das unerwartete Interesse des Hauptkommissars an seinem Privatleben höchst verdächtig. Um das Thema zu wechseln fragte er daher: »Der Tote ist bestimmt Petrescu. Sie wollten das nur vor den anderen nicht sagen, stimmt's? Aber im Moment ist kein Reporter in der Nähe. Das Loch im Schädel deutet auf eine unnatürliche Todesursache hin, wenn ich das salopp formulieren darf. Wenn wir beide das vermuten, sollten wir da nicht die ersten Schritte unternehmen?«

Na gut, dachte Beppo, werden wir dienstlich.

»Wer soll es denn sonst sein? Der Zeitpunkt passt. Petrescu ist seit August verschwunden. Bisher geht die Staatsanwaltschaft davon aus, dass er geflohen ist. Soviel ich weiß, gibt es einen internationalen Haftbefehl gegen ihn. Er war die rechte Hand von Andrej Rolozko. Petrescu wurde im Rolozko-Prozess schwer belastet. Die Schmiergelder an Politiker, Aufsichtsräte und Bankmanager sind meist über ihn gelaufen. Wenn er hätte aussagen können oder wollen, wäre so manch prominente Persönlichkeit in den vorgezogenen Ruhestand, wenn nicht gar hinter Gitter geschickt worden. Aber sein Tod passt in die Geschichte. Rolozko hat mittels seiner osteuropäischen Helfer unter seinen Komplizen sauber aufgeräumt, bevor er verhaftet wurde. Vor allem die, die in der letzten Runde gemauert und gemogelt hatten, wurden kurzerhand abgestochen oder abgeschossen. Was wir übrigens unserem Freund Ninus Hagen zu verdanken haben, die Verhaftung meine ich, falls Sie das vergessen haben sollten.«

Dieser Spitze gegen Graf, lag ein mehrjähriges Gerangel der beiden zugrunde. Graf hatte zwar nichts Persönliches gegen Hagen, fand es aber einfach nicht in Ordnung, wenn sich ein privater Schnüffler in die Angelegenheiten der Polizei einmischte oder sogar, wie im Falle Beppo-Ninus, in die Ermittlungen einbezogen wurde. Im Rolozko-Fall hatte Hagen richtig gute Arbeit geleistet und ohne ihn säße Rolozko sicherlich irgendwo auf den Bahamas, würde seelenruhig leckere Cocktails schlürfen und mit den Damen spielen, das musste Graf zugeben. Welche Methoden Hagen teilweise dabei angewandt hatte, sollte besser kein Richter erfahren. Das war genau der Punkt, der Graf an der Freundschaft zwischen seinem Chef und dem Privatdetektiv störte.

»Ich weiß. Die Aufräumarbeiten sind ihm nicht ohne weiteres nachzuweisen. Letztendlich wurde er nur wegen Unterschlagung, Steuerhinterziehung und solchen Dingen verurteilt, was ihm zwar ein paar Jahre in der Butzbacher Vollzugsanstalt eingebracht hat, aber die Dauer ist absehbar. Und von den veruntreuten Millionen sind bisher kaum ein paar Euro aufgetaucht, oder?«

»Richtig. Nicht zu vergessen, dass Rolozkos Anwältin ein gewieftes Luder ist. Jung, attraktiv und gerissen wie ein alter Fuchs. Hat Staatsanwalt Lahm stellenweise ganz schön alt aussehen lassen. Es wird nicht lange dauern und sie findet irgendwelche Hintertürchen, um eine frühzeitige Entlassung zu bewirken. Und Herr Rolozko wird auf Nimmerwiedersehen verschwinden.«

Andrea Gurutze war verwirrt. Derartiges war ihr noch nie passiert. Sich innerhalb von Sekunden zu verlieben, ohne Vorwarnung, ohne zögern. Wie ein elektrischer Schlag war das Gefühl in ihr explodiert, hatte sie zu einem anderen Menschen gemacht. Fantastisch und erschreckend. Sie hatte sich selbst nicht wiedererkannt, kannte sich selbst nicht mehr.

Sie lag in der dampfenden, schaumgefüllten Badewanne und versuchte die Ereignisse der letzten vierzig Stunden einzuordnen, sich darüber klar zu werden. Als sie nach einer traumhaften Nacht, am frühen Morgen in ihre Dreizimmerwohnung in der Siedlung am Schelmengraben zurückgekehrt war, hatte sie sich todmüde in voller Montur aufs Bett fallen lassen und war überglücklich eingeschlafen. Gegen 15 Uhr war sie aufgewacht, hatte sich einen großen Milchkaffee zubereitet, zwei mit Erdnussbutter dick bestrichene Toastbrote gegessen und nachgedacht.

Ihr Liebesabenteuer der letzten beiden Tage war eine Sache, eine ganz andere war ihre Beziehung zu Alex. Vor drei Jahren hatte sie ihn auf einer Kreuzfahrt durch die Ägäis kennengelernt.

Ihre damalige Freundin, die Tochter eines hessischen Ministers, hatte sie mitgenommen. Alex hatte sich nachdem seine Frau sich zurückgezogen hatte, sofort neben sie an die Bar gesetzt und sie unverhohlen angebaggert. Zunächst wollte sie einfach aufstehen, hatte sich dann aber anders entschieden. Sonderbarerweise hatte er ihr gefallen. War es sein klarer, offener Blick hinter der goldgefassten Brille, die er andauernd in die richtige Position rückte, oder waren es seine feingliedrigen, gepflegten Hände gewesen? Jedenfalls wurde es ein schöner Abend, eine schöne Nacht. Ihre schwarze Kleidung, vom kurzen Rock, den Strumpfhosen, der dünnen Seidenbluse, bis hin zu BH und Slip, hatte ihn rasend gemacht – und sie wurde seine Geliebte.

Er mietete ihr die Wohnung und versorgte sie mit den notwendigen finanziellen Mitteln. Er besuchte sie unregelmäßig. Ab und zu nahm er sie mit auf eine Geschäftsreise, wo er sie als Geschäftspartnerin vorstellte, die für eine spanische Bankengruppe arbeite. Was gut passte, schließlich war ihr Vater Baske gewesen und sie sprach perfekt spanisch. Bisweilen fuhr er mit ihr für ein verlängertes Wochenende an die Ostsee. Seine sexuelle Gier hielt sich in Grenzen und war in die Gruppe *normal* einzuordnen. Dass er sich von seiner Frau trennen würde, hatte sie von Anfang an nicht in ihre Planung einbezogen.

Er bereitete ihr ein angenehmes, leichtes Leben. Was sie verunsicherte, waren seine Äußerungen der letzten Zeit. Permanent sprach er davon, alles aufzugeben, ein neues Leben anzufangen. Ein neues Leben zusammen mit ihr, in einem fernen Land. Er sprach in diesem Zusammenhang zwar von der quälenden Situation seiner Ehe, von seiner Frau als einer Furie, die ihm das Leben zur Hölle mache und wie satt er das alles habe.

Andrea vermutete hingegen, dass es noch ganz andere Gründe gab. Nicht umsonst hatte er seinen Vorstandsposten bei der Leipziger Bank verloren. Offiziell war er aus privaten Gründen ausgeschieden. Aber alle Welt wusste, dass dies im Zusammenhang mit den Schwarzgeldermittlungen gegen sein Institut stand. Und nun war er in seinem neuen Job bei der Allgemeinen Wiesbadener Bank abermals in einen Skandal verwickelt, der auch nach Beendigung des Gerichtsverfahrens für Wirbel sorgte. All dies interessierte sie wenig, solange er sie aushielt. Aber mit ihm zusammenzuleben, in einem fremden Land, das hatte eine andere Dimension.

Bis vorgestern hatte sie geschwankt, hatte das Für und Wider abgewogen und war zur Überzeugung gelangt, es sei einen Versuch wert.

Dabei hatte der Silvesterabend ziemlich mies angefangen. Silke war Alexander nicht von der Seite gewichen. Überraschenderweise hatte sie sogar mit ihm getanzt. Auch war sie bis zum Schluss geblieben, ganz im Gegensatz zu ihrer sonstigen Gewohnheit, sich bereits nach kurzer Zeit, Migräne vortäuschend, von allen Festivitäten zu verabschieden. Andrea hatte sich alleine durch die Säle getrieben und gelangweilt. Hatte Silke etwas bemerkt? So anhänglich, wie sie an diesem Abend gewesen war. Zeitweise hatte sie den Eindruck, Silke war froh darüber, wenn sie nicht mit Alexander zusammen sein musste. Sie war sich ziemlich sicher gewesen, dass auch Silke fremdging und deshalb die Freizeitbeschäftigung ihres Gatten ignorierte. Ob sie sich getäuscht hatte? Ohne Frage war es Andreas Glück gewesen. Sicherlich wäre es nie zu jenem außergewöhnlichen Zusammentreffen gekommen.

Andrea tauchte unter, griff nach dem Shampoo und wusch ihre Haare, duschte anschließend, trocknete sich ab und wickelte ein Handtuch turbanartig um den Kopf. Sie zog den schwarzen Bademantel über, tapste auf den Steinfliesen durch den Flur und setzte sich im Wohnzimmer aufs Sofa. Sie griff nach dem Telefon.

»Ich musste dich anrufen ... ja, ich weiß. Ich wollte dir nur sagen, ich glaube, ich habe mich total in dich verliebt. Ich bin glücklich! Nein, heute Abend kann ich nicht, du weißt, Alex ... morgen ist gut ... um zwei ... um drei ... bei dir ... okay, bei mir ... ich kann es kaum erwarten ...«

Die Pflichten einer Rechtsanwältin waren vielfältig, auch wenn sie nur einen einzigen Mandanten hatte. Vielleicht sogar vielfältiger. Sie war abhängig von dessen Launen, von seinen unberechenbaren Einfällen und Vorhaben. Selten befragte man sie im Vorfeld einer Aktion. Ihre Hilfe wurde dann angefordert, wenn es schief gegangen, wenn der Schaden schon entstanden war. Zwar konnte man seine Geschäfte locker am Schreibtisch von zu Hause aus führen, hatte dafür aber auch keine Öffnungs- oder Bürozeiten. Pinga Mondschein war für ihren Mandanten stets erreichbar, musste allzeit in Bereitschaft sein.

Zugegebenermaßen ein gut, sehr gut bezahltes Arrangement. Sie hatte nicht nur viel Geld verdient, sondern hatte es auch sehr profitabel angelegt. Finanziell war sie abgesichert.

Hatte sie gedacht. Wozu zählten zum Freundeskreis ihres Mandanten die einflussreichsten Banker des Landes, wenn man diese Quellen nicht nutzte. Indes hatten genau diese Quellen erbärmlich versagt, als die sogenannte Finanzkrise über die Welt hereinbrach und ein riesiges Loch in ihren Sparstrumpf riss. Sie war zwar nicht verarmt, musste aber nun doch ein paar Jährchen länger die Sklavin ihres Mandanten bleiben, bevor sie sich ihrer Passion hingeben konnte. Malen, Kinderbücher schreiben und musizieren, das war ihre Berufung.

Fast hatte sie ihr Ziel, wie geplant, mit dreißig Jahren erreicht, hätten da nicht *Lehman Brothers* und Konsorten dazwischen gefunkt. Sie hatte sich weitere fünf Jahre verordnet. Fünf Jahre ihres Lebens vergeudet, dank irgendwelcher Spekulanten und krimineller Finanzjongleure, fünf weitere Jahre jederzeit abrufbereit. Sie war mit ihren Honoraren nie verschwenderisch umgegangen. Sie war ein genügsamer Mensch.

Porsche oder Fiat 500, das war ihr nicht wichtig. Allein aus geschäftlichem Interesse hatte sie sich mit dem ausgestattet, was von einer karrieregeilen Frau eben erwartet wurde. Einerseits Geldverschwendung, andererseits, wichtige Investitionen. Die Appartementwohnung, in der sie seit drei Jahren lebte, war ihr viel zu groß, zu modern und zu kalt. Aber für Repräsentationszwecke gut geeignet.

Lediglich zwei Räume mit separatem Eingang hatte sie nach ihrem Geschmack eingerichtet. Ihre Erhol- und Abspannräume, wie sie das Refugium nannte, von dessen Existenz nur sehr wenige Menschen wussten. Der eine Raum ein Musizier- und Mal-, der andere ein Lese- und Hörzimmer. Im letzteren lag sie momentan und lauschte den Klängen von Uriah Heeps Erfolgshit:

She asked me name my foe then. I said the need within some men / to fight and kill their brothers without thought of love or god ... ‚Oh lady lend your hand', I cried, / ‚Oh let me rest here at your side.' / ‚Have faith and trust in me,' / she said and filled my heart with life ...

Sie fühlte sich gut. Augenblicklich besonders. Da signalisierte ihr *Diensthandy* einen Anruf. Stets zu Diensten! Ein befreundeter Justizbeamter, besser gesagt einer, der auf der Gehaltsliste ihres Mandanten stand, rief von einer Telefonzelle aus an. Seine Information war alarmierend. Es war geschehen.

Was sie und ihr Mandant die ganze Zeit über befürchtet hatten, war eingetreten. Pinga schaltete den CD-Player ab, verließ ihr Refugium und eilte ins Arbeitszimmer. Dort fuhr sie den PC hoch und öffnete die Bilddatei *sunset*. Dieses harmlose Bildchen von einem Sonnenuntergang auf Mallorca hatte es in sich. In ihm war eine PGP verschlüsselte Datei versteckt, die nur mit entsprechendem Passwort geöffnet werden konnte. In dieser Datei hatten sie genau festgelegt, was in dem nun eingetretenen Fall zu unternehmen war. Pinga fuhr sich mit beiden Händen durchs Haar. Es wurde ernst.

Ninus hatte Minkas Auftrag angenommen und sich im Internet die notwendigen Informationen besorgt. Paul Beyer bezeichnete sich als Finanz- und Versicherungsmakler. Seine Agentur befand sich am Kaiser-Friedrich-Ring, an der Ecke zur Scheffelstraße, in einem modernisierten Gebäude aus der Gründerzeit. Soweit Ninus das hatte recherchieren können, schien Beyer dort auch zu wohnen. Seine Agentur gehörte zu einem Verbund von Agenturen im deutschsprachigen Raum, die gemeinsam unter dem Namen *Sicher-Finanz* firmierten. Ihr Internetauftritt warb damit, für die Kunden stets die richtigen und kostengünstigsten Versicherungen zu finden, optimale Geldanlagen und günstige Kredite in jeder gewünschten Höhe zu vermitteln. Ewig lange Listen bezeugten mit welchen Versicherungen sie zusammenarbeiteten und mit welchen Geldinstituten.

Als internationale Bank war die GBB, die *German-Business-Bank* aufgeführt und je eine lokale Bank am Ort der Agentur. Beyer schien vorwiegend Geschäfte mit der *Allgemeinen Wiesbadener Bank* zu machen, den Wiesbadenern bekannt unter der Abkürzung All-WiBa.

Ninus hatte beschlossen, noch an diesem Tage der Agentur Beyer einen Besuch abzustatten. Es war zwar Freitag und fraglich, ob Beyer um diese Zeit noch im Büro war, aber hingehen und sich umschauen, konnte keinesfalls schaden.

Draußen war es kühl aber trocken, und Ninus hätte gerne einen Spaziergang bis zum Kaiser-Friedrich-Ring unternommen, entschied sich dann doch dafür, seinen 2CV aus der Tiefgarage zu holen. Dieser Parkplatz unter der Erde, direkt neben seinem Wohnhaus, war zwar der reinste Luxus, was die Höhe der monatlichen Miete betraf, aber sehr komfortabel. Die Chancen, ein Auto irgendwo in der Innenstadt kostenlos abstellen zu können, tendierten gegen Null. Vielleicht musste er Beyer folgen und da war ein fahrbarer Untersatz vonnöten.

Er packte seine digitale Spiegelreflexkamera ein, vergewisserte sich, dass der Akku geladen war und wählte, als er aus der Tiefgarage rausfuhr, Lena Rotmilchs Nummer in Mainz.

Sie hatte sich gestern nicht wohlgefühlt, hatte es zunächst als Nachwirkung der Silvesterfeier bei Alejandro abgetan, aber am Nachmittag hatte sie Schmerzen an der Operationswunde bekommen.

»Hallo Lena, bist du wach? Wollte kurz nachfragen, wie es dir geht? Was ... das kann nicht sein ... aber die Ärzte versicherten, die Operation sei super verlaufen, die Kugel habe keine weiteren Gefäße verletzt ... ach so ... soll ich rüber kommen, kann ich dir irgendwie helfen ... Carla wird das verstehen ... okay, ruf mich aber gleich an, wenn du mehr weißt. Tschüss, Teufelchen.« Lenas Wunde hatte innerlich zu eitern begonnen. Sie musste sofort in die Universitätsklinik. Sie war bereits auf dem Weg dorthin.

Die Einkaufsbummler begannen die Innenstadt zu verlassen, vor den Ampeln bildeten sich Schlangen. Ninus fuhr direkt in die Scheffelstraße, in der Hoffnung, dort seine Ente abstellen zu können.

Er fand auch schnell einen freien Platz, der mit *Anwohnerparken* gekennzeichnet war. Hagen hatte das System nie ganz verstanden. Irgendwie geisterte in seinem Kopf herum, dass man an derart markierten Plätzen zu bestimmten Zeiten parken durfte, auch wenn man keinen Anwohnerparkausweis besaß. So beschloss er, dass dies für Freitagabend zutraf.

Der Eingang befand sich am Ring. Eins dieser schönen alten Häuser mit der verspielten Gründerzeitfassade, Balkonen, Erkern und Nischen. Vier Stufen führten hoch zur Eingangstür.

Auf der hochmodernen Klingel- und Gegensprechanlage stand ganz unten *Generalagentur Beyer*, darüber folgte ein Gynäkologe, eine Rechtsanwaltskanzlei, ein Grafikstudio und neben der obersten Klingel nur ein PB. Der Herr stieg, wenn er Feierabend machte, unters Dach zum Schlafen.

Erstaunt registrierte Ninus, dass sich die Haustür aufdrücken ließ, noch bevor er sich entschieden hatte, welche der Nicht-Beyerischen Klingeln er ausprobieren wollte. Ein Blick genügte, um festzustellen, dass der Entriegelungshebel nach unten geschoben war. Sicherlich, damit die Kunden direkt zu den jeweiligen Praxen gelangen konnten, ohne hier unten stehen zu müssen. Im Hausflur führten weitere sechs Stufen hinauf bis zu einer Pendeltür. Dahinter befanden sich rechts und links je eine Wohnungstür. Links praktizierte ein Frauenarzt, rechts signalisierte ein messingfarbenes Schild die Agentur Beyer.

Die Tür war nur angelehnt, dahinter hörte man lautes und wütendes Geschrei. Das fängt richtig gut an, dachte Ninus und betrat ohne zu zögern den Raum. Die Stimmen kamen aus dem Büroraum ganz hinten. Als er dort ankam, sah er, wie zwei, Lederjacken und Goldkettchen tragende Kerle einen dritten in die Mangel genommen hatten und nicht nur auf ihn einbrüllten, sondern ihre Meinung mit Fausthieben und Ohrfeigen zu verdeutlichen suchten.

Der dritte Mann, ein kleiner dicker, mit lichtem Haar und rundem Kopf, blutete aus Mund und Nase. Er stöhnte vor sich hin und zuckte bei jedem neuen Schlag zusammen und jammerte erbärmlich.

»Wenn ich die Unterhaltung kurz stören dürfte«, machte Hagen sich bemerkbar. Die beiden Schläger drehten sich im Duett um, starrten Ninus verwirrt an und ließen gleichzeitig ihr Opfer los. Beide machten zwei Schritte auf Ninus zu. Dieser hob beschwichtigend beide Hände: »Ganz ruhig, ich wollte mich nur nach dem Versicherungsbüro erkundigen.«

Die beiden ausländisch wirkenden Typen, Ninus tippte auf Osteuropa, wechselten vielsagende Blicke. Der eine drehte sich zu dem jammernd am Boden sitzenden Mann um und drohte mit dem Zeigefinger.

»Du machen bis Montag, was wir gesagt, sonst wir kommen zurück und machen dich platt.«

Dabei ließ er keinen Zweifel daran, wie das nächste Treffen verlaufen würde. Ohne Ninus weiter zu beachten, verschwanden sie.

Zwanzig Minuten später saß der kleine Dicke, der sich nach diversen Reinigungsarbeiten, zweimaligem Übergeben und drei eilig heruntergeschütteten Cognacs als Paul Beyer vorgestellt hatte, hinter seinem Schreibtisch und schlürfte einen doppelten Espresso. Ninus hatte sich mit einem einfachen begnügt. Aus seinem anschwellenden Gesicht grinste Beyer Ninus, der ihm gegenübersaß, verlegen an.

»Dumme Sache«, stammelte er. »Diese Ausländer wollen schnell viel Geld machen, wissen ganz genau welches Risiko sie dabei eingehen und fordern, wenn es schiefgeht, ihr Geld zurück. Bisher hat jedoch niemand so heftig wie diese beiden reagiert.«

Ninus schwieg. Beyer schien erzählen zu wollen. Schließlich war Hagen sein Retter. Beyer wirkte trotz der Blessuren und dem typischen Vertreter-Aussehen und -Gehabe sympathisch, fast einnehmend. Ninus blickte in grundehrliche, treue Augen, die ab und zu schelmisch aber völlig offen wirkten.

»Es ist momentan nicht einfach. Die Finanzkrise hat alle, die sich auf diesem Markt bewegen, tief getroffen. Da ist viel, viel Geld über Nacht verbrannt. Aber die Menschen sind merkwürdig. Sie unterschreiben Verträge, ihnen wird ausführlich erklärt, welche Risiken sie damit eingehen und kassieren auch hemmungslos große Gewinne ein, aber wehe, wenn es andersherum läuft. Da bin ich der Böse, der sich das Geld unter den Nagel gerissen hat. Das betrifft genauso den Versicherungsbereich.

In den Verträgen wird haarklein aufgeführt, was und welche Ereignisse versichert sind und welche nicht. Dennoch gibt es immer wieder einen großen Aufschrei, wenn die Versicherung einen Schaden nicht bezahlt. Nicht weil sie nicht will, sondern weil es nicht vereinbart war.«

Ninus war trotz besseren Wissens geneigt, Beyer zu glauben. Zumindest nahm er ihm ab, dass er wirklich der ehrliche Makler war. Genauso, wie es auf der Internetseite propagiert wurde. Beyer stand auf, wandte sich der sehr professionell wirkenden Kaffeemaschine zu und bereitete einen weiteren Espresso. Dabei fragte er: »Und was hat Sie zu mir geführt?«

Ninus beschloss, mit offenen Karten zu spielen und erklärte, dass er beauftragt war, das mysteriöse Verschwinden des Cabriolets zu klären.

»So, so. Ein waschechter Detektiv sind Sie«, bemerkte Beyer, als er sich gesetzt hatte.

»Typisch Versicherung, will sich wieder ums Zahlen drücken«.

Beyer grinste.

»Kleiner Scherz. Aber es ist eine klare Sache. Das Auto wurde geklaut. Und ist es im Endeffekt nicht egal, wo es gestohlen wurde, bei mir vor der Haustür oder auf dem Gelände des Autohauses. Geklaut ist geklaut und die Versicherung muss für den Schaden aufkommen. Es ist eher ein Kompetenzgerangel zwischen meiner Versicherung und der des Autohauses, oder sehen Sie das anders?«

Ninus war geneigt, es auch so zu sehen, musste aber Beyer berichtigen: »Im Prinzip gebe ich Ihnen recht. Nur geht es hier nicht um zwei verschiedene Versicherungen. Beide, Sie als auch das Autohaus sind bei derselben Gesellschaft ...«

»Oh, das habe ich gar nicht gewusst«, warf Beyer überrascht ein.

Als Ninus sich auf dem Heimweg befand, erschien ihm sein Auftrag plötzlich nachgerade sinnlos. Vermutete Minkas, Beyer habe das Auto selbst verschwinden lassen? Warum die Geschichte mit dem abgestellten Wagen auf dem Firmengelände des Autohauses? Das hatte wenig Sinn. Nun gut, es blieb ihm wohl nichts anderes übrig, als Beyer zu beschatten, um rauszubekommen, in welche dunklen Machenschaften er verwickelt war.

Ninus seufzte. Das hieß stundenlanges Sitzen im Auto, warten, fotografieren und die Zeit totschlagen. Er konnte nur hoffen, dass Beyer nicht den ganzen Tag in seinem Büro verbrachte, sondern auch Kunden besuchte. Er blickte auf sein Telefon. Keine Nachricht von Lena. Er überlegte, ob er nicht direkt nach Mainz in die Uniklinik fahren sollte. Aber Lenas Mutter war bei ihr und Mama Rotmilch war nicht gerade der Mensch, dem Ninus gerne begegnete.

Er hatte sich entschieden und bog kurzerhand vom Kaiser-Friedrich-Ring in die Biebricher Allee ab. Von dort aus gelangte er auf die A66, um später in Richtung Rheingau zu fahren. Schließlich wartete Carla in ihrem Häuschen in Erbach auf ihn. Sie war gestern erst spät aus Berlin zurückgekommen und sie hatten sich zu einem fulminanten Abendessen verabredet. Treffpunkt: Carlas Schlafzimmer, wo ihn sicherlich nicht nur kulinarische Leckereien erwarteten. Ninus gab Gas.

Mittwoch, 7. Januar

»Meinst du, ich bin blöd? Ich weiß, dass du etwas mit dieser spanischen Schlampe hast. Sag mir einfach, wie lange das schon geht.«

Silke de Rascalère griff nach einer Tasse und schleuderte sie in Richtung Alexander. Dieser blieb seelenruhig sitzen. Die Wurfkünste seiner Frau kannte er zur Genüge. Klirrend zerschellte das Geschoss auf den Marmorfliesen des Küchenbodens.

»Das war das letzte Stück aus dem Service deiner Mutter. Gratulation«, spottete er und stand auf. Langsam bewegte er sich auf die tobende Frau zu, die mit hochrotem Kopf und Lockenwickler geschmückt im durchsichtigen Negligé vor ihm stand. Das vor Hass und Wut verzerrte Gesicht ekelte ihn an. Es schüttelte ihn, wenn er daran dachte, diese Furie je berührt, gar geküsst zu haben. Gar nicht zu sprechen von den ehelichen Pflichten. Die wahrhaftig nur Pflichtübungen gewesen waren, von Beginn ihrer Ehe an. Sicher, sie war eine lukrative Partie gewesen, hatte ihm so manche Tür in die Finanzwelt geöffnet. Aber als Frau und Partnerin eine einzige Katastrophe. Er stand dicht vor ihr.

»Willst du mich schlagen? Schlag mich! Mehr kannst du sowieso nicht. Ach, ich vergaß, junge Hühner ficken. Das liegt dir. Wie alt ist die Kleine denn? Zwanzig, höchstens fünfundzwanzig. Ist bereits fast eine alte Fregatte in deiner Sammlung. Solltest dir schleunigst was Jüngeres suchen. Fünfzehnjährige sollen auf so abgetakelte Kerle wie dich stehen. Wegen Vatergefühlen ...«

»Halte endlich deinen Mund«, zischte er. »Willst du ewig auf diesem Thema herumhacken? Wir haben es geklärt. Du gehst deiner Wege, ich meiner und nach außen hin spielen wir das perfekte Paar. Ich erinnere dich an deine letzte Affäre. Habe ich da was gesagt?«

»Das war vollkommen anders ...«

»... ja, ja. So anders, dass der Arme anscheinend die Flucht ergriffen hat.«

»Du Schwein, du ekelhaftes ...«

»Sollten wir uns unter diesen Umständen nicht besser trennen, an der Zeit wäre es.«

Alexander pokerte hoch. Eine Trennung kam für ihn nicht in Frage. Jedenfalls nicht im Moment und er wusste, dass auch Silke eine Scheidung als gesellschaftlichen Abstieg ansah.

»Das würdest du nicht überleben!«, schrie sie ihm ins Gesicht, wobei er ihre Spucke auf seiner Wange spürte und ihr nach Zigarettenrauch und Alkohol stinkender Atem ihm in die Nase stieg. Morgens um neun Uhr. Er könnte kotzen.

»Willst du mich umbringen?«

»Besser, viel besser.«

»Besser? Du träumst.«

»Lass es darauf ankommen.«

Sie drehte sich um, nahm das Telefon von der Anrichte und reichte es ihm.

»Ruf deine Anwältin an. Sag ihr, du willst dich scheiden lassen. Jetzt gleich. Das wird ein Spaß, sag ich dir.«

Alexander de Rascalère überlegte. Das war neu. Ein Trick? Er griff nach dem Telefon. Zögerte.

»Traust dich wohl nicht. Würde ich mich an deiner Stelle auch nicht. Deine Vernichtung wäre nach diesem Telefonat besiegelt.«

»Was faselst du für einen Blödsinn daher oder hat dir der Wodka zum Frühstück das Gehirn vernebelt?«

»Ich war schon lange nicht mehr so klar. Ich habe einen Tipp für dich: Fällt dir bei dem Name Rolozko etwas ein? Echt? Dann kennst du bestimmt gewisse Papiere, die nachweisen, in welcher Beziehung der

Bankdirektor de Rascalère zu diesem Herren stand. Na, was meinst du. Anrufen?«

Alexander fuhr es eiskalt in die Glieder. Das konnte nicht sein. Woher sollte sie diese Unterlagen haben? Und doch. Sie klang so überzeugend, dass er sofort seine Taktik änderte.

»Lass uns vernünftig bleiben. Du willst keine Scheidung, ich will sie nicht. Machen wir einfach weiter. Sicherlich, ich habe andere Frauen, das weißt du seit langem und es hat dich nie gestört. Du hattest deine Liebhaber und es hat mich nicht gestört. Warum nun diese Aufregung? Was hat sich geändert?«

Silke schwieg. Sie wusste es. Aber sie würde es ihm bestimmt nicht sagen. Im Gegensatz zu Alexander war ihr Verhältnis mit Adrian alles andere als eine Episode gewesen.

Sie hatte sich verliebt und nach langer, langer Zeit Spaß am Leben gehabt. Jäh, von einem Tag auf den anderen, war alles vorbei gewesen und sinnlos geworden. Und noch mehr hatte sich geändert. Bisher waren Alexanders Geliebte kurzzeitige Abenteuer gewesen, sexbestimmte Beziehungen ohne große Gefühle seinerseits.

Aber als sie an Silvester Andrea Gurutze kennen gelernt und dabei ihren Mann beobachtet hatte, war ihr klar geworden, diese Beziehung war für Alexander viel mehr als eine flüchtige Liebschaft. Fast sehnsüchtig hatte er der jungen, attraktiven Frau nachgeschaut, hatte den ganzen Abend körperlich zwar mit ihr verbracht, war aber im Geiste nur bei der Anderen gewesen. Das hatte sie sehr deutlich gespürt und es hatte ihr Qualen bereitet. Sie musste sich zusammennehmen. Solche Ausbrüche brachten nichts und versetzten Alexander stets in eine bessere Position. Das wird sich von nun an ändern, schwor sie sich. Sie wird wohl überlegt und eiskalt ihre nächsten Schritte planen. Solange musste sie ihn in Sicherheit wiegen.

»Gut. Sicherlich habe ich überreagiert. Mir geht es nicht so gut. Lassen wir es dabei bewenden. Möglicherweise können wir uns am Abend oder morgen in aller Ruhe zusammensetzen und eine für beide befriedigende Reglung finden.«

Dieser Stimmungswechsel ängstigte Alexander viel mehr als alles Vorangegangene.

Dr. Pinga Mondschein war um acht Uhr am Morgen losgefahren. Für die siebzig Kilometer bis Butzbach hatte sie mit ihrem schwarzen *New Beetle Freestyle Cabriolet* fast eine Stunde benötigt, da auf der A5 nicht zum ersten Mal zwei Lastwagen meinten, so dicht auffahren zu müssen, dass es bei einem Bremsmanöver unweigerlich zu einer heftigen Berührung gekommen war. Vermutlich war der Fahrer des hinteren Brummis auch nur beim Lesen eines Pornoheftes oder beim Video schauen nicht ganz aufmerksam gewesen. Zum Glück konnte eine der drei Spuren frei gehalten werden.

Mondschein betrat die Justizvollzugsanstalt durch das Haupttor von der Kleeberger Straße aus. Die roten Backsteingebäude wirkten wie eine Festung. Angemessen, dachte Mondschein und zeigte dem Beamten an der Pforte ihren Ausweis und die Mandantenbescheinigung vor. Besonders genau schaute dieser nicht hin, schließlich war Mondschein häufig Gast dieses Etablissements.

Das Rolltor öffnete sich quietschend nach oben, es war genau acht Uhr. Ihr Mandant saß wartend im Besucherraum. Er hatte sich an einen der quadratischen Tische gesetzt, die an der hinteren Wand standen. Der Raum wirkte freundlich, war sauber, die Wände mit gerahmten Bildern dekoriert. Die Anwältin setzte sich ihm gegenüber. Sie waren alleine.

Er sah immer noch gut und gepflegt aus, lediglich die sowieso spärlichen Haare hatte er sich ganz abrasiert. Er wirkte äußerlich ruhig, nur das Gegeneinanderreiben von Zeigefinger und Daumen verriet seine innere Unruhe. Mondschein stellte ihren Aktenkoffer auf den Tisch und holte eine Schachtel Zigarillos heraus. Ihr Mandant nahm sie wortlos entgegen und legte sie achtlos auf den Sitz des Stuhls neben sich.

»Es ist passiert. Die Sonne ist untergegangen«, kam sie direkt zur Sache.

Rolozko lehnte sich auf dem grauen Plastikstuhl zurück. Er war merklich blasser geworden.

»Wann?«, wollte er wissen.

»Freitagabend.«

»Hinweise?«

»Ich habe noch keine weiteren Informationen erhalten. Die Polizei schweigt sich aus, es gab bisher keine Pressemitteilung.«

»Können wir diese verdammte Waffe nicht verschwinden lassen? Es gibt genug Polizeibeamte, die auf unserer Lohnliste stehen.«

»Das läuft. Die entsprechenden Personen werden zurzeit angesprochen und bearbeitet. Dennoch, auch wenn wir die Pistole entsorgt haben, die Daten der Geschosse sind beim BKA gespeichert und werden unweigerlich zu dir führen. Wenn nicht noch weiteres Beweismaterial auftaucht, kann ich die Sache wahrscheinlich abbiegen. Bist du dir sicher, dass deine Helfer sich in Luft aufgelöst haben?«

»Todsicher. Pinga, ich vertraue dir. Unternimm alles, was du für nötig erachtest. Es darf zu keiner Anklage kommen. Du hast vollkommene Freiheit. Auch finanziell. Wende dich an unseren Banker, wenn du Geld brauchst. Dennoch sollten wir vorsorglich auch für die anderen Aktionen Vorbereitungen treffen. «

»Mach dir keine Gedanken. Ich halte mich exakt an deine Vorgaben ... Hast du sonst noch einen Wunsch?«

»Klar. Du kommst mit in meine Zelle und verbringst auf der Pritsche eine heiße Nacht mit mir. Wäre das nicht romantisch?«

»Romantisch vielleicht, aber du weißt, dass ich Geschäftliches und Privates strikt trenne. Und so eine Zelle erscheint mir sehr privat. Danke für die Einladung.«

Sie streckte ihm die Hand hin und stand auf.

»Schade. Du hältst mich auf dem Laufenden!«

»Sicher. Bis bald.«

Als Mondschein die JVA verlassen hatte und in ihren Wagen gestiegen war, fuhr sie nicht sofort los. Vor diesem Gespräch mit Andrej Doran Rolozko hatte sie sich lange gefürchtet. Unausweichlich wurde sie tiefer und tiefer in dessen verbrecherische Machenschaften verwickelt. Nun war der Tag der Entscheidung gekommen. Wenn sie weitermachte, gäbe es kein Zurück mehr. Jede weitere Handlung im Namen Rolozkos würde sie zu einer Kriminellen machen und sie wäre somit kein Deut besser als ihr Mandant.

Machte sie sich da nichts vor? War sie nicht längst abgerutscht? Sie wusste alles über Rolozkos Geschäfte, über seine Intrigen, Bestechungen und Mordaufträge. Vieles davon hätte sie von Rechtswegen zur Anzeige bringen müssen. Da sie das unterlassen hatte, war sie zur Mittäterin geworden. Das war die Realität. Realität war auch, dass Rolozko ihr einziger Mandant war. Bisher hatte sie stets selbstberuhigende Argumente gefunden, dass es sich bei allem bloß um normale anwaltliche Aufträge handele und sie sich im Rahmen der Legalität bewege.

Dennoch, sie spürte es mehr, als sie es faktisch fassen konnte. Hier und heute war der Wendepunkt. Einen Schritt weiter und sie würde stürzen. Was hielt sie davon ab, einfach aufzuhören, außer dass ihr eigener Lebensplan neu überdacht werden musste. Sie hätte keinen Kunden mehr. Schön, brauchte sie eigentlich auch nicht, Geld war vorerst genügend vorhanden, um entspannt und gezielt neue Aufgaben zu suchen. Wenn sie unbedingt weiter arbeiten wollte, gab es genug arme Schweine, die eine gute Anwältin brauchten. Sie könnte die Seiten wechseln und für wesentlich weniger Honorar arbeiten, als barmherzige Samariterin.

Plötzlich, wie ein Keulenschlag, traf sie die Erkenntnis, die lange in ihrem Unterbewusstsein geschlummert hatte und nun heraus krachte: Sie konnte nicht aufhören, es sei denn, sie wollte Selbstmord begehen. Rolozko würde ihren Rückzug als Verrat verstehen und sofort handeln. Mondschein bekäme seine geballte Macht in Form von angeheuerten Killern zu spüren. Aus Rolozkos Sicht verständlich.

Denn Mondscheins Wissen war das Pulverfass, auf dem der Inhaftierte saß. Dass das Gefängnis den ehemaligen *Sonnenkönig* der Wirtschaftskriminellen und der Wiesbadener Schickeria nicht daran hinderte, seinen Geschäften und kriminellen Aktivitäten nachzugehen, bekam sie fast täglich mit.

Noch nie hatte sie sich ihre aussichtslose Situation derart bewusst gemacht, hatte gute Verdrängungsmechanismen erfunden. Die Anwältin erschauerte. Aber nicht lange. Dafür war sie zu sehr eine kühl kalkulierende Macherin und Organisatorin. Gefühle sind Privatsache, war ihr Motto, und haben nichts im Berufsleben zu suchen. Weitermachen wie bisher und gleichzeitig im Geheimen nach Auswegen suchen.

Sie startete den Wagen. Sie würde sich entscheiden. Während sie Richtung Autobahnauffahrt fuhr, drängte sich ein weiterer Gedanke nach vorne. Eine Idee, eine Vision, von der sie bis vor Kurzem geglaubt hatte, so etwas würde in ihrem Leben nicht möglich sein, würde ihr nie widerfahren. Sie fühlte in sich hinein – ein wärmender Gedanke, ein nahezu neues Empfinden.

Hagen saß am Schreibtisch und betrachtete am PC die Fotos, die er die letzten Tage gemacht hatte. Männer und Frauen die Beyers Agentur betraten und verließen. Nichts Besonderes, abgesehen davon, dass viele ausländisch aussehende Typen darunter waren. Ebenso Beyer selbst: beim Besteigen eines Taxis, beim Aussteigen, auf dem Golfplatz, Golfpartner, Rechtsanwälte, Ärzte, Bankmenschen, das übliche. Aber sonst?

Er trat auf der Stelle. Möglicherweise war es wirklich so, wie Beyer erzählt hatte, und Minkas lag falsch. Unbefriedigend. Ninus fuhr den Computer herunter und drehte sich eine Zigarette. Er hatte noch nicht zwei Züge getan, als es an der Tür klingelte. Froh über eine Ablenkung, öffnete er. Ein etwa dreißigjähriger Mann mit dunklen, kurz geschnittenen Haaren und kleinen lustigen Äuglein stand vor ihm.

Er war Türke, hieß Mehmet Azküler und lebte seit zwölf Jahren in Deutschland. Er hatte Hagens Adresse von einem Freund, der vor ein paar Jahren den Detektiv mit der Überwachung seines Geschäftes beauftragt hatte. Ninus konnte sich nebulös an den Fall erinnern.

Es schien um Schutzgelderpressung zu gehen, erwies sich später aber als ein simpler Familienstreit. Azküler erzählte, nachdem er sich wiederholt Hagens Verschwiegenheit versichert hatte, dass er 100.000 Euro aus nicht ganz legalen Geschäften gespart und einen Weg gesucht hatte, um das Geld anzulegen und zu waschen. Bekannte hatten ihm einen Finanzberater empfohlen, der ihm folgendes Geschäft vorschlug: Azküler solle eine Lebensversicherung mit einer riesigen Versicherungssumme abschließen. Der Finanzmakler würde Azkülers Schwarzgeld gewinnbringend anlegen und würde von diesem Geld die monatlichen Versicherungsbeiträge bezahlen. Nach elf Jahren könnte der Türke die Versicherung kündigen und bekäme etwa 150.000 Euro ausbezahlt. Das klang sehr gut. Mehmet räumte ein, dass der Finanzmakler erwähnt hatte, das alles funktioniere aber nur, wenn eine riskante Anlageform gewählt würde. Und da könnte natürlich auch etwas schief laufen. Aber, habe er betont, er würde das Geschäft schon so lange betreiben, habe viel Erfahrung und noch nie sei einer seiner Kunden enttäuscht worden.

Kurz und knapp, Azküler hatte sich auf das Geschäft eingelassen, dem Makler sein Erspartes bar übergeben und eine Lebensversicherung abgeschlossen. So weit so gut. Das war zweieinhalb Jahre her. Letzte Woche sei nun ein Schreiben von der Versicherung gekommen, dass der Versicherungsvertrag gekündigt worden sei, weil die letzten Monatsbeiträge nicht gezahlt wurden. Natürlich sei er sofort zu dem Makler gegangen, um nachzufragen. Der hatte nur gesagt, Azküler wisse selbst, was auf dem Geldmarkt los wäre. Das angelegte Geld sei verloren und somit hätten auch die Raten nicht mehr bezahlt werden können. Es würde ihm leidtun, aber so sei das im echten Leben.

Auf Hagens Nachfrage erklärte der Türke, dass er weder eine Quittung über das Bargeld, noch den Versicherungsvertrag habe. Für Türken seien die deutschen Gesetze und Vorschriften schwer verständlich und sie seien richtig froh, wenn ihnen jemand den Formular- und Behördenkram abnehme. Das habe ihm der Makler angeboten. Azküler müsse sich um nichts kümmern. Der Mann hätte sehr vertrauensvoll gewirkt, rundweg ehrlich, voller Verständnis für die Probleme von Ausländern.

Azküler sprach selbst von Türken oder Ausländern. Während Ninus zuhörte, versuchte er sich zu erinnern, wie die korrekte Bezeichnung zurzeit lautete. Immigranten? Zuwanderer? Einwanderer? Mitwohnende Nationalitäten? Bürger mit Migrationshintergrund?

»Und was denken Sie, kann ich für Sie tun?« fragte Hagen.

Mehmet erzählte einfach weiter. Er habe sich unter seinen Bekannten umgehört und tatsächlich sei einem entfernten Cousin von ihm Ähnliches in der derselben Agentur widerfahren. Nur sein Cousin sei ein ganz anderer Typ als er. Er habe dem Makler kurzerhand ein paar Schläger auf den Hals gehetzt und solange bearbeitet, bis der Makler ihm als Entschädigung seinen Mercedes SLK anbot, den sein Cousin anschließend in der Türkei verkauft habe. Spätestens jetzt hatte Azküler Hagens volle Aufmerksamkeit.

»Lassen Sie mich raten: Der Finanzmakler heißt Paul Beyer.«

Erstaunt aber ohne Nachfrage bestätigte dies der Türke. Hab ich dich, dachte Hagen und fragte: »Sie wollen aber nicht, dass ich Herrn Beyer verprügle, oder?«

»Nein, nein. Ich bin kein Verbrecher. Ich bin gegen Gewalt. Ich dachte mir, wenn Sie mit Beyer reden, mit Polizei und Anzeige drohen, vielleicht hilft das. Ich möchte nur mein Geld zurück. Ich kann nicht zur Polizei gehen.«

Die Antwort fiel Hagen leicht. »Das mache ich. Verspreche ich Ihnen.«

Azküler druckste herum, bevor er fragte: »Was kostet das? Ich habe hier eintausend Euro, die kann ich Ihnen geben. Aber ohne Rechnung.«

Na, du bist mir ja ein Früchtchen. Spielst hier den harmlosen, betrogenen Türken und hast bereits aufs Neue die Taschen voller Schwarzgeld.

»Wir machen das anders, Herr Azküler. Sie zahlen

nur, wenn ich mich mit Herrn Beyer verständigen kann, quasi ein Erfolgshonorar. Allerdings mit Rechnung. Die Höhe hängt davon ab, wie viel sie zurückbekommen, falls überhaupt. Sagen wir fünf Prozent.«

Ninus konnte so großzügig sein, da ihm die Information von Azküler wichtiger war als der Auftrag. Der Türke war einverstanden und verließ die Wohnung, nachdem er erneut Ninus gebeten hatte, niemandem davon zu erzählen.

Kaum war Ninus alleine, überdachte er seine nächsten Schritte und wählte dann Beyers Nummer. Unter dem Vorwand, sich für eine Lebensversicherung zu interessieren, vereinbarte er mit dem Makler ein Treffen am nächsten Tag. Beyer wollte unbedingt zu ihm nach Hause kommen, denn Kundenbesuche gehörten zu seinem Service, betonte Beyer, aber Ninus hatte andere Pläne. Er habe morgen in der Nähe zu tun, das sei in einem Aufwasch und so weiter.

Er wählte Lenas Nummer. Wie jeden Tag, seit dem sich ihre Wunde erneut entzündet hatte und Lena im Krankenhaus lag. Er ließ es lange klingeln, aber Lena hob nicht ab. Panik stieg in ihm hoch. Sollte etwas geschehen sein?

Gestern, als er sie besucht hatte, war es ihr sehr gut gegangen. Er wählte sofort die Nummer der Krankenhauszentrale und ließ sich mit der Station verbinden. Ein Pfleger, den Ninus sofort an seiner Stimme erkannte, meldete sich: »Frau Rotmilch wurde am Morgen entlassen.«

Uff. Sofort wählte er ihre Nummer zu Hause. Sie meldete sich mit verschlafener Stimme. Klar, es ginge ihr gut, nein, sie brauche nichts, besonders nicht von einem verliebten Schnüffler, der sich besser um sein Schätzchen kümmern sollte als um eine rothaarige, todmüde Lesbe. Aufgelegt.

Zufrieden konstatierte Ninus, dass sie fast die Alte war.

Bis zum Treffen mit Carla war es noch über eine Stunde, also zog er sich in den Keller zurück und suchte in der mp3-Sammlung nach einem geeigneten Sound.

Dieser Kellerraum im Altbau in der Neugasse, der tief unter Hagens Wohnung lag, war der Hauptgrund, warum Ninus nicht auszog, obwohl die Wohnung viel zu klein und unpraktisch für ihn war. Es gab keine Parkplätze für Kunden, das Büro, in dem er diese empfing, war gleichzeitig sein Wohnzimmer.

Hier, tief unter der Straße, in dem weitverzweigten Kellergewölbe, hatte er seinen Traum verwirklichen können.

Einen schalldichten Raum, in dem er Musik hören und machen konnte, so laut er wollte, solange er wollte und wann er wollte. Und Schlagzeug spielen.

Schlagzeug spielen war seine Art der Entspannung und Meditation. Wenn er sich schlecht fühlte, wenn er glücklich war, wenn er nachdenken musste, zog er sich hierhin zurück.

Er wollte zuerst *I'm free* von *The Who* auswählen, als er im Register weiter unten einen Song der Wiesbadener Gruppe *Crackers* entdeckte. Nicht nur, weil ihm dabei seine wilde Vergangenheit der durchzechten Nächte zurzeit der *Neuen Deutschen Welle* in den Sinn kam, sondern weil ihn diese Musik daran erinnerte, bei einem *Crackers*-Konzert Elke, seine erste große Liebe, kennengelernt zu haben.

Elke, die er geheiratet hatte, die Frau, die ihn später so unsanft hatte fallen lassen, die aus seinem Leben verschwunden war, als hätte es sie nie gegeben.

Pornokino! Darauf hatte er jetzt echt Bock. Das fetzte einfach ab und Ninus kannte den Text auswendig.

Er trommelte nicht nur mit, sondern grölte dazu in voller Lautstärke: »Oh komm‘ doch mit Bambino, wir geh‘n ins Pornokino ...«

Wohnsiedlung Schelmengraben

Andrea Gurutze öffnete Alexander die Wohnungstür. Es kam selten vor, dass er um die Mittagszeit zu ihr kam. Zum Glück hatte er vorher angerufen. Schnell hatte sie aufgeräumt, das Bett hergerichtet, die schwarzen Dessous, die schwarze Bluse und das schwarze superkurze Faltenröckchen angezogen. Auf dem runden Glastisch neben dem Bett stand wie gewöhnlich eine Flasche *Dom Perignon brut,* eisgekühlt.

Andrea liebte Champagner und hatte keine Probleme damit, egal zu welcher Tageszeit, zusammen mit Alexander mehrere Gläschen zu schlürfen. Bei dem Gedanken, dass die Flasche 125 € kostete, prickelte dieses Getränk noch mehr. Mit gespielter Fröhlichkeit begrüßte sie ihn mit einem Küsschen auf die Wange, schmiegte ihren Kopf an seine Schulter und schnurrte wie ein Kätzchen.

»Schön, dass du da bist.«

Alexander schob sie sanft weg, steuerte direkt auf den Tisch in der Küche zu und setzte sich. Ungewöhnlich! Sie ging hinter ihn und massierte seinen Nacken.

»Was hast du?«

»Ich halte das nicht mehr aus. Silke bringt mich zur Verzweiflung. Es muss etwas geschehen.«

»So schlimm?«

»Schlimmer.«

»Was hast du vor?«

»Ich werde sie verlassen. Ich werde mein jetziges Leben ebenfalls verlassen und neu anfangen.«

Andrea erschrak.

So hatte sie ihn noch nie erlebt. Er schien es ernst zu meinen. Sofort klickte es in ihrem Kopf und verschiedene Szenarien liefen ab. Er wollte wirklich neu anfangen, entweder mit ihr oder ohne sie. Sie lief ins Schlafzimmer holte den Sektkühler, öffnete die Flasche und schenkte beiden ein.

»Trink einen Schluck. Das beruhigt, und dann erzählst du mir, was du vorhast.«

Geistesabwesend griff er nach dem hohen, hauchdünnen Kelch und nippte daran.

»Ich werde Deutschland verlassen. Ich werde mich in einem anderen, weit entfernten Land niederlassen und ein Leben ohne Stress, ohne Termine und ohne gesellschaftliche Zwänge führen.«

Reif für die Insel, fiel Andrea dazu ein. *Midlife-Crisis* nannte man das wohl, oder neudeutsch: *Burn-Out-*Syndrom.

»Hast du konkrete Pläne«, versuchte sie ihn vorsichtig auszuhorchen.

»Gewiss. Und damit du beruhigt schlafen kannst: Du bist ein Teil dieses Plans.«

Aha. Andrea schluckte. So deutlich hatte sie das nicht erwartet und sie begann nervös, mit ihren Fingern zu spielen. Sie durfte sich nichts anmerken lassen. Innerlich atmete sie tief durch.

»Oh Schatz, das finde ich riesig. Wir zwei auf einer einsamen Insel, nur mit einem Lendenschurz bekleidet, uns von selbst geangelten Fischen und frisch gepflückten Früchten ernähren und nachts mit Palmenwedeln zugedeckt am Sandstrand lieben, einfach romantisch ...«

Alexander sprang auf.

»Rede keinen Unsinn. Es ist mir ernst. Wir werden uns auf den Bahamas oder in irgendeinem anderen Paradies niederlassen, eine Luxusvilla beziehen, genügend Personal haben und ein komfortables und glückliches Leben führen.«

»Hast du denn so viel Geld?«

»Noch nicht ... aber bald!«

Andrea kicherte los: »Willst wohl deine eigene Bank berauben?«

Alexander reagierte auf diesen Scherz anders als erwartet. Ernst antwortete er: »Nicht ganz!«

»Wie meinst du das?«

»Wie gesagt, ich habe alles ausgetüftelt. Wenn es funktioniert, werden wir uns im Mai aus dieser Republik verabschieden. Ich schaffe das nicht alleine. Du und mein Bruder müsst mir dabei helfen.«

Alexander setzte sich, schenkte Champagner nach und entspannte sich sichtlich.

»Was soll ich tun?«

»Zunächst noch nichts. Ich werde mich mit meinem Bruder treffen und das Notwendige besprechen. So wie es aussieht, wirst du irgendwann in die Schweiz reisen, von dort aus nach Genua und später mit unserer Jacht weiter nach Tunis. Am besten, du packst einen Koffer, sodass du jederzeit abreisebereit bist. Es kann sehr schnell gehen. Bis dahin werde ich versuchen, die Aufbesserung unserer *Rente* in die Wege zu leiten.«

»Das mit dem Koffer mache ich gleich nachher. Das klingt total spannend. Ich bin mächtig aufgeregt. Was ich nicht kapiere ist, warum ich erst in die Schweiz muss, dann nach Italien und anschließend nach Afrika. Ich könnte direkt nach Tunesien fliegen.«

»Das hat alles seine Richtigkeit. In der Schweiz liegt das Geld, das wir für ein geruhsames Leben benötigen. Du und mein Bruder Berthold werdet es nach Tunesien schippern.«

»Das hast du dir aber raffiniert ausgedacht. Das Geld in der Schweiz gehört aber deiner Bank, oder?«

»Zerbrich dir nicht dein hübsches Köpfchen. Das Geld gehört jemandem, der es anderen gestohlen hat. Außerdem kommt er da momentan nicht dran.«

Nachdem Alexander gegangen war, saß Andrea noch lange alleine und dachte nach. Wie sie dieses Theater hasste. Das Theater im Bett genauso wie ihre gespielte Naivität. Es wurde Zeit, eigene Pläne zu schmieden.

Agentur Beyer

Ninus saß pünktlich um zwölf Uhr in Paul Beyers Agentur und ließ sich die Vorteile der verschiedenen Versionen von Lebensversicherungen erklären. Der Typ machte das so gut, dachte Ninus, dass er kurz davor war, eine zu unterschreiben. Zu schön waren die Aussichten, trotz seines relativ hohen Alters, die besten Jahre des Mannes, so Beyer, mit fünfundsechzig eine stattliche Summe ausbezahlt zu bekommen. Auf Hagens eher spaßigen Einwand, so alt würde er sowieso nicht, antwortet Beyer vollkommen ernst: »So wie Sie aussehen, werden Sie locker hundert Jahre alt. Das heißt, Sie haben noch viele schöne Jahre, die Sie mit dem Geld der Versicherung richtig genießen können. Und, womit wir natürlich nicht rechnen, sollte vorher der unwahrscheinliche Fall eintreten, haben Sie zumindest für Ihre Hinterbliebenen gut gesorgt.«

Das war der Punkt, wo Ninus fragte, ob er die Toilette benutzen dürfte. Wie er es sich gedacht hatte, führte das Toilettenfenster zum Hinterhof. Mit ein paar gekonnten Handgriffen hatte er den Schließmechanismus derart manipuliert, dass das Fenster von außen zu öffnen war.

Als er wieder vor Beyer saß, entschied er sich kurzerhand für eine der teuren Varianten, nahm die Unterlagen mit und versprach sich die nächsten Tage zu melden. Das erste Gebot eines Versicherungsvertreters lautet: Lass nie einen Fisch von der Angel oder besser, lass ihn keinesfalls ohne Unterschrift gehen. Aber die treuherzigsten Augen, die besten Argumente, in der Art wie »Wenn Sie unterschreiben, gehen Sie keinerlei Risiko ein und Sie haben in jedem Falle ein Rückrufrecht oder Sie geben mir einfach Bescheid, ein Wort genügt und ich zerreiße den Vertrag«, konnten

Ninus nicht umstimmen. Er raffte die Dokumente zusammen und verließ fast fluchtartig das Büro.

In der folgenden Nacht, es war so gegen drei Uhr, hatte Hagen es geschafft, in den Hinterhof der Häuser am Kaiser-Friedrich-Ring, Ecke Scheffelstraße zu gelangen. Es war gar nicht so leicht, aber irgendwo fand sich meist eine offen stehende Kellertür. Man musste nur lange genug suchen. Das Toilettenfenster lag nicht sehr hoch, sodass Ninus auf ein Treppengeländer steigen konnte, um hinzugelangen. Mit einem kräftigen Ruck in Höhe des Riegels schwenkte das Fenster nach innen auf. Hagen kletterte hinein und war kurze Zeit darauf in Beyers Büro.

Was er suchte, wusste er nicht, deshalb arbeitete er sich systematisch vor. Er war darauf bedacht, nichts durcheinanderzubringen. Mehrere grüne und rote Lichtchen leuchteten am PC, am Drucker und am Telefon. Von der Straßenlaterne in der Scheffelstraße fiel so viel Licht durch das Fenster, dass er seine Taschenlampe nur dann anmachen musste, wenn er Kleingedrucktes lesen wollte.

Er begann am Schreibtisch und nahm sich nach und nach die verschiedenen Aktenschränke vor. Er fand nichts, was seine Aufmerksamkeit erregt hätte. Nur in einem verschlossenen Rollschrank, dessen Schlüssel sinnigerweise in der Schreibtischschublade lag, fand er, fein säuberlich in unterschiedlichen Ordnern getrennt, Versicherungsverträge, die von anderen Agenturen abgeschlossen worden waren.

Die Ordner selbst waren nach den jeweiligen Städten beschriftet, in denen die Agenturen saßen. Ninus las München, Hamburg, Düsseldorf, Köln, Nürnberg usw. Aus jedem Ordner fotografierte er mit seinem Handy je einen Vertrag. Im Regal darunter reihten sich mehrere Ordner mit der Beschriftung *AllWiBa* aneinander. Darin befanden sich indes keine Kontoauszüge, sondern DinA5 große Zettel, die nach aufsteigendem Datum sortiert waren. Auf jedem Zettel befand sich stets nur ein handschriftlicher Vermerk: Datum, ein Geldbetrag, eine Kombination aus zwei großgeschriebenen Buchstaben, beispielsweise *AM* und dann folgte eine Kombination aus drei Buchstaben, beispielsweise *KPG* oder *WAR*. Auch von diesen Zetteln fotografierte Ninus einige.

Nach mehr als einer Stunde beschloss er, dass es genug war. Ziemlich enttäuscht machte er sich auf den Weg nach Hause. Er hatte die Ente in der Garage gelassen. Erstens war es nicht weit, von seiner Wohnung zum Kaiser-Friedrich-Ring, zweitens war Schnee angesagt und das wäre keine ideale Bedingung für seine abgefahrenen Sommerreifen. Das muss ich unbedingt angehen, dachte er. Winterreifen hatte er im Keller gelagert, nur mussten sie auch aufgezogen werden. Morgen, versprach er sich selbst.

Während er die Arndtstraße entlang Richtung Innenstadt lief, begann es tatsächlich zu schneien. Nicht zaghaft sondern richtig heftig. Ein Schneetreiben, wie er es schon lange nicht mehr erlebt hatte. Noch bevor er am Luisenplatz ankam, war die Stadt in Weiß getaucht. Hagen genoss es, wie die Schneeflocken gegen sein Gesicht flogen, sich verflüssigten und zum Mund herunterliefen. Die Stadt erschien so ruhig wie selten. Vereinzelte Taxis schlichen vorüber, kein Mensch begegnete ihm.

Wenn Carla da wäre, dachte er, würden wir wie kleine Kinder rumtoben, würden uns mit Schneebällen bewerfen und ihr glockenhelles Lachen würde durch die Straßenschluchten hallen.

Zu Hause angekommen stellte er sich ans Fenster seiner Wohnung und schaute hinaus in das heftige

Treiben. Unten in der Neugasse konnte er undeutlich seine Fußspuren erkennen, die nach und nach verschwanden. Dort unten hatte vor vielen Jahren Lena gestanden, barfuß im Regen getanzt. Bei Lena fiel ihm ein, was er noch erledigen musste. Er nahm sein Mobiltelefon, schrieb eine MMS mit folgendem Inhalt: *Was macht das Loch im Bauch? Wenn du kannst, schau dir die Anlagen genauer an. Vielleicht sagen sie dir was. Bussi Ninus.* Er hängte einige der in Beyers Büro geschossenen Fotos an und schickte die Nachricht ab.

Zeit fürs Bett. Ninus hatte eben seinen Schlafanzug angezogen, als sich das Handy meldete. Carla? Schnell nahm er das Gespräch an.

»Was treibst du denn um diese Uhrzeit?«

»Lena entschuldige. Hat meine Nachricht dich geweckt?«

»Nachrichten von dir reißen mich schon lange nicht mehr aus dem Schlaf. Ich war aufgewacht und als ich gesehen habe, dass es schneit, bin ich raus und eine halbe Stunde lang durch die Stadt gelaufen. Es ist so herrlich, dieser frische Schnee und die Ruhe. Das muss man einfach genießen. Morgen ist alles nur noch eine braune matschige Pampe. Danach war ich zwar völlig fertig, aber dennoch so aufgekratzt, dass ich mich an den PC gesetzt habe, um noch ein wenig zu arbeiten. Durch den Aufenthalt im Krankenhaus bin ich, gelinde gesagt, leicht in Verzug geraten. Ich muss noch einen Artikel für die Rundschau fertig schreiben. Na, da kam deine Nachricht.«

Wie ähnlich sie sich waren, dachte Ninus. Er war sich sicher, wenn Lena Männer lieben könnte, wären sie ein tolles Paar geworden. Eine tolle Freundschaft war es jedenfalls. Außerdem hätte er sicherlich nicht Carla kennengelernt. Lena redete weiter.

»Der Artikel ist fast fertig. Wenn du willst, recherchiere ich noch ein bisschen rum.«

»Das wäre super. Vielen Dank.«

»Nichts im Leben ist umsonst, mein Lieber. Kostet dich eine Einladung zum Frühstück. Termin noch offen.« Aufgelegt.

Herrlicher Kaffeeduft zog durchs Büro des Kriminalhauptkommissars Franz Wanninger.

»Ein ganz neues Potpourri. Habe ich in der Eifel aufgetan. In Daun gibt es eine kleine Rösterei, die mit den unterschiedlichsten Sorten hervorragende, auch exotische Mischungen zusammenstellt. Übersteigt zwar das Budget eines kleinen hessischen Polizeibeamten, aber man gönnt sich ja sonst nichts.«

Genießerisch inhalierte Beppo das aufsteigende Aroma des schwarzen Getränks. Als guter Freund war Ninus oft einer der Ersten, der die neuesten Bohnen-Experimente Beppos verkosten musste. Eine sehr angenehme Pflicht, wie Ninus fand. Bis auf einen kleinen Ausrutscher bei einer amerikanischen Mischung waren es hervorragende Kaffees gewesen.

So auch heute. Und es dauerte nie lange, wenn Wanninger Kaffee zubereitete und zelebrierte, bis sein Assistent Max Graf mit einer dringenden Sache hereinkam.

»Ach, der Herr Privatdetektiv hat die neue Mischung ebenfalls erschnüffelt oder wurden Sie wieder verhaftet?«, begrüßte Graf Ninus Hagen und spielte auf ein Vorkommnis beim letzten Fall an.

Graf hatte Hagen bei einem Einbruch auf frischer Tat ertappt und ihn voller Genugtuung in Handschellen aufs Präsidium geschleift.

Zu jener Zeit war Graf die Kungelei zwischen Hagen und Wanninger noch ein Dorn im Auge.

Nachdem Hagen und Graf gemeinsam eine Verfolgungsjagd, die sie bis zum Flughafen Hahn geführt hatte, erfolgreich beenden konnten, waren sie zwar keine Freunde geworden, gleichwohl tolerierten sie sich respektvoll.

»Na, Graf. Auch ein Schlückchen? Zufällig habe ich da was Leckeres zusammengebraut.«

»Wenn Sie mich so fragen, gerne.«

Ninus, der auf Beppos Stuhl saß, was Graf mit einem kurzen Hochziehen seiner Brauen kommentiert hatte, schlug die Beine übereinander und schlürfte genüsslich an der dünnen Porzellantasse. Dickwandige Kaffeehumpen verachtete Beppo.

»Wie steht es ums Ermittlergeschäft? Neue Aufträge? Ein paar Schießereien in Aussicht?« Graf konnte es einfach nicht lassen.

Beppo, der keine Lust auf Diskussionen hatte und lieber in Ruhe seinen Kaffee genießen wollte, fragte nicht ohne Ironie: »Weil Sie vom Geschäft sprechen, Graf. Was hat Sie denn zu mir geführt?«

»Ach, eh, na so was. Das habe ich glatt vergessen.«

»Dachte ich es mir, beginnender Alzheimer«, frotzelte Beppo. Schweigend hingen die drei nun ihren Gedanken nach, tranken regelmäßig einen Schluck, bis die Tassen geleert waren.

»So, dann will ich los! Und danke für den Kaffee, Chef.«

»Nee, Graf. Sie bleiben schön hier. Ich möchte, dass Sie hören, was ich mit unserem lieben Freund zu besprechen habe. Er ist nämlich nicht von sich aus gekommen, sondern ich habe ihn einbestellt, nur um das vorweg klarzustellen.«

»Einbestellt! Vorhin klang das aber mehr nach einer Einladung zum Plauderstündchen«, warf Ninus ein.

»Jeder hat so seine Methoden, die Gäste ins Präsidium zu bitten. Die einen verhaften sie vorher, die anderen verschicken Vorladungen und ich bitte halt zum Kaffee ...«

»... seltsame Methoden«, bemerkte Graf.

»Schluss mit lustig«, der Kommissar wurde dienstlich. »Bevor du es morgen im Kurier lesen wirst, will ich es dir vorab erzählen. Wir haben letzte Woche die Leiche von Adrian Petrescu gefunden ...« »... nicht sehr überraschend ...« »... sinnigerweise in seinem eigenen Weinkeller in einem Fass versteckt, ziemlich aufgelöst und eindeutig ermordet ...«

»... auch nicht überraschend!«

»Wenn du ausnahmsweise deine Kommentare unterdrücken könntest, wäre ich dir sehr verbunden. Halte dich lieber an deiner Tasse fest und trink ab und zu ein Schlückchen.«

Wortlos nahm Ninus die Tasse und drehte sie um. Ein einziger Tropfen trippelte heraus.

»Herr Graf, wenn Sie so nett wären«, fragte Beppo seinen Kollegen, hinter dem sich das Sideboard mit der Kaffeemaschine befand.

»Na klar. Nicht umsonst nennt man uns auch Staatsdiener.«

Nachdem alle Tassen erneut gefüllt waren, fuhr Wanninger fort.

»Erschossen. Direkt in die Stirn. Aus einiger Entfernung, anscheinend von oben herab. Das Projektil ist an einem Halswirbel stecken geblieben. Fleißig, wie deutsche Beamte eben sind, haben sie gleich eruiert, aus welcher Waffe besagtes Geschoss abgefeuert wurde.« Beppo hielt inne und schlürfte genüsslich am Kaffee.

»Und?« Ninus war gespannt. Immerhin war er es, der in Petrescus Keller gefangen gehalten worden war und fast an einer Kohlendioxid-Vergiftung und später im Kugelhagel verstorben wäre. Besser nicht mehr daran denken, holte Ninus sich in die Gegenwart zurück. Da Beppo weiter schwieg, übernahm Graf.

»Es handelt sich um die Waffe, mit der Lena Rotmilch in Rüsselsheim angeschossen und unser Hauptkommissar hier fast erschossen wurde. Die gehörte bekanntlich dem Kumpel des Ganoven namens Mircea Popescu, der seinerseits, gleichermaßen bekannt, von Herrn Hauptkommissar persönlich erschossen wurde. Beide Typen waren die Handlanger von ...«

»Rolozko«, platzte Ninus heraus. »Das wäre ein Knüller, wenn wir den Kerl mit diesem Mord in Verbindung bringen könnten!«

»Bingo!«, bestätigte Beppo.

»Wie?«, fragte Graf.

»Jetzt kommst du ins Spiel«, fuhr Beppo unbeirrt fort. »Du hast dich mit Petrescu ein paar Tage vor seinem Verschwinden getroffen. Kannst du dich noch erinnern, was er über eine Freundin erzählte?«

»Genau genommen habe ich das alles zu Protokoll gegeben. Aber lass mich nachdenken.«

Ninus nahm seine Tasse hoch und schaute hinein, genau so, als fände er im Kaffeesatz die Erkenntnis.

»Er formulierte es folgendermaßen: Wenn ich als Kronzeuge aussagen würde, müsste nicht nur für mich, sondern auch für meine Freundin eine neue Identität rausspringen. Einen Namen nannte er nicht. Ich hatte hingegen den Eindruck, es handele sich dabei um jemanden, den auch Rolozko kannte – das war's. Warum fragst du nach ihr. Ist sie verdächtig?«

»So weit sind wir noch nicht. Ich habe nach dem Auffinden der Leiche erneut eine gründliche Untersuchung des Wohnhauses angeordnet und unsere Techniker haben tatsächlich ein paar interessante Sachen gefunden. Graf, Sie haben die Details?«

»Sicher, Chef. Petrescu wurde in einem Empfangszimmer ähnlichen Raum erschossen. Er saß in einem großen Ohrensessel. Dort waren noch Blutspuren nachzuweisen. Was noch interessanter ist, im Nachtschränkchen fanden wir das Bild dieser Frau.«

Graf fummelte aus der Akte eine Fotografie hervor und schob sie Hagen hin. Ninus nahm es auf und hielt es mit ausgestreckten Armen vor sein Gesicht.

»Wenn ich dem Meisterdetektiv ausnahmsweise meine Lesebrille leihen dürfte«, flachste Beppo.

»Habe ich selbst«, knurrte Ninus zurück und zog eine schmale Lesebrille aus der Innentasche seiner Jacke. Er betrachtete das Bild eingehend und schüttelte den Kopf. Er drehte es um. Mit rotem Filzschreiber hatte jemand dort geschrieben: *Auf ewig dein! S.* Ninus betrachtete erneut die Frau.

»Irgendwie kommt sie mir bekannt vor, als hätte ich sie schon gesehen. Aber nicht persönlich getroffen, eher im Fernsehen oder in einer Zeitung oder so. Nein, keine Idee! Fingerabdrücke?«

»Mehrere. Meist so verwischt, dass sie nicht mehr zu gebrauchen waren. Die, die noch was taugten, gehören alle Petrescu«, bemerkte Graf, während er das Bild in die Akte zurücklegen wollte.

»Ich habe eine Idee. Ich könnte das Foto einer uns wohlbekannten Journalistin zeigen, einer, die sich beruflich mit diesen Kreisen beschäftigt. Ich meine Persönlichkeiten des öffentlichen Lebens und so.«

»Das Bild bleibt hier«, protestierte Graf sofort. Beppo fand Gefallen an dem Vorschlag.

»Ich könnte es abfotografieren und per MMS verschicken.«

»Was das auch ist, es klingt nicht schlecht. Ich gehe davon aus, dass diese Journalistin rote Haare hat?«

Ninus nickte.

»So machen wir das. Aber sag ihr nicht, worum es geht, klar?«

»Versprochen«, bekräftigte Ninus und wählte Lenas Nummer. Sie meldete sich nach dem vierten Rufton.

»Hallo Lena, Ninus hier ... sicher ... gut ... und dir?

Pass auf, ich schicke dir das Foto eines Fotos ... genau ... und ich wüsste zu gerne, ob du die Dame darauf kennst. Nein, ich bin Carla und dir treu, keine Angst. Rein beruflich. Super. Bis gleich.«

Graf legte das Foto zurück auf den Tisch, Ninus nahm sein Handy und fotografierte es ab. Er kontrollierte die Aufnahmen und entschied sich für die letzte.

»Könnte gehen. Zwar nicht besonders scharf, aber Lena kann sicherlich am Computer noch ein bisschen die Schärfe nachbessern.«

Er tippte auf den Telefontasten herum und bestätigte: »Es ist unterwegs. Wenn wir uns die Wartezeit mit frisch Gebrühtem verkürzen könnten?«

Wanninger war sofort Feuer und Flamme.

»Ich habe da noch eine neue Sorte. Was ganz anderes, als die hier. Wollte sie an und für sich zu Hause in der Karlsbader Kanne zubereiten, wie sich das für diese Spezialität gehört. Aber zusammen mit zwei so kompetenten Experten macht das Verkosten noch viel mehr Spaß.«

Rheingau, Erbach

Sanft strich seine Hand auf der Innenseite ihres Oberschenkels entlang, fuhr sacht über die Schamhaare. Mit den Fingern krabbelte er über den schweißbedeckten Bauch, der sich hob und senkte, zum Nabel hin. Schweißtropfen glitzerten darin. Weiter tastete er sich zu den Brüsten hoch, in den Falten schimmerte es ebenfalls feucht. Beide Zeigefinger umkreisten die Brustwarzen, die sich klein und fest aufgerichtet hatten.

»Echt ein fürchterliches Wort, für so etwas Schönes«, flüstert Ninus. Carla atmete tief und kurz.

»Was meinst du?«

»Brustwarze. Warze kennzeichnet ja eine hässliche Beule. Hexen haben Warzen auf der Nase oder denke nur an das Warzenschwein. Ich habe das bei *Wikipedia* nachgeschlagen: *Warzen sind Geschwülste der obersten Hautschichten, die meist durch Viren hervorgerufen werden und oft ansteckend sind* oder auch *knotige Erhebung der Haut*. Das ist doch voll daneben. Schon für den Säugling gehört dieser Teil des weiblichen Körpers zum Mittelpunkt seines Lebens, es spendet nicht nur Nahrung, sondern beruhigt und besänftigt. Der erwachsene Mann sehnt sich nach einem erigierten Brustnippel, sorry, aber es gibt einfach kein schönes Wort dafür. In den fünfziger Jahren des letzten Jahrhunderts haben sich die Frauen, also unsere Mütter, kleine Knöpfe auf die Büstenhalter genäht, um eine Erektion vorzutäuschen. Gegenwärtig gibt es diese kleinen Silikoneinlagen, die unter der Kleidung getragen werden. Oder schau dir Aktfotos an ... und so was tut man mit Warze ab. Unfassbar.«

Carla prustete laut los, richtete sich auf und schaute auf den neben ihr liegenden Ninus.

»Hast du deine philosophische Ader entdeckt? Um deine Nippelfantasien ein wenig abzukühlen: Für diese Aktfotos werden die schlaffen Nippel meist mit Eiswürfeln, Kaltluftgebläsen oder Kältespray aufgepeppt, total erotisch, kann ich da nur sagen.«

»Ja, ja. Dennoch, wer hat sich diesen bescheuerten Namen ausgedacht. Mein Verdacht geht schwer in Richtung Kirche. Da eine Frau *per se* grundsätzlich nur eins im Sinn hat, nämlich den braven züchtigen und gläubigen Mann zu verführen, um ihn damit in die ewige Verdammnis zu zerren, muss man diesen, im wahrsten Sinne des Wortes hervorstehenden Teil des weiblichen Geschlechts so negativ benennen.«

Carla sprang aus dem Bett.

»Damit du diese schrecklichen Nippel nicht noch länger anschauen musst, werde ich mich nun züchtig anziehen.«

Ninus drehte sich auf den Rücken und verschränkte die Arme hinter dem Kopf. Genussvoll schaute er Carla zu, wie sie nackt vor ihrem Kleiderschrank stand und neue Unterwäsche heraussuchte.

Eine tolle Frau, dachte er, womit habe ich sie verdient?

Wie gut, dass er nach dem Gespräch mit Beppo direkt zu ihr gefahren war. Zur Mittagszeit ins Bett. Was gab es Schöneres?

Jede ihrer Bewegungen elektrisierte ihn, wenn sie sich streckte, um an das obere Fach zu gelangen, wenn sie sich bückte, um ein Kleidungsstück aus der unteren Schublade herauszuholen, alles war einfach nur schön, grazil und so, so – ihm fiel keine passende Bezeichnung ein.

Carla drehte sich um, mit einem Arm bedeckte sie ihre Brüste. Mit der anderen Hand deutete sie auf ihn.

»Hast du etwa Kältespray benutzt?«

Nach der gemeinsamen Dusche waren sie erneut im Bett gelandet. Der zweite Aufsteh-Versuch war von Erfolg gekrönt. Frisch gewaschen, wohl frisiert und gänzlich bekleidet saßen beide am Küchentisch.

Es hatte nochmals geschneit und das kleine Weindorf Erbach war in einen traumhaften Winterschlaf versunken. Viel gab der Kühlschrank nicht her, deshalb hatten sie überlegt, in einem der nächstliegenden Gasthäuser oder Gutsausschänken eine Kleinigkeit zu essen. Eigentlich wollten beide nicht mehr aus dem Haus. Es war so still, so warm und so friedlich. Romantisches Familienglück am Kamin. Was für ein Klischee, was für ein Romantikquatsch, urteilte Ninus, um sofort nachzuschieben und ich finde es so toll.

An Carla gewandt schlug er vor: »Spiegeleier. Was hältst du davon? Ich bin Weltmeister im Spiegeleierbacken.«

»Du Chef, du machen deine grandiosen *huevos fritos*«, äffte Carla Alejandro nach und war mehr als einverstanden.

Carla lehnte sich entspannt zurück und beobachtete Ninus, der unsicher am Herd hantierte. Er fand sich in Carlas Reich noch nicht zurecht und das hypermoderne Cerankochfeld gab ständig irgendwelche Töne von sich, schaltete einfach ab oder vollführte andere Eigenmächtigkeiten.

Wie schnell sie sich an ihn gewöhnt hatte. Er war ihr so vertraut, gab ihr die Sicherheit zurück, die sie seit dem Selbstmord ihres Mannes so schmerzlich vermisst hatte. Des Öfteren fragte sie sich, ob es nicht nur Dankbarkeit war, die ihre Gefühle ihm gegenüber bestimmten? Schließlich hatte er sein Leben riskiert, um sie aus einer verzweifelten Lage zu befreien, in die sie sich durch eigene Schuld, einzig durch Rachsucht bestimmtes Handeln gebracht hatte.

Es war vorbei und sie war mehr als glimpflich davongekommen. Was nicht bedeutete, verwinden zu können, durch ihr Verhalten zwei Menschen den Tod gebracht und Lena in einen Schusswechsel verwickelt zu haben, bei dem diese lebensgefährlich verletzt worden war. Nein, es war nicht Dankbarkeit. Es war – Liebe. Es musste so sein. Denn nur Johannes gegenüber hatte sie ähnlich empfunden.

»Hallo, jemand zu Hause?«

Ninus stand vor ihr, in der einen Hand die Pfanne in der anderen einen Bratwender.

»Ich hoffe, du träumst wenigsten von mir.«

»Entschuldige, ich war ganz in Gedanken ...«

»Das habe ich gemerkt. Zwei oder drei?«

»Bitte?«

»Liebling, hier Deutschland, hier Erbach im Rheingau, hier Wohnung einer gewissen Carla Cosian, hier Privatdetektiv Ninus Hagen, hier eine Pfanne, hier fünf gebratene Eier, die unbedingt auf zwei Teller aufgeteilt werden müssen. Angekommen?«

»Aye, aye Sir. Zwei, bitte.«

»Herzlich willkommen.«

»Köstlich«, lobte Carla und wischte mit einem Stück Weißbrot die letzten Reste vom Teller.

»Du holst uns einen guten Rotwein aus dem Keller und ich mache derweil einen Espresso, wenn es Recht ist.«

Ninus stapelte die leeren Teller aufeinander und küsste sie auf den Mund.

»Ist mir recht.« Er stellte das Geschirr ins Spülbecken und eilte Richtung Haustür.

Kurz darauf kam er zurück.

»Wo befindet sich dieser blöde Keller?«

Carla kicherte. »Entschuldige. In der Scheune gegenüber vom Eingang geht es hinunter. Die Tür ist offen, der Lichtschalter jeweils links an der Wand. Soll ich schnell gehen?«

»Untersteh dich. Wer ist hier der Meisterdetektiv und Rotweinliebhaber. Ich werde den Weg zum alten Bordeaux erschnüffeln.« Sprach's und verschwand.

Der Espresso stand bereits eine Weile auf dem Tisch und drohte ungenießbar kalt zu werden, als Hagen endlich zurückkam, zwei Rotweinflaschen tragend.

»Hast du dich verlaufen?«

»Verlaufen? Nee, nur verliebt. Dieser Keller ist eine Wucht. Da lagern Schätze, kaum zu glauben. Ich wusste gar nicht, dass du Rotweinsammlerin bist.«

»Bin ich auch nicht. Das ist alles noch von meinem Vater, der ein entschiedener Liebhaber und exzellenter Kenner des Bordeauxweines war und von Johannes, der ihm darin in nichts nachstand. Was die beiden dafür ein Vermögen ausgegeben haben, möchte ich gar nicht genau wissen.«

»Jetzt ist mit klar, warum du dich in mich verliebt hast. Du bist ein Mensch mit Prinzipien, du kannst grundsätzlich nur Bordeauxtrinker lieben. Da habe ich richtig Glück gehabt. Stell dir vor, ich wäre Biertrinker.«

»Wie das Leben eben so spielt. Das hast du richtig toll ermittelt. Der Espresso hat es leider nicht überlebt. Ich mache zwei neue.«

Gesättigt und rotweinselig streckten beide wenig später ihre Beine unter dem Tisch aus und waren zufrieden.

Carla schenkte Ninus ein zweites Glas ein und begann vorsichtig:

»Ich muss etwas mit dir besprechen. Du weißt, dass ich offiziell meinen Arbeitsplatz noch in London habe, genauso wie meinen Wohnsitz.«

Ninus schreckte hoch. »Weiß ich.«

»Ich muss mich entscheiden. Mein Arbeitgeber hat mehrfach angerufen und nachgefragt, was denn nun mit mir sei. Es war ein großes Entgegenkommen von denen, mir so lange freizugeben. Aber ich glaube, ihre Geduld ist nun erschöpft. Die Mietwohnung ist nicht besonders preiswert, außerdem sind viele Sachen dort, die ich sehr vermisse.«

»Das heißt?«

»Das will ich ja mit dir besprechen. Ich habe mich entschlossen, nach Deutschland zurückzukehren ...« Ninus polterten ganze Lawinen vom Herzen. »... eine Arbeit werde ich hier sicher leicht finden, eine Wohnung habe ich ja, wie du siehst und ...«

»... und einen Mann, der mit dir zusammen sein möchte! Ich hatte gerade überlegt, ob meine Detektivlizenz auch in England gültig ist.«

»Du bist süß. Das will ich auch, mit dir zusammen sein.«

»Na, dann ist es nun geklärt.«

»Eben nicht. Ich muss nach London, meinen Arbeitsvertrag auflösen, keine Ahnung, vielleicht bestehen die darauf, dass ich die Kündigungsfrist von sechs Monaten einhalte. Die Wohnung muss gekündigt, aufgelöst werden und, und, und.«

»Wann willst du hin?«

»So bald wie möglich. Ich dachte an nächste Woche.« Ninus überlegte kurz.

»Ich komme mit.«

»Aber du bist an dieser Versicherungsgeschichte dran. Da kannst du nicht so einfach weg. Außerdem scheint sich da noch eine andere Sache anzubahnen, von der du mir nur sehr vage erzählt hast. Was ist denn damit?«

Carla hatte recht, wie meist. Aber ohne Carla wollte er auch nicht sein.

»Ich werde versuchen, den Fall für Minkas die nächsten Tage abzuschließen. Und das andere, ich erzähl dir gleich mehr, ist noch sehr undurchsichtig.«

»Ist auch nicht so schlimm. Notfalls kommst du ein paar Tage später nach. Ein paar Tage sind zwar ein paar Tage zu viel, aber wir sind schließlich keine jungen Hühner mehr.«

»Sag ruhig, dass ich ein alter Knochen bin. Im Unterschied zu dir. Findest du nicht, dass du viel zu jung für mich bist?«

Diese salopp hingeworfene Frage hing plötzlich wie eine dunkle Wolke im Zimmer.

Ninus erschrak. Aus Carlas Gesicht war das Lächeln verschwunden und sie presste die Lippen aufeinander. Ich habe es geahnt, meldeten sich unterdrückte Zweifel.

Carla erhob sich, bewegte sich langsam um den Tisch herum und baute sich vor ihm auf. Sie nahm sein Gesicht zwischen beide Hände, zog es heran und küsste ihn. Küsste lange, intensiv und voller Hingabe.

Als sie los ließ, war das Strahlen in ihre Augen zurückgekehrt.

»Du bist der jüngste alte Knochen, den ich kenne, ein Knochen, den ich liebe und der genau richtig für mich ist. Damit ist dieses Thema ein für alle Mal erledigt. Okay?

Raus mit der Sprache. Was ist das für ein zweiter Fall?«

»Ich wollte dir davon nichts erzählen, weil ich Angst habe, dass es dich zu sehr berührt. Es hat mit Rolozko zu tun.«

»Nicht schon wieder!«

»Das meinte ich. Du erinnerst dich an Adrian Petrescu? Seine Leiche wurde gefunden. Die Spuren führen in Richtung Andrej Doran. Mehr weiß ich nicht.«

»Mehr will ich nicht wissen. Für mich ist die Sache abgeschlossen. Ich wünschte, du würdest dich da raushalten.«

Ninus hob die Schultern.

Bei seinem zweiten Besuch im Präsidium an diesem Tag saß Ninus erneut in Beppos Büro. Er hatte gegen siebzehn Uhr Carla verlassen, ohne ihr zu sagen, wohin er fuhr, und war wie verabredet hierhergekommen. Leicht verspätet, weil immer noch Autos mit Sommerreifen unterwegs waren und sich kreuz und quer auf den Straßen verteilten.

Der Fahrer des Taxis war zum Glück keiner dieser jungen Wilden, sondern ein ruhiger, erfahrener älterer Herr gewesen, der es geschafft hatte, allen rutschenden, schlitternden und schleudernden Hindernissen auszuweichen.

Was Ninus Carla auch nicht gesagt hatte, war, dass Lena ziemlich schnell nach seiner MMS-Anfrage zurückgerufen hatte. Sie kannte die Frau, es handelte sich um Silke de Rascalère, die Gattin eines Wiesbadener Bankiers. Lena war sich sicher, da sie im November zwei Artikel über Frau de Rascalère für die *Frankfurter Rundschau* und den *Wiesbadener Kurier* geschrieben hatte. Sie engagierte sich für eine große Spendenaktion, zu der jedes Jahr zur Weihnachtszeit in Wiesbaden aufgerufen wurde.

Beppo hatte sofort eine Lagebesprechung einberufen, ohne Hagen natürlich, der sich auf den Weg nach Erbach machen durfte.

Noch während der Fahrt rief Beppo an und informierte ihn.

Frau Rascalère sei zu Hause gewesen. Als Beppo ihr mitgeteilt habe, dass es sich um Petrescu handelte und er ihr ein paar Fragen stellen wolle, sei sie sofort bereit gewesen. Andererseits wollte sie nicht, dass die Polizisten zu ihr nach Hause kämen. Sie würde gegen achtzehn Uhr ins Präsidium kommen.

Ein sonderbares Verhalten, wie Beppo fand, aber angesichts des Schnees, der zur Mittagszeit heruntergegangen war, hätte aus dem Trip in den Taunus durchaus das Ende einer Dienstfahrt werden können. Da es zurzeit des Telefonats aufgehört hatte zu schneien und der Winterdienst im Taunus längst unterwegs war, schien dieses Arrangement vernünftig zu sein. Mit den Worten: »Wenn du mithören willst, musst du um sechs Uhr im Präsidium sein«, hatte Beppo das Telefonat beendet.

Ninus, Graf und Staatsanwalt Wolfgang Lahm standen hinter dem venezianischen Spiegel und beobachteten, wie Wanninger mit Silke de Rascalère sprach. Sie war so um die fünfzig Jahre alt, trug eine Bob-Frisur, kupferrot und links gescheitelt. Sie hatte starkes Make-up und dunklen Lippenstift, für Hagens Geschmack zu dick aufgetragen. Die Finger mit den kurzen aber sehr gepflegten Nägeln spielten unablässig mit der goldenen Armbanduhr oder den vielen, schmalen Armreifen.

Sie trug ein graues, einfach geschnittenes Kostüm, eine weiße Bluse, deren beiden oberen Knöpfe offen waren und dadurch Einblick auf den Ansatz ihrer Brüste gewährten. Sie wirkte kühl, distanziert, ihr Blick war stumpf, ihr Gesicht wirkte leicht aufgedunsen. Im Ganzen nicht unsympathisch.

»Warum findet die Befragung im Verhörzimmer statt?«, fragte Graf mit unmissverständlichem Seitenblick auf Hagen.

»Ich wollte dabei sein«, antwortete Lahm. »Aber ohne gleich offiziell in Erscheinung zu treten. Schließlich haben wir bisher keinerlei Hinweise, dass sie irgendetwas mit der Sache zu tun hat.«

»Und unser Privatdetektiv ist genauso inoffiziell dabei, vermute ich«, ließ Graf nicht locker.

»Entspannen Sie sich, Herr Graf. Hagen ist zwar kein Polizeibeamter, war aber intensiv in den Fall verwickelt und ich denke, er kann uns weiterhin behilflich sein. Schließlich war er es, der für eine schnelle Identifizierung des bei Petrescu gefundenen Fotos gesorgt hat?«

Graf schwieg und Beppo formulierte die ersten Fragen.

»Frau de Rascalère. Ich habe Ihnen am Telefon erzählt, dass wir die Leiche von Adrian Petrescu gefunden haben und Hinweise darauf, dass Sie sich kannten. Stimmt das?«

»Wir waren zusammen.«

Die unsichtbaren Zuhörer bemerkten deutlich Beppos Erstaunen. Mit so einer direkten Antwort hatte er anscheinend nicht gerechnet.

»Zusammen. Heißt das, sie hatten ein Verhältnis?«

»Mehr. Wir haben uns geliebt. Aber mit zusammen meinte ich, wir waren an dem Abend zusammen, als er ermordet wurde.«

Alle hielten die Luft an.

»Sie waren dabei, als er ermordet wurde?«

»Ja.«

»Sie wissen, wer ihn ermordet hat?«

»Ja.«

»Sie können uns den Namen nennen?«

»Ja.«

»Und?«

Sie schwieg. Die Spannung vor und im Verhörraum stieg sprunghaft an.

Sie blickte ins Leere und murmelte Unverständliches.
»Bitte, Frau de Rascalère, ich kann Sie nicht hören.«

»Rolozko.« Silke de Rascalère äußerte dies vollkommen ruhig, mit fester Stimme, fast ohne jede Regung, außer den Fingern, die weiterhin mit dem Schmuck spielten.

Wanninger hatte es die Sprache verschlagen. Diese Information musste er erst verdauen.

»Und ... und warum haben sie das nicht gemeldet? Wir suchen seit Monaten nach Herrn Petrescu?«

»Ich weiß.«

»Und?«

»Ich hatte meine Gründe.«

»Die Sie uns schnellstens darlegen sollten. Denn das Verschweigen eines Verbrechens ist auch strafbar.«

»Sie müssen mir nicht drohen, Herr Kommissar. Das weiß ich selbst. Gut. Ich habe von einer Empore aus beobachtet, wie Rolozko einem seiner Komplizen die Pistole aus der Hand riss und auf Adrian schoss. Er wusste nicht, dass ich mich im Haus befand. Kaum jemand wusste von unserem Verhältnis. Adrian hatte sogar dafür gesorgt, dass alle Welt glaubte, er würde ständig andere Frauen mit nach Hause nehmen. Nach dem Schuss habe ich mich in einem Zimmer eingeschlossen. Ich habe stundenlang lautlos geweint. Mit Adrian hätte ich neu anfangen können – aber das gehört nicht hierher. Jedenfalls schien es mir sicherer, niemand davon zu erzählen. Hätte es Rolozko erfahren, wäre das mein Todesurteil gewesen. Außerdem hätte mein Mann ebenfalls davon Kenntnis erhalten.«

»Und warum erzählen Sie uns heute davon?«

»Es hat sich einiges geändert. Rolozko sitzt im Gefängnis und es ist mir gleichgültig geworden, dass mein Mann davon erfahren könnte. Erst als Sie mich angerufen haben, ist mir klar geworden, wie sehr mich dieses Wissen belastete und an mir nagte. Außerdem ist mir mein eigenes Leben nicht mehr so wichtig. Ich habe nur noch ein Ziel: Adrians Mörder für den Rest seines Lebens, in den Knast zu bringen.«

Beppo brauchte Zeit zum Überlegen, deshalb fragte er sie: »Möchten Sie etwas trinken? «

Sie bat um ein Wasser. Beppo stand auf und verließ den Raum. Vor dem Einwegspiegel herrschte aufgeregtes Durcheinander. Lahm telefonierte und lief dabei nervös hin und her, Ninus und Graf diskutierten lautstark. Als Beppo zu ihnen kam, schwiegen sie sofort.

»Herr Lahm, reicht das für eine Anklage?«

»Auf jeden Fall.«

»Können Sie garantieren, dass niemand von Frau Rascalères Aussage erfährt?«

»Nein. Spätestens nach Klageerhebung hat die Verteidigung das Recht, alle Beweismittel und Zeugen genannt zu bekommen. Eine Zeugin, die in einem Prozess überraschend aus dem Hut gezaubert wird, gibt es nur im Fernsehen.«

»Aber bis zur Klageerhebung können wir es vertuschen?«

»Wenn Sie das so nennen wollen. Es ist in unser aller Interesse. Was glauben Sie, was das für einen Presserummel geben wird. Die Frau des Direktors der AllWiBa-Bank in einen Mordprozess verwickelt. Das wird bundesweites Aufsehen erregen.«

»Gut. So soll es sein. Graf und ich werden die Aussage von ihr aufnehmen, zu Protokoll geben und sie anschließend nach Hause bringen. Morgen früh treffen wir drei uns, also Graf, Sie und ich, um neun Uhr im Büro und beraten, wie wir vorgehen wollen.«

Beppo hatte Ninus, von den anderen unbemerkt, ein Zeichen gegeben.

Sonntag, 11. Januar

Die Tür aufzubrechen, war für die zwei Männer kein Problem. Geübt und professionell hatte der Kleinere der beiden das einfache Schloss geknackt. Sie betraten die Wohnung und blieben an der Tür stehen. Der größere, er war über einsneunzig, hatte eine Glatze und an beiden Ohrläppchen trug er kleine goldene Ringe, leuchtete zur Orientierung mit der Taschenlampe umher.

Der Flur war fast leer, nur rechts an der Wand hing an einer Holzleiste mit Haken eine Lederjacke, daneben eine Tür, die offen stand. Links gab es eine weitere Tür mit Glasfenster. Der Kleine, dessen fettiges Haar bis auf die Schultern reichte, tastete die Lederjacke ab, fand aber außer einem fast leeren Päckchen Zigarettentabak nichts darin. Sie öffneten die Tür mit dem Fenster, es war die Toilette. Dann schlichen sie in den anderen Teil des Flurs und gelangten in einen Raum, in dessen hinterem Bereich sie eine Küchenzeile und einen Tisch mit zwei Stühlen gewahrten. Gegenüber stand ein Schreibtisch, dahinter ein Regal mit Ordnern, ein komfortabler Chefsessel und vor dem Schreibtisch ein Stuhl. Diesem Raum schloss sich rechts ein weiteres Zimmer an, mit einem Bett, Kleiderschrank und einer kleinen Kommode. Links befand sich die Dusche. Sie wussten, dass sie ungestört sein würden.

Nicht umsonst hatten sie den Wohnungsinhaber den ganzen Tag über beschattet. Dennoch arbeiteten sie konzentriert und schnell. Ihr Auftrag war klar. Als sie die Digitalkamera fanden, schaute sich der Langhaarige in aller Ruhe die gespeicherten Aufnahmen an. Ab und zu nickte er, öffnete eine Klappe am Fotoapparat und entnahm die SD-Karte, die er in seine Jackentasche steckte. Nach einer halben Stunde hatten sie alles durchsucht, aber kein weiteres Material gefunden.

Der mit der Taschenlampe deutete mit dem Lichtstrahl auf den Computer, der unter dem Schreibtisch stand. Beide nickten. Mit dem mitgebrachten Kreuzschraubendreher öffneten sie die Blechummantelung des PCs und bauten mit geübten Handgriffen die Festplatte aus. Wieder nickten sie sich zu und verließen die Wohnung. Als sie sich vergewissert hatten, dass sich niemand im Hausflur befand, was um diese Uhrzeit unwahrscheinlich war, schlichen sie die Treppe hinunter. Auf der Straße angekommen, gingen sie in dem dunklen Eingang des Nachbarhauses in Deckung und warteten. Der eine steckte sich eine Zigarette an.

Carla hatte ihren Kopf an Hagens Schulter gelegt, räkelte sich zufrieden und konnte nur mit Mühe die Augen offen halten. Ihr dunkelblondes, halblanges Haar war ziemlich zerzaust, zu oft war ihr Ninus mit seinen Fingern hindurch gefahren, während sie sich geküsst hatten. Es war schon nach Mitternacht und Elisabeth, genauso wie ihr Mann Alejandro, zeigten deutliche Ermüdungserscheinungen. Kein Wunder, seit dem Morgen standen sie im Lokal, und da es Sonntag war, hatten sie auch genug zu tun gehabt. Dennoch hatte der Spanier es sich nicht nehmen lassen, Carla und Ninus zu einem kleinen Umtrunk einzuladen.

Er hatte am Freitag Geburtstag gehabt und groß mit der Familie gefeiert. Die beiden waren natürlich eingeladen gewesen, konnten aber nicht kommen, da sie Carlas Schwester zugesagt hatten, an diesem Tag die Kinder zu hüten. Julia und Wolfi hatten sich so auf diesen freien Tag gefreut.

»Wir werden alt«, entfuhr es Ninus, nicht mehr ganz nüchtern.

»Du bestenfalls, mein Schatz«, brummelte Carla und gähnte herzhaft, um kurz darauf fortzufahren: »Und weil du alt bist und müde, gehen wir *stante pede* nach Hause. Elisabeth und Alejandro wollen auch noch ein bisschen kuscheln.«

»Was heißt auch?«

»Was es heißt ...«, brachte Carla noch heraus, bevor sie einnickte. Ninus erhob sich langsam, ein wenig wacklig, küsste seine Prinzessin wach, zog sie hoch und stützte sie. Lediglich mit einer gehobenen rechten Hand, verabschiedete er sich von den Wirtsleuten und führte Carla aus dem Lokal. Die kalte Januarluft schlug heftig zu.

Hagen musste tief durchatmen und die Balance finden, damit nicht beide im Schneematch landeten. Er hakte sie noch ein wenig fester unter und stapfte los. Irgendwie erinnerte ihn das an eine Szene aus dem letzten Jahr.

Carla und er, torkelnd in der Neugasse. Nur waren die Umstände andere gewesen. Es war am Tage gewesen, viele Menschen unterwegs, Carla war eine Fremde und er hatte sie über der Leiche ihres ermordeten Bruders gebeugt vorgefunden.

Ninus schüttelte den Kopf. Schnee von gestern. Als er die Haustür erreichte, traten aus dem Schatten des Nachbarhauses zwei Typen auf ihn zu und bevor Ninus irgendetwas sagen konnte, traf in ein brutaler Faustschlag in den Magen. Ninus sackte in sich zusammen, irgendwie versuchte er Carla zu halten, riss sie aber mit. Sie fiel auf ihn und kullerte auf die Pflastersteine.

Dann überschlugen sich die Ereignisse. Der kleinere der beiden packte Carla, zog sie auf die Beine, hielt ihr mit der einen Hand den Mund zu und mit der anderen eine spitzes Messer an den Hals. Der große Glatzkopf nahm Ninus mit beiden Händen am Kragen, hob ihn hoch und trat ihm mit angezogenem Knie in den Unterleib. Ninus stöhnte auf, wollte sich befreien, schlug um sich, trat um sich, aber die Schmerzen waren zu heftig, raubten all seine Kraft. Sein Peiniger drehte ihn um und nahm ihn von hinten in den Schwitzkasten.

»Hör gut zu, du Clown. Schau dir deine Nutte an. Wäre schade um ihr hübsches Gesicht.«

Carla stand mit schmerzverzerrtem Gesicht buchstäblich bewegungslos.

»Wenn du nicht die Finger von Beyer lässt, hat entweder sie kein Gesicht oder du kein Leben mehr, das ist noch nicht entschieden.«

Während er das sprach, durchwühlte er mit einer Hand Hagens Taschen, zog dessen Handy heraus und steckte es ein.

»Ein Tipp unter Kumpels, wenn man einbricht, sollte man darauf achten, nicht gefilmt zu werden.«

Abrupt wurde Hagen losgelassen, und bevor er irgendwie reagieren konnte, traf ihn ein Schlag so heftig ins Gesicht, dass er hintenüber zu Boden fiel. Kurz darauf landete Carla auf ihm. Als nichts weiter geschah, krächzte Ninus: »Carla, Carla?«

»Ich lebe – noch«, flüstere sie an seinem Ohr.

»Wir müssen aufstehen.«

»Will nicht. Es liegt sich so schön auf dir.«

Diese Frau brachte ihn zur Weißglut. Wobei Glut das richtige Wort war. Sein Unterleib brannte wie Feuer, gleichfalls sein Gesicht. Jede Bewegung verursachte heftige Schmerzen, irgendwo in seinem Körper. In diesem Moment kamen Schritte näher, hielten neben ihnen inne. Schemenhaft sah Ninus zwei Jugendliche über sich gebeugt. Sie begannen zu singen: »*Why don't we do it in the road / No one will be watching us / Why don't we do it in the road*« und liefen lachend davon.

Später saßen Carla und Ninus an einem Tisch in seiner Bude. Es war ihnen gelungen, sich aufzurichten und gegenseitig abzustützen. Carla, die sichtlich unter Schock stand, hatte unablässig vor sich hingemurmelt: »Ich lebe ... ich lebe ...« und es dennoch geschafft, Ninus zu stützen und ihn die Treppen hoch zu bugsieren. Carla schien sich langsam zu erholen.

»Was war das denn? Ein Überfall? Meine Handtasche habe ich noch. Deine Brieftasche ist auch noch da. Kannst du mir das erklären?«

»Eine lange Geschichte eines verblödeten Privatdetektivs. Egal, zum Glück ist dir nichts passiert.«

»Nichts passiert, aha«, stellt Carla fest und betrachtete dabei das Blut auf ihrer Hand, das sie sich von der kleinen Schnittwunde am Hals abgewischt hatte.

»Nichts passiert! Wenn du meinst. Sollten wir nicht die Polizei verständigen?«

»Ich gehe morgen zu Beppo. Das wird genügen – Scheiße, was ist das denn?«

Ninus hatte zufällig zu seinem Computer hinüber geschaut und den entblößten Desktop gesehen.

»Die haben meine Festplatte geklaut«, mit einem Blick auf seine Kamera, »und meine Fotos. Na, nicht so schlimm, ich habe von allen Daten Kopien auf einer Internetfestplatte ... verdammt, Lena!«

»Du fluchst ganz schön viel. Außerdem finde ich es nicht besonders amüsant, dass du in diesem Moment an andere Frauen denkst.«

»Carla, die haben mein Handy mitgenommen und ich habe das, was die suchen Lena per MMS geschickt. Wenn sie sich das Telefon anschauen, können sie das feststellen. Lena ist in Gefahr.«

Carla und Ninus standen gegen acht Uhr vor Lenas Wohnungstür im Frankfurter Stadtteil Sachsenhausen. Ninus schellte und klopfte gleichzeitig gegen die Tür. Er klingelte erneut. Als sich immer noch nichts tat, überlegte er, einfach die Tür aufzubrechen. Doch sie öffnete sich von alleine und eine ganz und gar verschlafene Lena sah sie mit halb geschlossenen Lidern an. Ihre roten Haare standen noch wirrer ab als sonst, aus einem minikurzen Nachthemdchen schauten ihre nackten, dünnen Beine hervor.

»Ninus? Carla? Seid ihr von allen guten Geistern verlassen?«

Ohne auf Lena zu hören, schob sich Ninus an ihr vorbei, zog sie mit in die Wohnung. Carla schloss von innen die Tür.

»Ich glaube, dir geht es nicht gut ... weißt du, dass ich höchstens eine Stunde geschlafen ...«

»Schlafen kannst du später. Zieh dich an, pack das Nötigste zusammen. Du musst hier weg.«

Lena setzte sich verdutzt auf einen Stuhl.

»Was habe ich angestellt?«

»Du nicht, aber ich. Bitte mach einfach, was ich sage. Wir müssen dich so schnell wie möglich in Sicherheit bringen.«

Lena schaute Carla an, diese nickte mit ernster Miene. Lena zuckte resigniert mit den Schultern und patschte barfuß ins Badezimmer.

»Ich muss mal.«

Eine Stunde später saßen die drei bei Carla in Erbach. Ninus hatte Lena auf der Fahrt dorthin alles erzählt. Von dem Überfall gestern Abend und der MMS.

Lena, die zwar ständig gähnen musste, war dank der

drei Espressi, die Carla ihr gemacht hatte, einigermaßen bei der Sache.

»Und ihr meint wirklich, die wollen mir auch an die Wäsche?«

»Das scheint die Konsequenz zu sein. Hier bist du sicher.«

»Du kannst hier wohnen, solange es notwendig ist«, warf Carla ein.

Ninus versuchte seine Schmerzen zu unterdrücken, aber das rechte Auge schwoll trotz Eisbeutel mehr und mehr an und bekam richtig schöne Farben. Er schritt breitbeinig daher, gleichzeitig gebückt. Aber er wollte, musste das ignorieren und fuhr fort:

»Ich will die Sachen augenblicklich Carlas Schwager übergeben. Du weißt, der ist Staatsanwalt. Nur, so richtig viel habe ich nicht in der Hand. Konntest du noch mehr herausfinden.«

»Was glaubst du, warum ich so müde bin. Ich habe die ganze Nacht am PC gehockt und recherchiert. Da laufen ganz schön krumme Dinger.«

»Schieß los«, forderte Ninus gespannt.

»Dein Beyer ist kein Einzelfall. Dahinter steckt eine bundesweit agierende Bande, getarnt als Versicherungsmakler. Ihr Trick ist folgender. Sie schließen mit Menschen, die Geld haben, das sie einerseits auf nicht ganz legalem Wege erworben haben, andererseits aber gerne anlegen beziehungsweise waschen wollen, eine Lebensversicherung ab. Dabei wird genau berechnet, dass das zu waschende Geld plus einer hohen Gewinnspanne aus Anlagegeschäften – dazu später – ausreicht, um die monatlichen Raten elf Jahre lang zu bezahlen. Elf Jahre deshalb, da es sich ab diesem Zeitpunkt lohnt, die Versicherungssumme auszahlen zu lassen. Die vertraglich vereinbarte Versicherungssumme ist sehr hoch, was den Vorteil hat, dass der Makler eine entsprechend hohe Provision kassiert. Der Makler lässt sich das Geld bar geben und verspricht es gewinnbringend anzulegen und davon die monatlichen Raten zu begleichen. Für den Kunden klingt das gut. Er muss sich um nichts kümmern, außer nach elf Jahren sein gewaschenes Geld samt Gewinn abzukassieren. Der Makler legt das Geld an und zahlt zwei Jahre lang die Monatsbeiträge. Irgendwann stellt er die Zahlungen ein, der Versicherungsvertrag platzt. Zwei Jahr lang deshalb, weil die Makler nach dieser Zeitspanne, die erhaltenen Provisionen nicht zurückzahlen müssen. Meist merken die Kunden gar nichts davon, da der Schriftverkehr über das Maklerbüro läuft. Sie denken, sie hätten eine gute Lebensversicherung und schauen ganz schön blöd drein, wenn sie nach elf Jahren erfahren, dass ihre Versicherung längst storniert wurde. Versicherung weg, Geld weg. Hin und wieder klappt es eben nicht und der Kunde bekommt mit, was passiert ist. Er hat aber nichts in der Hand. Weder die Versicherungsverträge, die der Makler freundlicherweise für seinen Kunden im Safe deponiert und auch keinen Nachweis über das gezahlte Geld. Denn Quittungen werden bei Schwarzgeld grundsätzlich nicht ausgestellt ...«

Ninus unterbrach Lena.

»Mach eine Pause. Das muss man erst verdauen. Wie können die Leute denn so dumm sein und sich auf derartige Geschäfte einlassen.«

»Naja, da kommen ein paar Dinge zusammen. Schwarzgeld, ein vertrauenswürdiger, gerissener Versicherungsvertreter und die Unsicherheit gegenüber Behörden, Ämtern, Gesetzen und Vorschriften. Besonders ausländische Mitbewohner stehen oft ratlos vor unserem Formulardschungel und sind heilfroh, wenn sich jemand anbietet, ihnen dabei zu helfen.

Damit diese Betrügereien bei den Versicherungsgesellschaften nicht auffliegen, schieben sich die Agenturen die Versicherungsverträge gegenseitig zu und arbeiten auch mit allen möglichen Versicherungsgesellschaften zusammen. Zum Beispiel: In München hat ein Makler einen Fisch an der Angel, zunächst schaut er nach, mit welcher Versicherung er längere Zeit keinen Vertrag abgeschlossen hat, findet er nichts passendes, schickt er die Unterlagen an einen seiner Kollegen, beispielsweise nach Wiesbaden, damit dieser sie über seine Agentur laufen lässt. So fällt kaum auf, dass die von diesen Agenturen abgeschlossenen Verträge nach zwei Jahren wegen Nichtzahlung storniert werden. Das Ganze funktioniert aber nur, wenn du Banken hast, die da mitspielen. Wie es scheint arbeitet diese Bande mit zwei Banken zusammen. Bundesweit mit der *German Business Bank* und jeweils mit einer Bank vor Ort. In Wiesbaden ist es die *AllWiBa*. Was ich jetzt sage, ist reine Vermutung. Die Gelder werden bei den Banken auf sogenannte Chefkonten eingezahlt. Konten, die vom Chef, dem Bankdirektor persönlich eingerichtet und verwaltet werden. Aber, das muss nicht stimmen. – Na, Herr Detektiv, war deine Lena nicht fleißig?«

»Du bist einfach spitze. Und das geht alles aus den Unterlagen hervor, die ich fotografiert habe?«

»Sagen wir es so, mit deinen Bildern kann man die richtigen Schlüsse ziehen. Und wenn man weiß, wo man suchen muss, wird man schnell fündig.«

»Kein Wunder, dass die sich so aufführen. Und gut, dich hier zu haben und nicht in deiner Wohnung. Was ist eigentlich mit Paul Beyer? Warum hat der seinen Mercedes klauen lassen?«

»Wie die Typen halt so ticken. Beyer hatte sein Geld an der Börse verzockt, ich vermute, der verjubelt sein

Geld auch noch in diversen Spielkasinos. Jedenfalls muss er einen finanziellen Engpass gehabt haben, als ihm ein unzufriedener Kunde seine Schläger auf den Hals hetzte. Normalerweise geben sie denen ihr Geld zurück und sind sie damit los. Da er aber keins hatte, kam er auf die Idee mit dem Autoklau. Ob das seine Geschäftspartner sehr gefreut hat, steht auf einem anderen Blatt.« Lena lehnte sich erschöpft zurück. »Ich leg mich hin. Ich habe meinen Job gemacht, nun bist du dran.«
Sprach's und verschwand im Gästezimmer.

Wiesbaden, Versicherungshochhaus

Minkas hatte sein Büro im 30. Stock. Es war früher Nachmittag, die Wolken hatten sich verzogen und die Sonne strahlte kraftvoll vom blauen Himmel, bevor sie bald hinterm Taunus versinken würde. Ninus stand am Fenster und blickte hinaus. Von hier oben hatte man einen unverstellten Blick über die hessische Landeshauptstadt.

Er hatte seine Berichte fertiggestellt und seinem Auftraggeber übergeben. Während Minkas in der Akte blätterte, dachte Hagen über die Geschichte nach.

Im Prinzip war der Fall abgeschlossen. Mit der Aussage Azkülers und den Unterlagen aus Beyers Büro müsste es für eine Verurteilung reichen. Wenn Minkas das richtig einsetzte, würden noch mehr Agenturen auffliegen, ein Skandal, der sich gewaschen haben würde. Allerdings hatte Ninus das Gefühl, dass da noch etwas war. Etwas, das er übersehen hatte oder falsch einordnete.

Minkas legte die Akte zur Seite.

»Gute Arbeit, Herr Hagen. Ihren Scheck können Sie bei Frau Lohmeyer im zweiten Stock abholen. Sie ist informiert. Meinen Sie, dass Beyer Ihnen die Schläger geschickt hat? Er scheint mir gar nicht so der Typ zu sein, der in derartigen Kreisen verkehrt.«

»Dieser Beyer ist ein Blender der ganz besonderen Art. Ich glaube, er schafft es, jeden rumzukriegen. Aber wie er wirklich tickt – keine Ahnung. Was werden Sie unternehmen? «

»Das entscheide ich nicht alleine. Wir müssen erst prüfen, wie weit unsere Gesellschaft darin verwickelt ist. Später werden wir uns mit den anderen betroffenen Versicherungen zusammensetzen, um den Schaden abzuklären und die weitere Vorgehensweise abzustimmen. Wenn ich das richtig überblicke, wirft das kein schönes Bild auf unsere Branche. Da müssen wir sehr überlegt vorgehen. Aber eins ist sicher, all diese Agenturen, egal wo sie sitzen, werden keinen einzigen Versicherungsvertrag mehr abschließen. Ich kann mich darauf verlassen, dass sie niemanden davon erzählen werden?«

»Da gibt es ein Problem. Vergessen Sie nicht, dass Carla und ich überfallen und zusammengeschlagen wurden. Das ist ein schwerwiegendes Verbrechen und wird von den Behörden verfolgt. Natürlich werde ich keine Vermutung äußern, wer dahinterstecken könnte oder was der Grund war. Aber sollten die Täter ergriffen werden, kann ich nicht garantieren, dass eventuell eine Spur zu Beyer und damit zu den Versicherungen führen wird.«

»Das ist klar. Aber bis dahin haben wir eine Strategie entwickelt, um den Schaden zu begrenzen.«

Während Ninus, nachdem er seinen Scheck abgeholt hatte, sich auf den Weg machte und seinen 2CV, endlich winterreifenbestückt, Richtung Erbach lenkte, war Paul Beyer auf dem Weg zu einem neuen Kunden. Gut gelaunt klingelte er an Tür des kleinen Einfamilienhauses in Rambach. Während er wartete, schaute er sich um. Schönes Stückchen Land. Außerhalb am Waldrand gelegen, ruhig und beschaulich. Beyer klingelte erneut. Keine Reaktion. Er schaute auf die Armbanduhr. Fünfzehn Uhr, wie vereinbart. Als sich nach dem dritten Klingeln immer noch nichts tat, holte er sein Telefon hervor und rief den Kunden an. Er erhielt die Nachricht, dass der Teilnehmer momentan nicht erreichbar sei. Ärgerlich. Womöglich hatte er sich verspätet. Beyer beschloss, einen kleinen Spaziergang zu unternehmen und dann wieder herzukommen. Ein kleiner Pfad führte vom Haus weg, direkt zum Wald. Als er die ersten Bäume erreichte, traf ihn ein Schlag auf den Hinterkopf und Beyer sackte zusammen.

Drei Stunden später hatte ein Spaziergänger Beyers Leiche entdeckt. Die Polizei war vor Ort, hatte den Tatort weitläufig abgesperrt und war dabei die Spuren zu sichern.

»Wahrscheinlich ein Raubmord. Keine Brieftasche, kein Ring, obwohl der linke Ringfinger so aussieht, als habe sich dort ein Ring befunden, keine Uhr, keine Aktentasche oder Ähnliches. Durch einen Schlag auf den Hinterkopf betäubt, dann aufgesetzter Schuss. Was wiederum gegen einen Raub spricht, eher für eine Hinrichtung. Warum erschießen, wenn das Opfer sowieso bereits ausgeschaltet ist?«

Die beiden ermittelnden Beamten, eine Frau und ein Mann, standen nicht weit entfernt vom Auffindungsort. Die Kommissarin nickte und meinte: »Da stimme ich dir zu. Der Wagen jedenfalls, der vor dem Haus da drüben steht, ist auf einen Paul Beyer zugelassen. Versicherungsmakler. Der Kollege hat mir das Passfoto aufs Handy geschickt. Könnte er sein.«

Dienstag, 13. Januar

Frankfurt am Main, Flughafen

Ninus Hagen saß auf einem der wackligen Plastikstühle und schaute in Carlas Gesicht. Sie hatte sich auf seine angewinkelten Beine gesetzt und die Arme um seinen Hals geschlungen. Ihr Busen schmiegte sich an seinen Hals. Möge sie ewig so sitzen bleiben, dachte er und wünschte sich nichts sehnlicher, als dass sie sofort mit ihm nach Hause zurückkehrte und der Airbus ohne sie nach London fliegen würde. Aber das Thema hatten sie durch.

Es war vernünftig.

Carla flog nach London, leistete die letzten Arbeitstage in ihrer Firma ab, löste die Wohnung auf und organisierte den Umzug. Vernünftig und richtig. Wenn er mitgeflogen wäre, wenn sie gemeinsam Carlas Abschied von der Teetrinker-Insel gefeiert hätten, wenn alles so gelaufen wäre, wie geplant ... wenn, wenn, wenn. Dabei lag es ausschließlich an ihm. Es war schließlich sein Auftrag, der ihre Pläne durchkreuzte.

Er hatte den Fall sauber und wasserdicht aufgeklärt, ganz im Interesse seines Auftraggebers und sich auf die Reise nach London vorbereitet, da wurde Beyer ermordet. Sein Bauchgefühl hatte ihn nicht betrogen. Im ersten Moment hatte er sogar Minkas im Verdacht, sich auf diese Weise eines lästigen Problems entledigt zu haben. Aber das war Unsinn. Entgegen dem Versprechen Minkas gegenüber, war er zu Beppo gegangen und hatte ihm von dem Fall erzählt.

Da er vermutete, dass die beiden, die ihn und Carla verprügelt hatten, auch die Mörder Beyers sein könnten, hatte er stundenlang die Verbrecherkartei durchgesehen und die beiden Typen auch wiedererkannt. Beppo hatte sofort eine Fahndung eingeleitet, bisher aber ohne Erfolg. Und genau das war der Grund dafür, dass Ninus zu Hause bleiben musste und Carla alleine auf die Insel reiste.

Ihre erste längere Trennung, seit sie sich kannten, bis auf die zwei Tage an Silvester und Neujahr. Zugegeben, das waren erst ein paar Monate, aber für Ninus eine unendlich schöne und lange Zeit. Lange deshalb, weil er das Zusammensein mit Carla genossen und so intensiv erlebte, wie er es sich bis zur Begegnung mit ihr nie mehr hätte träumen lassen. Zum ersten Mal, nach seiner Scheidung von Elke hatte er sich in eine Frau verliebt, die seine Liebe erwiderte.

Natürlich hatte es vor Carla andere Frauen in seinem unsortierten und chaotischen Leben gegeben, wobei jedoch nur bei einer seine Gefühle tief und innig gewesen waren. Und schmerzhaft. Das war Lena. Lena! Seine beste Freundin.

Jetzt hatte er Carla. Und Carla wollte ihn verlassen. Für ein paar Wochen nur, freilich konnten ein paar Wochen eine höllisch lange Zeit sein.

Er strich die dunkelblonden Haarsträhnen nach hinten, beugte sich nach vorne und küsste sie lange und heftig, bis sie sich losdrückte und aufstand.

»Ich wandere ja nicht aus«, grinste sie und versuchte tapfer ihre Tränen zu unterdrücken.

»Fang ein paar Mörder, bring Rolozko bis an sein Lebensende in den Knast und schwuppdiwupp, kommst du nach *Her Majesty's Country* gesegelt und nimmst deine einsame Carla in die Arme.«

Auch Ninus erhob sich. Auf der großen schwarzen Tafel wurde angezeigt, dass sich das Check-in um eine halbe Stunde verzögerte.

Dreißig Minuten Galgenfrist. Bis auf Ninus schienen sich alle um ihn herum über die Verzögerung zu ärgern.

»Was hältst du von einem Pappbecher voll heißem

Kaffee?«, fragte er, als sein Blick auf die kleine Bar neben dem Autoverleihservice fiel.

»Das wäre schön.«

Ninus lief los und postierte sich hinter einem Pärchen, das ebenfalls das Bedürfnis auf Koffein verspürt haben mochte. Schlechter Menschenkenner rügte er sich, als die beiden Whisky orderten. Er drehte sich zu Carla um. Groß und schlank stand sie neben dem Koffer. In der engen Jeans, den weißen Turnschuhen und der bunten Jacke wirkte sie mit ihren 42 Jahren wie ein junges Mädchen. Dabei beschlich Ninus wieder die Unsicherheit, die er von Anfang an verspürt hatte. Er war gute zehn Jahre älter als sie. Zu alt? Sie hatte das Thema für erledigt erklärt. Aber war es das wirklich?

»Was möchten Sie?«, fragte die Frau hinterm Tresen und holte Ninus in die Gegenwart zurück.

Als er zurück bei Carla war, nahm sie dankbar den Becher mit beiden Händen entgegen und schlürfte ein paar Schlucke.

»Hast du sie erkannt?«, fragte Carla unvermittelt.

»Wie, wen?« Ninus wusste nicht, was sie meinte.

»Na, die tolle Frau, die vor dir an der Bar stand.«

»Du meinst das Business-Girl im knitterfreien, modegerechten grauen Hosenanzug und mit dicker Laptoptasche?«

Dass er mit den Gedanken ganz wo anders gewesen war, verschwieg er lieber.

»Du bist mir ein schöner Detektiv. Das war die Mondschein. Dr. Pinga Mondschein, ihres Zeichens Rechtsanwältin und unter Freunden wie auch Feinden, einfach nur *PM* genannt. Du bist ihr während der Gerichtsverhandlungen ständig begegnet und erkennst sie nicht?«

»Ich habe sie nur von hinten gesehen«, versuchte Hagen sich rauszureden.

Dabei schaute er sich im Wartebereich um. Wirklich. Da spazierten die beiden Whiskytrinker keine 20 Meter entfernt an ihm vorüber, in Richtung der Abfluggates. Das Gespräch zwischen den beiden, den Mann kannte Ninus nicht, schien wenig erfreulich zu verlaufen. Das war deutlich zu erkennen.

Mondschein hatte Andrej Doran Rolozko verteidigt. Mit allen Tricks und Raffinessen. Hatte aber nicht viel genützt. Was Ninus und die Polizei zusammengetragen hatten, war so belastend, dass Rolozko wegen Unterschlagung, Betrugs und Urkundenfälschung kräftig verknackt worden war. Aber als alle glaubten, die Sache sei ausgestanden und abgehakt, fing es just erst richtig an.

Eine Mordanklage hatte eine wesentlich größere Brisanz als ein Wirtschaftsverbrechen. Rolozko musste neuerlich vor Gericht und seine Anwältin wird große Mühe haben, ihn da rauszuboxen. Im Prinzip das, was alle vermuteten, aber nicht beweisen konnten.

Der feine Herr schreckte vor nichts und niemandem zurück, und wenn er wegen Mordes verurteilt werden würde, wäre das für viele Menschen eine große Genugtuung.

Das Negative daran war, dass auch die Ereignisse des letzten Jahres aufgerollt würden. Bei diesen Gedanken stiegen schmerzliche Erinnerungen hoch. Schmerzlich für ihn und noch viel mehr für Carla. Er hoffte nur, sie da raushalten zu können.

»Du denkst an Rolozko?«, hörte er Carlas Stimme zwischen seinen Gedanken. Wie gut sie ihn kannte.

»Wie auch nicht? Diese kalte Suppe wird erneut aufgekocht. Ich will letztendlich gar nicht daran denken.«

»Wolfgang, der bekanntermaßen der zuständige Staatsanwalt ist, sagt, dem Prozessbeginn stehe nichts mehr im Wege.«

»Er sagte aber auch, die Beweislage sei sehr dürftig. Alles hänge von der einen Augenzeugin ab. Sie hat zwar bei der ersten Vernehmung alles erzählt und versprochen, sie werde das auch vor Gericht aussagen, aber laut deinem Schwager, scheint sie wankelmütiger zu sein, als es zunächst den Anschein hatte.

Zum einen hat sie eine verständliche Angst, zum anderen ist sie nicht unbedingt darauf erpicht, ihr Liebesleben in aller Öffentlichkeit auszubreiten. Sie ist die Ehefrau einer wichtigen Persönlichkeit, die ihrerseits aus einem sehr feinen Hause stammt. Du kannst sicher sein, der wird alles daransetzen, seinen Namen da raus zu halten. Hinzu kommt, dass die gnädige Frau nicht unbedingt Abstinenzlerin ist, was heißt, dass sie zu saufen geruht und zwar regelmäßig.«

»Zu verstehen, oder? Madame ist fremdgegangen, nach eigener Aussage mit ihrer großen Liebe, die gleichzeitig zu Rolozkos Marionettenkabinett gehörte. Pech für sie, dass ihr Geliebter genau in dem Moment umgebracht wird, als sie es sich schon in seinem Bettchen gemütlich gemacht hatte. Da hast du es. Fremdgehen ist gefährlich.«

»Geht das an mich?«, versucht Ninus das Gespräch auf ein anderes Thema zu lenken.

»Habe ich Grund dazu? Wie dem auch sei, der Prozess wird auf uns zukommen und wir werden das gemeinsam durchstehen, genauso, wie wir unseren heutigen Abschied verkraften werden. Das Check-in hat nämlich begonnen und ich muss los.«

Sie nahm Ninus in ihre Arme, drückte ihn kurz und heftig.

»Nee, so nun nicht«, beschwerte sich Ninus.

»Ein richtiger Abschiedskuss muss wohl noch drin sein.« Gesagt, getan und die Zeit wurde knapp. Carla musste sich sputen, um noch mitgenommen zu werden. Ninus winkte ihr nach und winkte noch, als sie längst hinter der Tür verschwunden war.

Nachdenklich drehte er sich um und registrierte dabei, mehr unbewusst als bewusst, dass Mondschein ein paar Meter vor ihm ging, ebenfalls in Richtung Ausgang.

Zürich, Bürkliplatz

Der fast sechzigjährige, schlanke und durchtrainiert wirkende Mann mit dem dünnen, rechts gescheitelten Haar verließ die *Silbermann-Bank* und schritt die *Claridenstrasse* hinunter, Richtung *Dreikönigstrasse*. Er benötigte diesen Spaziergang, um seine Gedanken zu ordnen und seine Pläne in Ruhe zu überdenken.

Bis gestern war seine Welt noch in Ordnung gewesen, zumindest hatte er geglaubt, seine Geschicke in den Händen zu haben und selbst zu agieren. Bis gestern, bis zu dem Moment, als es am Tor der Villa geklingelt hatte und die Anwältin Pinga Mondschein mit ihm sprechen wollte.

Das war wahrlich kein angenehmes Gespräch gewesen, streng genommen, überhaupt kein Gespräch. PM hatte eindeutige Forderungen gestellt und keinerlei Einwände geduldet. Ihr gemeinsamer Freund und Geschäftspartner verlangte von ihm etwas, was er sich nie hätte träumen lassen. Als die Anwältin gegangen war, hatte er bis in die frühen Morgenstunden am Schreibtisch gesessen und seine Situation durchleuchtet.

Der in Hamburg geborene Alexander de Rascalère war ein bekannter Bankmanager, der, bevor er den Direktorenposten bei der *Allgemeinen Wiesbadener Bank* übernahm, im Aufsichtsrat eines weltweit agierenden Finanzinstituts in Frankfurt gesessen hatte. Im Zusammenhang mit der Rolozko-Affäre wurden ihm Machenschaften bei der Veruntreuung von russischen Staatsgeldern nachgewiesen, die bei einer international organisierten Geldwäsche teils über Rolozkos Tarnfirmen, teils über Beteiligungen in Fonds flossen, die als offene Anlegerfonds getarnt gewesen waren. Alexander musste seinen Stuhl im Aufsichtsrat räumen und hatte schnell einen Job bei der *AllWiBa* gefunden. Geschadet hatte ihm das wenig, weder finanziell noch seinem Ansehen. Ein Kavaliersdelikt, eher eine kleine, verzeihbare Dummheit.

Sicherlich war für seine Karriere nicht unerheblich gewesen, dass er aus einer wohlbekannten Familie stammte. Sein Bruder Berthold war viele Jahre lang hessischer Minister gewesen, sein zweiter Bruder Udo, ein hoher General bei der Bundeswehr.

Als er die Stelle in Wiesbaden übernahm, hatte er sich ein schmuckes Häuschen in Niederhausen-Engenhahn gekauft. In dem noblen Villenviertel, bekannt als *Wildpark*, lebte er in einträchtiger Gemeinschaft mit bekannten Menschen wie der Schriftstellerin und Journalistin Susanne Fröhlich, dem Fernsehmoderator Gert Scobel oder dem ehemaligen Sportchef beim ZDF, Alfons Spiegel.

Besonders gerne erzählte Alexander jedem, der es hören wollte oder auch nicht, in der Villa nebenan habe Wim Thoelke gelebt und, quasi als Sahnehäubchen, sein eigenes Haus habe einst dem bekannten Boxpromoter Eberhard Thust gehört. Ebby Thust, der durch die Graf-Affäre erst so richtig bekannt geworden sei, habe, wie sich alle noch erinnern werden, mit dem Playboy-Model Nicole Meissner eine Liaison gehabt.

Thust war damals von der Staatsanwaltschaft Frankfurt angeklagt worden, Peter Graf, Vater von Tennisspielerin Steffi Graf, um mindestens 800.000 Mark erpresst zu haben. Erpressungsgrund war das Verhältnis, das Thusts Lebensgefährtin Nicole Meissner mit Peter Graf gehabt hatte. Diesem Verhältnis soll eine Tochter entstammen. Thust wurde wie seine Komplizin Meissner wegen Erpressung zu einer dreijährigen Gefängnisstrafe ohne Bewährung verurteilt. Wie gesagt, jede Menge illustre Menschen um ihn herum.

Spät in der Nacht hatte Alexander de Rascalère sich entschieden. Das, was er vorsorglich geplant hatte, aber erst in ein paar Monaten in die Tat umsetzen wollte, würde er sofort angehen. Dieser Schritt würde nicht nur sein Leben, sondern das vieler anderer grundlegend verändern. Schwierig, aber zwingend notwendig. Zwar musste er den Direktorenposten bei der *Allgemeinen Wiesbadener Bank* aufgeben, seine Villa verkaufen und aus Deutschland verschwinden, aber in jedem Falle wesentlich besser, als auf Gedeih und Verderb einem einzigen Menschen ausgeliefert zu sein. Dieser Mensch verfuhr wenig zimperlich mit ungehorsamen Freunden und Partnern, was er in der Vergangenheit oft genug bewiesen hatte.

Alexander erreichte die *Dreikönigstrasse* und bog nach rechts in die *Talstrasse* ab, um hinunter zum Hafen zu gelangen. Vom See her fegte ein kalter Wind durch die Straße und ließ Alexander erschauern. Er hätte seinen gefütterten Mantel mitnehmen sollen. Der sonnige Januartag in Wiesbaden hatte ihn getäuscht.

Er zog das Blackberry hervor und wählte die Nummer, die ihm Mondschein gegeben hatte. Er musste lange warten, bevor sich am anderen Ende eine krächzende Stimme mit »Wer spricht?« meldete.

»Sie wissen, wer spricht! Das Ziel ist erreicht. Sie können die Ware abholen.«

Was für ein Kauderwelsch, dachte Alexander. James Bond für Gehirnamputierte. Aber so war es verlangt, so würde er es ausführen.

Alles. Alles und noch eine Kleinigkeit mehr. Wegen dieser Kleinigkeit traf er sich gleich mit seinem Engelchen und seinem Bruder. Die letzten Details mit ihnen besprechen und sich anschließend bis morgen dem Vergnügen hingeben.

Am Ende der *Talstrasse* stieß Alexander auf den *Bürkliplatz*. Dort, im Bistro *Grill am See*, hatten sie sich verabredet.

Typisch Berthold. Was der so unter einem Bistro verstand. Eher ein kümmerlicher Imbiss mit Massenabfertigung. Menschen, die auf dem *General-Guisan-Quai* entlang spazierten und die Aussicht auf den Zürichsee genossen, verspürten anscheinend das dringende Verlangen, sich in die Schlange vor dem Kiosk zu stellen, um den kleinen Hunger und Durst zu stillen.

Innen war es dagegen angenehm leer. Hinten rechts, an einem Vierertisch, saß sein Bruder. Komplett seemännisch gekleidet, hatte er zu allem Überfluss eine affige, blaue Mütze mit Ankeremblem schief auf dem Kopf sitzen. Ihm gegenüber saß Andrea, die misslaunig in ihrem Teeglas herumrührte.

Da musste sie halt durch und ganz so schlimm war sein Bruder eigentlich nicht. Als ehemaliger Minister, hatte er zumindest gelernt, sich stets freundlich und jovial zu geben.

Alexander trat an den Tisch, beide schauten gleichzeitig auf. Sein Bruder begrüßte ihn mit einem seemännischen Ahoi. Andrea erhob sich freudig, die finstere Miene war wie weggeblasen, umarmte Alexander und gab ihm einen dicken Begrüßungskuss auf die Wange.

Er strich ihr über den Bubikopf, um ihr dann einen Klaps auf den Po zu geben. Unter ihrem superkurzen Faltenminiröckchen trug sie enge schwarze Leggins. Alexander setzte sich neben sie und rückte die goldgerahmte Brille zurecht.

»Tolles Lokal«, spottete er. »Hier gibt es bestimmt sehr gutes Essen und Wein vom Feinsten. Mir soll es recht sein, wenn es dir gefällt. Ich muss direkt weiter. Lasst uns zum Thema kommen.«

»Du willst gleich wieder weg? Das ist aber gar nicht schön«, maulte Andrea und schmiegte sich an ihn. »Kann ich nicht mit dir kommen?«

Alexander holte aus seiner Anzugsjacke einen Schlüssel und schob ihn seinem Bruder hin.

»Nichts da. Wir machen es so wie vereinbart. Das ist der Schlüssel zum Schließfach. Ich habe den Koffer darin deponiert. Die Leute in der Bank wissen Bescheid, dass du noch kommst. Wir treffen uns in einer Woche am vereinbarten Ort. Vergesst nicht, ihr müsst pünktlich in Genua ablegen und solange vor Korsika ankern, bis ich euch das Zeichen zur Weiterfahrt gebe. Dann fahrt ihr auf schnellstem Wege nach Tunis. Dort treffen wir uns im Hafen. Jetzt liegt es an euch. Wenn alles klappt, sind wir im Februar bereits ganz andere Menschen, mit einem neuen, sehr komfortablen Leben. Also, baut keine Scheiße.«

»Geht klar, Brüderchen. Du bist der Boss und wir die doofen Befehlsempfänger. So wie es immer war. Aber eins sage ich dir. Wenn das erledigt ist, hat es sich endlich ausgebosst. Von da an macht jeder sein Ding. Schade nur, dass Andrea-Schätzchen so verdammt auf dich steht. Sie würde ich gerne mit in meine neue Identität integrieren.«

»Was will der mich?« schreckte Andrea auf. »Nix da. Wenn einer mich intrigiert, ist das Alex. Damit das ganz klar ist! Ach, da fällt mir ein, was wird aus meiner schönen Wohnung?«

»Deine Wohnung?«, gab sich Alexander erstaunt.

»Bisher habe ausschließlich ich die Miete bezahlt. Mach dir keine Gedanken darüber. Ich habe auch dafür eine Lösung gefunden. So, genug gequasselt. Ich muss los und ihr habt noch einiges zu tun. Und noch was. Keine Telefonate. Es sei denn, es ist wirklich unumgänglich ... Tschüss, Engelchen. Pass mir auf Berthold auf und mach ihn nicht völlig verrückt. Sobald er anfängt mit dem Unterleib zu denken, kann es nur schief gehen.«

»Bye, bye Mausibär. Ich werde dich vermissen. Kannst dich total auf mich verlassen.«

Als Alexander das Bistro verließ, atmete er tief durch. Es war angelaufen und es gab kein Zurück. Er schob seine Brille nach oben und winkte ein Taxi heran.

»... and left me to die like the fox on the run. Like the fox on the run ...«

Hagen grölte den Refrain so laut, dass von Manfred Manns Gesang nichts mehr zu hören war. Chris Slade trommelte er locker an die Wand, was bei dem spartanischen Schlagzeug keine große Kunst war.

Ninus konnte sich noch sehr gut daran erinnern, als er dieses Lied im Partykeller eines Freundes gehört und sofort für *Manfred Mann's Earth Band* geschwärmt hatte. Dass der Musiker im wahren Leben Manfred Lubowitz hieß und aus Südafrika stammte, hatte Ninus amüsiert. Nicht Südafrika, aber Lubowitz, schließlich leitet sich Lubo von *lupus*, der Wolf, ab, und wenn man den zweiten Wortteil nimmt, hat man den Witz von einem Wolf und wenn der auch noch von einem Fuchs auf der Flucht singt! Naja, in jener Zeit war Ninus ziemlich schräg drauf.

Auf dieser Party hatte er Elke kennengelernt. Wie jung sie beide waren. Aber sind dennoch viele Jahre zusammengeblieben und haben später geheiratet. Was ein Fehler war. Denn es dauerte kaum fünf Jahre, bis sie vorm Scheidungsrichter standen. Komplett verrückt. Sie waren unverheiratet mehr als zehn Jahre unzertrennlich gewesen und kaum hatten sie sich das Jawort gegeben, war die Trennung so gut wie vorprogrammiert. Ninus brauchte jedenfalls einen Song, bei dem er sich austoben konnte. Da bot sich eindeutig Ginger Baker an, den Hagen für einen der besten Schlagzeuger überhaupt hielt, neben Keith Moon und John Bonham.

Über die kabellose Maus seines Laptops, die auf einem Beistelltisch neben der Standtom lag, wählte er eine Liveaufnahme der Gruppe *Cream* aus dem Jahre

1967: *Toad,* mit einem über sieben Minuten langen Schlagzeugsolo, bei dem nur so die Fetzen flogen.

Als er den Titel gefunden hatte, drückte er auf Start und versank in eine Welt von *beats, rolls* und *crashes*. Dreimal trommelte er mit Ginger Baker um die Wette, bis ihn seine Kräfte verließen. Er legte die Sticks auf die Snare, nahm das Frotteetuch, das er sich um den Hals gelegt hatte und wischte den Schweiß von der Stirn, drehte eine Zigarette und zog den Rauch genussvoll ein.

Carla war sicherlich bereits in London gelandet und würde auf dem Weg zu ihrem Arbeitsplatz sein. Wie er sich nach ihr sehnte. Für einen Moment packte ihn unsinnige Panik. Am liebsten wäre er los gespurtet, hätte sich ein Ticket besorgt und wäre ihr mit der nächsten Maschine nachgeflogen. Stattdessen begab er sich hinauf in seine Wohnung, duschte und setzte sich an den Schreibtisch. Vor ihm lag ein Stapel mit Protokollen, Dokumenten und Fotografien. Kopien der Unterlagen, die er Minkas gegeben hatte. Es ließ ihm einfach keine Ruhe. Er spürte es genau. Irgendetwas hatte er gehört oder gesehen, was einen Stachel in sein Unterbewusstsein getrieben hatte. Aber was, verdammt?

Von neuem durchforstete er das gesamte Konvolut. Ein Moloch an Betrügereien, Urkundenfälschungen, Unterschlagungen und Schwarzgeldwäsche hatte sich aufgetan. Was anfangs wie Autodiebstahl und Versicherungsbetrug ausgesehen hatte, war zu einem Fall mit viel krimineller Energie geworden, in dem von kleinen Versicherungsvertretern bis zu Bankdirektoren viele, viele Menschen verstrickt waren.

Ganz zu schweigen von den Betrogenen und Hintergangenen. Nicht wenige Existenzen waren vernichtet, wohlsituierte Bürger in den Ruin getrieben worden.

Zürich, Club Pascha

Das Taxi hatte ihn in der *Weststrasse* abgesetzt und der Fahrer ihm ohne ironisches Grinsen oder sonst irgendeiner anderen Reaktion viel Spaß gewünscht. Den werde ich haben, dachte er und betrachtete sich im Spiegel. Nächstes Jahr würde er sechzig werden. Kaum zu glauben. Wo waren die letzten zehn Jahre geblieben? Hatten sie nicht vor kurzem erst seinen 50. Geburtstag gefeiert? Er sah noch gut aus, das musste er sich bescheinigen, kaum Falten, weder im Gesicht noch am Körper. Sein Fleisch war fest, seine Muskeln durchtrainiert aber nicht sinnlos aufgeblasen. Kaum ein Gramm Fett zu viel. Er drehte sich um und schaute über die Schulter. Auch sein Hintern war fest und knackig.

»Du drehst dich vor dem Spiegel wie ein eitles Fotomodell«, spottete die junge Frau, die nackt auf dem Bett lag.

Das Bett, das bessr die Bezeichnung Liebeslager verdiente, stand im luxuriös eingerichteten Zimmer des Bordells *Pascha* und war mit dunkelrotem Stoff bezogen. Das Kopfende wurde in Matratzenhöhe durch eine weiß lackierte Ablage begrenzt, auf der blaue Fläschchen mit verschiedenen Gleitmitteln und Massageölen standen. Daneben eine blaue Schachtel mit Papiertüchern und blauen Kondompackungen. Dahinter eine hohe, über die gesamte Breite des Lagers sich ausdehnende Spiegelwand, von einer goldenen Lichterkette umrandet.

Die Wände des Raums waren in hellblau gehalten, genauso wie der Teppichboden. Das Fenster bedeckte ein dunkelblauer Samtvorhang, die Kissen auf dem Bett waren aus dem gleichen Stoff. Rechts neben dem Bett gab es eine Glastür, die zur Duschkabine führte.

Die Nackte lag mit ausgestreckten Armen und gespreizten Beinen auf dem Rücken, den Kopf hin zum Garderobenspiegel gedreht, vor dem Alexander de Rascalère stand und sich bewunderte. Sie hatte kurze blonde Haare, eine fast knabenhafte Figur, wodurch der große schwere Busen noch mächtiger wirkte. In ihrem blassen ovalen Gesicht dominierten die aufgeworfenen Lippen mit dick aufgetragener schwarzer Farbe.

»Wenn du mit deinen Betrachtungen fertig bist, könnten wir eigentlich loslegen oder macht es dich an, von mir betrachtet zu werden? Sieht echt nicht danach aus.«

Alexander drehte sich erneut um, sodass er sich wieder von vorne sah. Sein Glied hing schlaff herunter, ein Zustand, den er in diesem Zimmer bisher nicht erlebt hatte. Er schob es auf die Anspannung und auf die bevorstehenden Veränderungen in seinem Leben.

»Das solltest du schleunigst ändern«, stieß er heiser hervor und kuschelte sich neben sie. Während sie sich zu ihm hin beugte, sein Glied mit einer Hand massierte und dabei küsste, glitten seine Gedanken ab, ohne es verhindern zu können.

Hartnäckig drängte sich die Szene von gestern Abend in den Kopf, als Pinga Mondschein vor ihm stand und unverhohlen mit seiner Vernichtung drohte. Mit einem Schlag war ihm klar geworden, dass er auf Gedeih und Verderb diesen brutalen Verbrechern ausgeliefert war. Dabei hatte er es gewusst. Irgendwann würden sie ihm die Rechnung für das viele Geld, die Annehmlichkeiten und die wahrlich nicht kleinen Vorteile präsentieren und Gegenleistungen einfordern. Er hatte es gewusst und es verdrängt. Weggeschoben, in die hinterste Ecke seines Bewusstseins.

Spätestens als Silke ihn fragte, welche Geschäfte er

mit Rolozko mache, hätten bei ihm die Alarmglocken läuten müssen. Ihm waren unverzeihliche Fehler unterlaufen. Nichts von ihrem Verhältnis mit Adrian bemerkt zu haben, nichts von den Ereignissen, deren Zeugin sie war. Vor allem aber, sie nicht daran gehindert zu haben, sich an die Polizei zu wenden. Zu sehr waren sie einander fremd geworden, um die Gedanken und Gefühle des anderen zu erkennen oder zu erahnen.

Dennoch musste er zugeben, sich gegenüber Mondschein souverän verhalten zu haben, sich nichts anmerken lassen. Er hatte getan, als sei es das Normalste auf der Welt, was da von ihm verlangt wurde, kein Problem damit. Für seine Freunde sei er bereit, alles zu geben.

Hatte Mondschein ihm geglaubt? Er konnte es nicht recht abschätzen. Warum aber nicht? Er würde alles so arrangieren, wie es von ihm verlangt wurde. Wenn er Glück hatte, würden sie sich damit zufriedengeben, dass er ihr Hauptproblem gelöst hatte und das andere nicht bemerken. Jedenfalls nicht sofort. Später wäre er auf immer und ewig verschwunden. Bis jetzt war sein Plan aufgegangen.

Als er sich mit Mondschein am Frankfurter Flughafen getroffen hatte, schien jedenfalls alles in Ordnung zu sein. Ohne Argwohn hatte sie ihm das Kennwort und die Nummer für das Konto bei der Silbermannbank genannt und genaue Anweisungen gegeben, was mit dem Geld zu geschehen habe. Aufs Neue überprüfte er alle Details des Plans und stöhnte befriedigt auf, als er sich in ihren Mund ergoss.

Zweites Buch

Re

Mittwoch, 14. Januar

Engenhahn, Wildpark

Sie genoss es, früh aufzustehen, den neuen Tag alleine in Ruhe zu beginnen. Ohne ihren Mann, ohne sein geschäftiges Treiben in aller Frühe und vor allem ohne die ständigen Streitereien. Sicherlich, ihre Ehe war zu Ende, sie hatten sich auseinandergelebt, mehr noch, sie konnten sich nicht mehr ausstehen.

Alles an ihm nervte, seine Fitnessbesessenheit genauso wie ständiges Reden über bevorstehende Geschäftsabschlüsse, Superdeals, geplante Übernahmen oder die Vernichtung geschäftlicher Gegner. Es ödete sie an, sie hasste es.

Falls es je ein Liebesfeuer zwischen ihnen gegeben haben sollte, so war es schon lange erloschen, kalt geworden wie die Asche eines längst Verstorbenen. Warum sie noch zusammen waren? Gewohnheit, Angst vor Veränderungen oder einfach nur der Weg des geringsten Widerstands.

Hin und wieder war es ganz nützlich, die Frau eines wohlhabenden, einflussreichen Promis zu sein. Öffnete so manche Tür und sorgte für viele Annehmlichkeiten. Besonders natürlich die goldenen Kreditkarten. Umgekehrt hatte eine attraktive Ehefrau an seiner Seite auch ihre Vorteile, besonders bei offiziellen Empfängen, Galadiners, Wohltätigkeitsbällen oder was es da noch an öden und langweiligen gesellschaftlichen Ereignissen gab.

Sie hatten sich arrangiert. Hinter der Fassade einer harmonischen Ehe verbarg sich eine Gemeinschaft, deren einzige Verbindung dieselbe Wohnadresse war. Sie vermieden, sich öfter als notwendig zu sehen und sprachen nur rein dienstlich miteinander.

Wie das aber bei Ehepaaren so ist, konnte keiner von beiden seine Gefühle zurückhalten und so endete fast jedes Gespräch in einem heftigen Streit, gegenseitigen Vorwürfen und gezielten Verletzungen. Besonders morgens, wenn sie beide die Nacht zwar nicht im selben Bett aber unter einem Dach verbracht hatten.

Deshalb genoss sie es stets aufs Neue, wenn er nicht nach Hause gekommen war, wenn er bei seiner Geliebten oder seinen Nutten die Nacht verbrachte oder, wie zurzeit, auf einer Geschäftsreise war. Angeblich. Es interessierte sie herzlich wenig, wo er war, wo er seinen drahtigen Körper ausstreckte, Hauptsache, sie musste ihm nicht am frühen Morgen begegnen.

Sie zog ihren Morgenmantel über und bewegte sich mit unsicheren Schritten hinunter in die Küche. Neben der Tür hing ein Wandkalender, in den sie ihre Termine eintrug. Aktuell stand dort nichts. Der nächste Eintrag war erst in vier Tagen. Ihr neunundvierzigster Geburtstag.

Sie würde ihn ohne Gäste, ohne Freunde begehen. Ganz sicher auch ohne ihren Mann aber ganz sicher mit Biggi, ihrer zwei Jahre älteren Schwester. Bei einem gemütlichen Abendessen mit vielen Gängen und gutem französischem Rotwein würden sie über vergangene Zeiten sprechen, Kindheits- und Jugenderinnerungen aufleben lassen, anschließend in der Wiesbadener Spielbank ein paar Tausender verspielen und um Mitternacht auf den Neroberg fahren.

Warm angezogen würden sie sich auf die Mauer unterhalb der Nerobergbahn-Station setzen, den mitgebrachten trockenen Champagner aus der Flasche trinken und dabei auf das Lichtermeer der Landeshauptstadt blicken.

Irgendwann würde sie unter Tränen von Adrian, ihrem toten Geliebten, reden, irgendwann würde Biggi strahlend von ihrer neuen Lebensgefährtin oder von ihrem Job beim Südwestrundfunk erzählen und zu guter Letzt, die Chancen von Mainz 05 in der Ersten Bundesliga erörtern.

Ein Ritual, das sie begannen, als Biggi vierzig wurde und sie beschlossen hatten, von nun alle Geburtstage zu ignorieren. So zelebrierten sie gemeinsam zweimal im Jahr jede ihren neununddreißigsten Geburtstag und beteuerten sich gegenseitig, auf der Mauer sitzend, keinerlei Probleme mit dem Älterwerden zu haben.

Noch so eine Fassade, dachte sie, während sie den Wasserkocher einschaltete und den Kräutertee in die Glaskanne kippte. Sie schlurfte in den Flur und tippte auf der Tastatur neben dem Eingang den Code der Alarmanlage ein. Sie öffnete die Tür, trat vor das Haus und blickte zum Tor.

Wenn das rote Fähnchen an dem amerikanischen Briefkasten hochstand, war die Tageszeitung eingesteckt. Sie liebte diese Zeremonie. Teekochen, Zeitung holen, auf dem Weg zurück die Schlagzeilen lesen, das kochende Wasser über die Kräuter gießen, den aufsteigenden Duft einatmen und, während das Getränk zog, das Bircher Müsli in die Porzellanschale füllen und mit Orangensaft, Kleie, klein gehackten Hasel- und Walnüssen verfeinern.

Es war kalt Mitte Januar, schwere graue Wolken hingen über dem Taunus und es würde einer dieser trüben Tage werden, an dem man am liebsten vorm Kaminfeuer saß und sich beim Lesen eines Romans in eine andere Welt träumte.

Wie stets war es totenstill in der Nobelsiedlung im Wildpark. Das mit hohen Tannen umsäumte Grundstück der Villa lag einsam in der Mitte des Eulenwegs, einer kleinen Straße, die am Waldesrand endete. Die beiden benachbarten Häuser waren weder von hier noch von der Straße aus einsehbar. Links und rechts wurden sie von dicht nebeneinanderstehenden Bäumen und hohen Hecken abgeschirmt, zur Straße hin von mannshohen Mauern. An den jeweiligen Eingängen gab es Überwachungskameras und Sprechanlagen ohne jeglichen Hinweis darauf, wer hier wohnte.

Sie fröstelte, zog ihren Morgenmantel enger und trippelte mit den hochhackigen Hausschuhen auf dem marmorgefliesten Weg vor zur Straßenseite. Bis zu der Stelle, wo die Zeitungsbox an der Mauer angebracht war, waren es etwa zwanzig Meter und sie beeilte sich, da ein böiger Wind durch den Vorgarten fegte.

Sie erreichte ihr Ziel nicht. Ohne Vorwarnung klammerte sich ein Arm von hinten um ihren Oberkörper, eine Hand drückte ihr einen Stofffetzen auf den Mund und ätzender Geruch stieg ihr in die Nase. Sie wollte schreien. Lediglich ein undefinierbarer Laut entstieg ihrer Kehle und verpuffte in der Hand vor ihrem Mund. Ihre Knie wurden weich, sie wollte niedersinken, aber der starke Arm hielt sie fest, drückte so lange, bis sie das Bewusstsein verlor und in ein schwarzes Loch stürzte.

»Praktisch so ein Bistro direkt vor der Haustür.«

Lena stand lächelnd vor Ninus, der sich vor Schreck fast an den Krümeln des Schokocroissants verschluckte.

»Was machst du denn hier? Du sollst doch Bescheid geben, wenn du das Haus verlässt«, fragte Ninus besorgt, stand auf, umarmte sie und drückte sie fest und herzlich.

»Aua, verdammt«, stöhnte Lena auf. Ninus hatte in seiner Freude total vergessen, dass ihre Wunde nach der zweiten Operation noch nicht vollständig verheilt war.

»Entschuldige. Ich bin ein Trampel. Geht's? Setz dich.«

Lena wollte gewiss weiter das leidende Opfer spielen, musste aber angesichts von Hagens Unbeholfenheit und Schuldgefühl lächeln.

»Ein wahres Wort beim Frühstück kann den Tag versüßen. Lass es gut sein. Ich werde es verkraften und überleben. Aber mein Bauch ist halt noch sehr berührungsempfindlich.«

Sie setzte sich neben ihn und streichelte ihm die Wange.

»Außerdem weiß ich natürlich zu schätzen, wenn du dich dermaßen über mein Auftauchen freust. Allerdings hättest du dich wenigstens rasieren können.«

Bevor Ninus etwas sagen konnte, trat die Bedienung an den Tisch und fragte nach Lenas Wünschen.

»Haben Sie vielleicht eine heiße Suppe? Hühnerbrühe mit Nudeln oder so was in der Art?«

Die Bedienung der *Haltbar* war neu und wusste es auch nicht, wollte aber in der Küche nachfragen. Bevor sie sich abwenden konnte, meinte Ninus lakonisch:

»Sagen Sie dem Koch, Hagens beste Freundin wünsche eine heiße Suppe und wenn er seinen langjährigen Frühstücksstammgast nicht auf ewig verlieren möchte, wäre es ratsam für ihn, eine Suppe zu kochen, notfalls aus seiner nicht blütenweißen Mütze zu zaubern. Und wenn das nicht hilft, würde spätestens in einer Stunde die Kriminalpolizei hier auftauchen und ihn verhaften.«

Die verdattert dreinschauende Bedienung wusste nicht so recht, was sie davon halten sollte und drehte wortlos ab. Aus einer Luke, links hinterm Tresen, schob sich ein Kopf hervor.

»Das habe ich gehört, Hagen. Meine Mütze ist super-sauber und so weiß wie meine Weste. Und mit deinem Intimus, dem Hauptkommissar Wanninger, brauchst du gar nicht erst zu drohen. Der schätzt nämlich meinen Kaffee sehr und möchte ihn sicherlich weiterhin bei mir trinken. Dennoch hast du in einem Punkt Recht. Für deine rothaarige Freundin würde ich sogar eigenfüßig runter zum Markt rennen und ein frisches Hühnchen kaufen, um daraus ein leckeres Süppchen für unsere Lieblingsjournalistin zu zaubern. Aber wie es der Zufall so will, habe ich natürlich begehrte Speise vorrätig. Kommt in zehn Minuten.«

Der Koch und *Haltbar*-Besitzer zog seinen Kopf zurück und verschwand grummelnd.

»So viele Worte um ein einfaches Süppchen? Ihr Wiesbadener seit wahrlich ein eigentümliches Völkchen«, frotzelte Lena. Ninus schaute seine Freundin nachdenklich an.

»Nun sag' ehrlich: Wie geht es dir tatsächlich?«

»Ach, letztendlich ganz gut. Nachdem sie die alte Wunde erneut geöffnet und die vergessene Schere herausgeholt haben, schreitet der Heilungsprozess nun unaufhaltsam voran – nein, im Ernst. Die Ärzte kriegen einfach nicht raus, warum sich die Wunde, nachdem sie das Geschoss sauber entfernt hatten, später so stark entzündete. Ist mir echt total egal. Nun geht es bergauf, nächsten Montag ist die letzte Untersuchung. Ich sehne mich schlichtweg nach meinen eigenen vier Wänden. Es ist furchtbar lieb von Carla, mich in ihrem Haus wohnen zu lassen, aber ich fühle mich fremd.«

Immer noch bedrückte Ninus die Erinnerung an den Schusswechsel vor mehr als einem halben Jahr in einem Rüsselsheimer Eiscafé, bei dem Lena angeschossen wurde und fast in seinen Armen gestorben wäre. Es war seine Schuld gewesen. Er hatte sie in diesen Fall hineingezogen und zu diesem Treffen mitgenommen. Die Selbstvorwürfe konnte ihm niemand nehmen. Auch wenn alle Beteiligten, einschließlich Carla, stets beteuerten, er hätte nichts dafür gekonnt.

Nun war sie abermals durch seine Schuld in Gefahr. Am liebsten würde er rund um die Uhr bei ihr bleiben und sie beschützen. Lena hatte ihren eigenen Kopf.

»Wieso bist du überhaupt hier, oder habe ich einen Termin versemmelt?«

»Ausnahmsweise nicht. Ich gehe nachher zu einer Pressekonferenz des hessischen Ministerpräsidenten in die Staatskanzlei ...«

»Aber Lena, du sollst dich versteckt halten und nicht auf irgendwelchen Pressekonferenzen rumlaufen!«

»Nix da, ich habe beschlossen, die Quarantänezeit ist nun vorüber. Diese Nacht schlafe ich in meinem bequemen, kuscheligen Bettchen. Wenn du Angst um mich hast, kannst du ja mitkommen. Das Bett ist groß genug.«

»Das mache ich, du wirst dich umschauen.«

»Aha. Ich bin nachher auf dieser Presskonferenz und dachte, ich schaue vorher bei dir vorbei. Da du nicht zu Hause warst, konnte ich mir ausrechnen, wo du dich um diese Uhrzeit rumtreibst.«

»Lena, Lena. Ich kenne dich besser als du glaubst. Sogar viele deiner Gedanken, die in deinem hübschen roten Köpfchen herumschwirren, kann ich erraten, vor allem aber sehe ich es dir an der Nasenspitze an, wenn du schummelst. Raus mit der Wahrheit.«

Mit gespieltem Schrecken fasste sie sich an die Nase, um beruhigt festzustellen, dass sie kein Stück gewachsen war. Denn auf ihre Nase war Lena sehr stolz und ließ nichts auf sie kommen, wenn auch Ninus sie ab und zu als zu klein und stupsig bezeichnete.

»Ertappt, ich hatte gestern ein kurzes Telefonat mit einer Freundin, die meinte, ich solle nach dir schauen, ob du auch fleißig bist und deine Fälle löst und so weiter.«

»Du hast mit Carla telefoniert! Danke sehr. Justament bekomme ich einen Babysitter beigeordnet. Hat sie dich auch gebeten, mich mit in dein Bett zu nehmen?«

»Quatsch!«

»Mit dir telefoniert Carla und mich ruft sie nicht an. Weiber!«

»Bevor du die bessere Hälfte der Menschheit pauschal verdammst, solltest du eventuell den Akku deines Mobiltelefons aufladen. Kleiner Geheimtipp einer erfahrenen Journalistin.« Hastig zog Hagen sein Handy aus der Tasche, blickte kurz drauf und hielt es Lena siegesbewusst vors Gesicht.

»Nix, von wegen leerem Akku und so.«

»Dann schau eben, was hier oben in der Ecke blinkt.« Ninus versuchte es, hatte aber ohne eine Lesebrille keine Chance zu erkennen, was Lena meinte.

»Zu eitel für eine Brille oder Altersvergesslichkeit, Herr Detektiv?«

»Sag, was steht da?«

»Zwölf Anrufe in Abwesenheit«, erwiderte Lena absolut emotionslos. »Und wenn du nicht den Stummmodus einschalten würdest, hättest du sogar die Möglichkeit gehabt das Klingelzeichen zu hören …«

Glücklicherweise wurde die peinliche Situation, die Hagens aussichtslosen Kampf gegen neue Techniken dokumentierte, von der Bedienung unterbrochen, die einen hochvollen Teller mit dampfender Hühnersuppe vor Lena abstellte und lakonisch meinte: »Schönen Gruß vom Chef.«

Während Lena ihre Suppe löffelte, schüttete Ninus sein Herz aus.

»Ich vermisse Carla so sehr. Das habe ich noch nie dermaßen erlebt. Dabei ist sie weniger als einen Tag fort und mir kommt es wie eine Ewigkeit vor. Ist das normal?«

»Wenn es Liebe ist, ja. Wenn nicht, solltest du einen Therapeuten aufsuchen.«

»Deine Sprüche helfen mir da wenig, du roter Teufel. Gib mir lieber einen Rat, so von Frau zu Mann, wenn du dich überhaupt in meine Gefühlswelt einlassen kannst.«

»Nur weil ich gerne Hühnersuppe esse und lesbisch bin, muss ich nicht gefühllos sein …«

»… So war das gar nicht gemeint, das weißt du …«

»… weiß ich. Deshalb rate ich dir, flieg einfach zu ihr.«

»Meinst du?«

Lena nickte und konzentrierte sich auf die Hühnerbrühe.

Autobahn A66

Es war kurz vor Mitternacht und Ninus Hagen saß restlos aufgedreht im Fond des Taxis. Er hatte es tatsächlich getan. Hatte Lenas Rat befolgt und war von der *Haltbar* aus direkt zum Frankfurter Flughafen gefahren.

Während das Taxi mit den vorgeschriebenen einhundert Stundenkilometern auf der A66 in Richtung Wiesbaden schlich, schüttelte er unentwegt den Kopf. Unglaublich. Wie ein panischer Liebesgockel hatte er am Lufthansaschalter ein sündhaft teures Ticket ergattert, hatte all seinen bisherigen Gewohnheiten zum Trotz der Bodenstewardess sein Herz ausgeschüttet, um ihr klar zu machen, wie wichtig für ihn und seine große Liebe es war, unbedingt den nächsten Flieger nach London zu bekommen und hatte, er konnte es selbst nicht glauben, den letzten freien Platz in der Businessklasse gekauft. Ein Vermögen wurde da kurzerhand über die Kreditkarte abgebucht.

Im Eilschritt war er zum Gate 21 gehetzt, war als letzter Passagier in den Airbus eingestiegen, und hatte neunzig Minuten später englischen Boden betreten. Auf dem Weg zum Ausgang hatte er überlegt, Carla anzurufen, hatte sich aber entschieden, sie zu überraschen.

Eine andere Überraschung wartete auf ihn. Niemand hatte ihm gesagt, dass momentan die Londoner U-Bahn streikte. Ninus fragte sich durch, hetzte von einem Informationsschalter zum nächsten, stand ungeduldig in jeder Schlange an, bekam die widersprüchlichsten Informationen, bis er sich gründlich entnervt auf eine Bank im unterirdischen Bahnhof setzte. Mehr als zwei Stunden waren seit seiner Ankunft in London vergangen, bis endlich der ersehnte Vorortzug einfuhr, mit dem er zumindest bis fast in die Innenstadt kam. Dort stieg er in einen der roten Doppeldeckerbusse, mit dem er beinahe bis zu Carlas Büro gelangte. Fast. Eine weitere halbe Stunde verbrachte er damit, bis zu der Straße zu gelangen, in der sich Carlas Büro befand. Trotz der kühlen Temperatur war er nass geschwitzt, als er den mit dickem Teppichboden belegten Flur entlang eilte und endlich Carlas Büro fand. Ohne anzuklopfen, öffnete er die Tür und sah ...

Ninus wurde jäh aus seinen Gedanken gerissen, als der Taxifahrer voll in die Eisen stieg und haarscharf vor einem quer stehenden BMW zu stehen kam. Zwei weitere Fahrzeuge lagen rechts im Graben. Hinter sich hörte Ninus das Aufschreien quietschender Reifen und schleudernder Wagen, aber der Aufprall blieb aus. Anscheinend hatten es die anderen auch geschafft, rechtzeitig anzuhalten.

Der Taxifahrer meldete über die Zentrale einen Unfall, die leitete das an die Polizei weiter. Ninus war wie gelähmt. Er konnte sich nicht bewegen und verspürte auch keine Lust auszusteigen. Genügend Helfer näherten sich den verunglückten Fahrzeugen und Hagen beschloss, sitzen zu bleiben. Anscheinend war niemand schwer verletzt. Ein ereignisreicher Tag, bemerkte er zu sich selbst und flog in Gedanken zurück nach London.

... Carlas Büro war nämlich leer, sie hatte, nach Auskunft der Sekretärin im Nebenzimmer, ausnahmsweise früher Schluss gemacht, da sich die Möbelpacker angesagt hätten. Stimmt. Hatte er in der Hektik ganz vergessen.

Kurz erzählte er ihr, soweit es sein Schulenglisch zuließ, warum er nach London gekommen war.

»Oh, yes, she told me about you and I think, she

would be very glad for this surprise. But her apartment is very far from here. And there is no chance to get a cab. By bus you nearly need more than an hour to her place.«

Ninus musste tief enttäuscht in die Welt geblickt haben, denn Ashton, so hieß die Sekretärin, schlug spontan vor: »Mein Auto steht unten in der Garage. Wenn Sie mögen, fahre ich Sie schnell zu Carla.« Ein erster Lichtblick an diesem trüben Tag.

Als Ninus auf die Uhr blickte, war es halb zwei und die Rettungskräfte hatten es geschafft, eine Gasse freizumachen, um den Verkehr an der Unfallstelle vorbei zu lotsen. Anscheinend war der Crash glimpflich verlaufen und die Rettungssanitäter hatten den Ort des Geschehens mit leeren Transportern verlassen. Nachdem das Taxi ihn vor seiner Wohnung abgesetzt hatte, stieg Ninus in den Keller.

Bevor er die Versicherungsunterlagen überprüfen wollte, musste er sich den missglückten Tag von der Seele trommeln. Mit Led Zeppelins *Whole Lotta Love* fand er genau das Richtige. Mit jedem Schlag aufs Snare, mit jedem Tritt gegen die Bassdrum stieg Carlas überraschtes Gesicht vor ihm auf. Das helle Scheppern der Becken spiegelte ihre leuchtenden Augen und das freudige Lachen wider, was ihn für all seine Mühen reichlich belohnt hatte. Sie hatten drei gemeinsame Stunden, bevor sie ihn zum Flughafen fuhr. Drei unvergessliche Stunden voll Glück und Herzlichkeit, während um sie herum Schränke abgebaut und Geschirr in Kisten verstaut wurden.

»Danke Lena«, sang er zu einem improvisierten Solo, nach dem Robert Plant mit *Shake For Me, Girl I Wanna Be Your Backdoor Man* geendet hatte. Nun fühlte er sich viel besser.

Frei und beschwingt sprang er die Treppen hinauf in seine Wohnung und sogar die Ordner und Akten, die sich auf seinem Schreibtisch stapelten, konnten seiner guten Laune nichts anhaben. Er drehte sich eine Zigarette, inhalierte tief und nahm den Block mit seinen Notizen zur Hand.

»Nun, denn. Gehen wir es an.«

Wohnsiedlung Schelmengraben

Der 57-jährige Mann, dessen dunkelrotes Haar noch voll und kräftig war, saß im Fernsehsessel einer Zweizimmerwohnung im fünfzehnten Stock des roten Hochhauses im Wiesbadener Wohnviertel Schelmengraben. Er schaute amüsiert eine Wiederholung der *Sendung mit der Maus* und knackte dabei Erdnüsse. Die Schalen warf er zielsicher auf eine ausgebreitete Zeitung. Rechts neben ihm stand die Tür zur Küche offen. So konnte er die Frau, die er heute Morgen entführt und mit beiden Händen am Heizkörper angekettet hatte, im Auge behalten. Er hatte ihr eine Strumpfmaske über den Kopf gezogen, mit nur zwei Öffnungen für Mund und Nase. Zusammengekauert hockte sie mit dem Rücken an den Heizkörper gelehnt, auf den kalten Steinfliesen, in ihrem eigenen Urin und Kot. Es war leichter gewesen, als er gedacht hatte.

Unbemerkt konnte er auf das Grundstück gelangen und abwarten, bis sie aus dem Haus kam, um die Zeitung zu holen. Er schlich sich von hinten an und drückte ihr das mit Äther getränkte Tuch vors Gesicht. Sie schlief ohne einen Mucks ein. Schnell und behände trug er sie zu seinem silbergrauen Passat Kombi und verstaute sie in der vorbereiteten Decke auf der Rückbank.

Die Fahrt dauerte weniger als eine halbe Stunde. Da es noch früh am Morgen war, konnte er sein Paket unbemerkt mit dem Aufzug in den fünfzehnten Stock transportieren. Gegen Mittag wachte sie auf und rätselte bestimmt unablässig, was mit ihr geschehen war.

Friedhelm Müller war entschlossen, dieses Ding konsequent durchzuziehen. Er würde sich an alle Vereinbarungen halten, anschließend das Honorar kassieren, verschwinden und sich zur Ruhe setzen. Er wurde einfach zu alt für diesen Job und hatte vor allem keinerlei Lust, weitere Jahre hinter Gittern zu verbringen. Während die Fernsehmaus erklärte, wie Magnete hergestellt werden, lief in seinem Kopf ein anderer Film.

Der Film seines Lebens. Bereits mit vierzehn Jahren war der Fuchs, so sein bracheninterner Name, wegen Fahrraddiebstählen zu Jugendarrest verurteilt worden. Nach mehreren Banküberfällen hatten sie ihn 1981 für zehn Jahre einbuchten wollen. Er war aber nach einem Jahr aus der Gefängnisklinik geflohen. Nach weiteren drei Banküberfällen wurde er 1989 geschnappt und war, kaum drei Monate später, erneut aus der Justizvollzugsanstalt verschwunden. So ging es weiter. Er holte sich sein Geld bei diversen Banken, irgendwann schnappten die staatlichen Behörden ihn, steckten ihn hinter Gitter und er machte über kurz oder lang die Fliege.

Nach seiner vierten Flucht aus einem Gefängnis, hatte er es längst zu einigem Ansehen unter Deutschlands Ganoven gebracht. Der Fuchs wurde zu einer Legende, nicht nur seiner roten Haare wegen. Er lächelte vor sich hin. Seinen größten Coup hatte er in Hamburg gelandet, als er die Commerzbank um eine halbe Million D-Mark erleichterte.

Unerkannt hatte er sich nach Frankfurt abgesetzt und sich dort unter einem anderen Namen gutbürgerlich niedergelassen. Er hatte sogar eine nette Frau kennengelernt. Irene war ziemlich bald zu ihm gezogen und sie hatten glücklich in trauter Zweisamkeit gelebt. Es hätte so weitergehen können, wenn ihm das Geld nicht nur so durch die Finger geronnen und knapp geworden wäre und ein anderer ihm unmissverständlich klar gemacht hätte, dass es für ihn exakt zwei Möglichkeiten gäbe: Entweder den Job zu übernehmen oder aufzufliegen. Dieses Mal würde er den Rest seines Lebens ganz sicher in irgendeiner ungemütlichen Zelle verbringen, hatte man ihm gedroht. Zähneknirschend entschied er sich für die erste Möglichkeit. Natürlich wurde der Auftrag über eine Mittelsperson erteilt. Fuchs wusste zu genau, wer dahintersteckte. Alleine das war Grund genug, ja zu sagen, wobei das zugesicherte Erfolgshonorar in Höhe von einer Million Euro auch nicht zu verachten war.

Der Fuchs schaute auf die Uhr. Das Warten war das Schlimmste. Vor morgen Mittag würde sich nichts tun.

Er holte eine neue Tüte Erdnüsse aus dem Rucksack und zappte durch die Programme. Irgendwann musste er der Frau was zum Essen und Trinken bringen. Hatte Zeit. Er schaute zu ihr hinüber. Ihre Schultern bewegten sich, anscheinend flennte sie die ganze Zeit. Ein gutes Zeichen, ein Lebenszeichen.

Warum gefordert wurde, sie am Leben zu lassen, war ihm schleierhaft. Schließlich komplizierte es das Ganze unnötig. Was mit dieser Aktion erreicht werden sollte, würde viel sicherer gelingen, wenn die Dame das Zeitliche segnete. Es mussten triftige Gründe sein, denn Sentimentalitäten seines Auftraggebers schloss der Fuchs kategorisch aus. Alles, aber das nicht. Obligatorisch ließ man Entführte nur am Leben, falls die Bullen ein Lebenszeichen vom Opfer forderten. Aber auch das war in diesem Fall nicht notwendig. Solche Forderungen würden nicht gestellt werden. Oder sie wollten abwarten, bis das Geld bezahlt worden war, und würden ihm ein Zeichen geben, die Bankiersgattin doch noch ins Jenseits zu schicken.

Was zerbrach er sich den Kopf. Das Ding war super vorbereitet, er hatte alle Informationen bekommen, von der Möglichkeit, unbemerkt auf das Grundstück zu gelangen, bis hin zur Uhrzeit, wann die Holde gewöhnlich geruhte, sich die Zeitung aus dem Briefkasten zu holen.

Kurz dachte Friedhelm Müller an den Morgen zurück. Er hatte hinter einem Baum gelauert und gewartet, bis sie endlich aus dem Haus kam. Einen Moment des Zögerns. Wie sie nichts ahnend unter der Eingangsbeleuchtung gestanden hatte, bloß mit einem sehr engen Morgenmantel bekleidet, an dem sich ihre weiblichen Proportionen deutlich abzeichneten, und wie sie die Morgenluft tief in sich einsog, da hatte er so etwas wie Mitleid empfunden.

Eine ihm bis dato unbekannte Regung. Ein weiteres Signal, dass das Alter seinen Tribut forderte und es höchste Zeit war, auszusteigen.

Ein kleines Häuschen auf der Hallig Langeneß hatte es ihm angetan. Er und Irene wollten dort in aller Ruhe und Bescheidenheit die Tage genießen, im Watt wandern, Fahrrad fahren und sich um nichts mehr kümmern. Das war sein Traum und den würde er verwirklichen.

Donnerstag, 15. Januar

»So oft hintereinander wie in letzter Zeit hast du mich noch nie aufgesucht«, grinste Beppo und schob Ninus eine Tasse hin. Ninus deutete darauf.

»Einer der Gründe.«

Beide tranken, hingen ihren Gedanken nach, bis Ninus das Schweigen brach.

»Gibt es schon was Genaueres in Sachen Mordanklage gegen Rolozko?«

»Das Ding ist durch. Am Montag hat Staatsanwalt Wolfgang Lahm Anklage erhoben. Dein Schwager in spe hat mächtig Dampf gemacht und die gesamte Behörde aufgemischt, damit der Prozess übernächste Woche anfangen kann. Vorausgesetzt, der Mondschein fallen nicht noch irgendwelche juristischen Gauklertricks ein, um den Beginn zu verschieben. Bin gespannt, ob es zu einer Verurteilung reicht. Außer der Aussage von dieser Zeugin, hat er sehr wenig zu bieten, unser Wolfi.«

Er trank einen weiteren Schluck, bevor er fortfuhr: »Wo ich es nunmehr erwähne, was macht eigentlich Carla?«

Kurz und knapp berichtete Ninus von seinem gestrigen Kurztrip nach London.

»Mein lieber Ninus, dich hat es ganz schön erwischt. Sei dir gegönnt. Nimm den Rat eines alten Junggesellen an: Zu zweit alt werden ist wesentlich schöner, als alleine durch die Gegend zu stapfen.

Die zweite Möglichkeit ist wahrscheinlich stressfreier, aber stinklangweilig. Wie auch immer ... Und unser Teufelchen?«

»Geht es besser, nur heftige Umarmungen verkraftet es noch nicht. Hat mich übrigens gestern besucht, im Auftrag von Carla, sollte wohl kontrollieren, was ich so treibe. Sie wollte unbedingt in ihre Wohnung zurück. Meinst du, sie ist weiterhin in Gefahr?«

Beppo wiegte den Kopf hin und her.

»Schwer zu sagen, ich fände es in jedem Falle besser, wenn sie in unserer Nähe bliebe und nicht drüben auf der anderen Rheinseite. Um nach Mainz zu kommen, dauert es momentan länger, als auf den Mond zu fliegen. Die Bauarbeiten an der Brücke, scheinen nie enden zu wollen.«

»Da fällt mir noch ein: Sie wollte auf irgend so eine wichtige Pressekonferenz. Ich weiß gar nicht, worum es sich handelt.«

»Nicht zu fassen. Herr Detektiv liest wohl weder Zeitung, noch hört er Radio, geschweige denn, dass er, Paprikachips knabbernd, vor der Glotze sitzt.«

Erst in diesem Moment wurde Ninus bewusst, dass er wirklich seit gestern Morgen keinerlei Nachrichten konsumiert hatte, was ihm indes, ganz im Gegensatz zu früher, häufiger passierte. Das Aufzählen von Toten und Verletzten, die Meldungen über hochgegangene Bomben oder die Scheinberichterstattung über Politik und deren Vertreter konnte und wollte er einfach nicht mehr hören.

»Und was ist so Dramatisches geschehen?«

Wortlos zog Beppo den *Wiesbadener Kurier* aus seiner Aktentasche und hielt ihm das Blatt wie einen Spiegel vors Gesicht. Die Schlagzeile lautete: *Ministerpräsident gibt alle Ämter auf*.

Da schau an, dachte Ninus und sagte: »Noch einer, der das sinkende Schiff verlässt. Oder siehst du da keinen Zusammenhang mit dem anstehenden Rolozkoprozess?«

»Wer wird denn auf solch abwegige Gedanken kommen? Er hat seinen Job gut gemacht, beispielsweise den Flughafenausbau durchgedrückt und dieser

Baufirma den Auftrag zugeschanzt. Was ich als Staatsdiener natürlich völlig wertfrei feststelle.«

Als Ninus das Präsidium verließ, hatte sich der Niederschlag, der zunächst als Schnee heruntergekommen war, in strömenden Regen verwandelt. Ein heftiger Wind peitschte ums Gebäude. Bis er seine Ente auf dem Besucherparkplatz erreichte, war er von oben bis unten nass. Im Wagen sah es auch nicht besser aus. Durchs aufklappbare Kunststoffdach tropfte es kontinuierlich auf den Fahrersitz. Das Material war im Laufe der vielen Jahre dermaßen porös geworden, dass sämtliche Imprägnierungsmaßnahmen nichts mehr halfen. Ein neues Dach oder ein neues Auto waren die beiden Alternativen.

Wer trennt sich gerne von einem Auto, das einen fünfzehn Jahre lang durch dick und dünn begleitete, das sogar sämtliche Verfolgungs-, Überwachungs- und A66-Fahrten fast unbeschadet überstanden hatte.

Ninus setzte sich in die Pfütze auf dem Fahrersitz – jetzt kam es auch nicht mehr darauf an – und tätschelte liebevoll das Lenkrad.

»Wir haben erfolgreich die Abwrackprämie überstanden, also werden wir auch noch ein neues Dach hinbekommen.«

Engenhahn, Wildpark

Die Maschine aus Zürich war planmäßig um sechszehn Uhr gelandet. Alexander de Rascalère stand vor dem Eingang seines Hauses. Es regnete heftig. Das Taxi war fort und er schaute auf die Armbanduhr: Viertel nach fünf. Er atmete tief durch, zog den Schlüsselbund hervor und öffnete das Tor. Am Briefkasten war das rote Fähnchen aufgerichtet. Er klappte es nach unten, öffnete die Box und entnahm die Briefe und die Tageszeitung. Er schritt weiter zur Haustür, schloss auf und begab sich direkt in die Küche. Zeitung und Post legte er auf den Tisch, zog seinen Mantel aus, warf ihn achtlos über eine Stuhllehne und eilte durchs ganze Haus. Er öffnete alle Türen, schaute in jeden Raum, auch im Keller und auf dem Dachboden. Als er fertig war, holte er die Post, begab sich in den Arbeitsraum und nahm am Schreibtisch Platz. Er öffnete nacheinander alle Briefe, überflog sie kurz und starrte mehrere Minuten das Telefon an.

Er gab sich einen Ruck, nahm den Hörer ab und wählte eins-eins-null.

»Gibt es hier möglicherweise einen Kaffee?«, fragte Hauptkommissar Wanninger und setzte sich im Wohnzimmer aufs Sofa. Im Raum befanden sich mehrere Beamte und Beamtinnen der Spurensicherung, Techniker werkelten herum. Rechts von ihm saß Max Graf, gegenüber Alexander de Rascalère.

»Es tut mir leid, Herr Rascal …« »… de Rascalère«, ergänzte Alexander, »… wie es aussieht, müssen wir davon ausgehen, dass Ihre Frau entführt wurde. Sie schilderten vorhin, Sie seien vorgestern nach Zürich geflogen und heute nach 17 Uhr zurückgekehrt. Sie haben Ihre Frau am Montagmorgen, als Sie das Haus verließen zum letzten Mal gesehen. Sie haben in dieser Zeit nicht mit ihr telefoniert. Richtig?«

De Rascalère nickte.

»Die Haustüre war zu, aber nicht abgeschlossen, die Alarmanlage deaktiviert und dieser Brief ...«, Wanninger zeigte auf ein DIN-A großes Schreiben, das in einer durchsichtigen Schutzhülle vor ihm auf dem Tisch lag, »... befand sich in Ihrer Post. Sie haben ihn aufgerissen, gelesen und haben anschließend das ganze Haus durchsucht.«

De Rascalère nickte aufs Neue. Beppo nahm die Klarsichthülle auf und las vor.

»Ich habe Ihre Frau! Zwei Millionen Euro in kleinen Scheinen bis morgen. Ich melde mich. Keine Polizei, sonst ist Ihre Frau tot.«

Wanninger gab Graf den Brief: »Bringen Sie ihn zur KTU, die sollen ihn sofort untersuchen. Es war richtig, uns anzurufen. Nur so haben wir eine Chance, Ihre Frau zu retten. Wir machen Folgendes: Die Techniker werden alles vorbereiten, um mögliche Anrufe des oder der Entführer nachverfolgen zu können. Wir werden die Nacht über hier bleiben, das heißt, zwei unserer Techniker und ich. Später wird mich Kollege Graf ablösen. Können Sie das Geld besorgen?«

Alexander de Rascalère legte eine Hand vor seine Augen, massierte mit Daumen und Zeigefinger die Augäpfel, bevor er den Kommissar ansah und leise entgegnete.

»Ich glaube schon. Ich werde zunächst ein paar Überweisungen tätigen müssen, denn mein Vermögen ist auf diverse Konten verteilt, das kann ich online erledigen und später versuchen, jemanden von meiner Bank zu erreichen. Alleine kommt sogar der Bankdirektor außerhalb der Geschäftszeiten nicht an sein Geld.«

»Ich denke, das ist keine gute Idee«, meldete Graf sich zu Wort.

»Es wäre besser, wenn wir keine weiteren Personen einweihen müssten. Wann könnten Sie denn ohne Hilfe eines Anderen an Ihr Konto?«

»Morgen früh, ab acht Uhr. Dennoch kann es nicht unauffällig vonstattengehen. So viel Geld in kleinen Scheinen kann ich nicht unbemerkt aus dem Tresor nehmen. Aber mein Chefkassierer ist hundertprozentig zuverlässig. Wenn ich ihm sage, er habe darüber zu schweigen, so wird er dies auch tun.«

»Na schön, machen wir es so. Sie sollten sich hinlegen, der morgige Tag wird bestimmt anstrengend. Wir sitzen hier unten.«

Beppo stand auf und bedeutete Graf, mit ihm nach draußen zu kommen. Die beiden Kommissare verdrückten sich unter das Vordach der Eingangstür. Es regnete unaufhörlich.

»Ein Sauwetter. Graf, Sie fahren ins Präsidium, koordinieren die Arbeit mit LKA und BKA und versuchen so viel wie möglich über die Familie de Rascalère – was für ein Name – herauszubekommen. Wenn es irgendwelche Erkenntnisse von der KTU gibt, informieren Sie mich sofort. Ich bleibe hier.«

Wanninger schaute auf seine Uhr.

»Es ist gleich dreiundzwanzig Uhr, sagen wir, um zwei lösen Sie mich hier ab, falls nichts Außergewöhnliches geschieht.«

Graf zog sich die Kapuze seines Regenumhangs über und rannte durch den Garten zum hinteren Zaun, wo es eine kleine Tür gab, die zu einem Feldweg führte. Von hier aus konnte er zum Amselweg gelangen, dort hatten die Polizisten ihre Fahrzeuge unauffällig abgestellt. Wanninger eilte zurück ins Haus und setzte sich wieder aufs Sofa. Von de Rascalère war nichts zu sehen. Am großen Tisch im sich anschließenden Essbereich saßen ein Mann und eine Frau, die für die Fangschaltung zuständig waren.

»Wo ist er hin?«

»Er wollte sich aufs Ohr legen«, antwortete die Beamtin.

Beppo wollte ein wenig nachdenken, als er bemerkte, dass er immer noch keinen Kaffee hatte. Er stand auf.

»Was haltet ihr von einem schönen Tässchen frisch Gebrühtem? Ich schau nach, was die Vorräte so hergeben.«

Sie nickte zustimmend, er streckte den erhobenen Daumen nach vorne. Kaum war Wanninger in der Küche angelangt, hörte er, wie jemand im Flur laut *Alexander* rief. Schneller als man es ihm zutraute, sprintete der Kommissar Richtung Haustür und wäre fast mit einer Frau zusammengestoßen, die ihm entgegen kam. Beide fragten gleichzeitig: »Wer sind Sie?«

Der Hauptkommissar zog seinen Ausweis.

»Polizei. Und nun Sie!«

Bevor die etwa Fünfzigjährige antworten konnte, kam Alexander de Rascalère die Treppe herunter.

»Biggi! Wo kommst du denn her?«

Mittlerweile standen auch die beiden anderen Polizisten im Flur.

»Wenn mich vielleicht jemand aufklären würde«, bellte Wanninger, der im Stillen gehofft hatte, das die attraktive Frau das angebliche Entführungsopfer sei.

»Entschuldigung, Herr Kommissar Wanninger. Das ist die Schwester meiner Frau. Brigitte Pausewang.«

»Alexander, was ist hier los?«

Da war nun nichts mehr zu ändern. Beppo bat die Dame ins Wohnzimmer und musste sie wohl oder übel einweihen.

Nachdem alles erzählt war, begann Frau Pausewang zu weinen. De Rascalère konnte sich kaum noch auf den Beinen halten. Er hätte zwei Schlaftabletten genommen, sagte er, entschuldigte sich und stapfte zurück ins Schlafzimmer.

Im Trösten von weinenden Frauen war Beppo ganz und gar ungeschickt. Ihm fiel nichts Besseres ein als zu sagen: »Es ist noch gar nichts entschieden. Sie sollten sich nicht so aufregen. Unter Umständen würde uns ein Kaffee gut tun. Ich wollte gerade einen kochen. Was meinen Sie?«

Die Angesprochene hob den Kopf und blickte ihm direkt in die Augen, dann huschte ein Lächeln über ihr Gesicht.

»Sie können einen so richtig gut aufmuntern.«

»Entschuldigung, aber für das Seelenheil haben wir ausgebildete Psychologen. Ich bin mehr für das Greifbare zuständig, Mord und Totschlag. Und die Leichen brauchen selten Trost.«

Auweia, das war ein Schuss in den Ofen. Beppo wusste gar nicht, wie ihm geschah. Diese Frau machte ihn nervös. Aber ihr Lächeln, das hatte es ihm angetan. Alter Bock, beschimpfte er sich selbst.

Laut bekannte er: »Sorry, aber ich bin um diese Uhrzeit einfach nicht mehr in Form. Ich meine, Sie haben mich mit Ihrem unerwarteten Erscheinen leicht aus der Fassung gebracht, also ich meine, ich hatte nicht damit gerechnet, dass noch eine Person in diese Angelegenheit involviert wird. Herrje, ich glaube, ich gehe Kaffee kochen.«

Wanninger stand abrupt auf. Zu seiner Verwunderung tat sie dies ebenfalls.

»Wenn Sie nichts dagegen haben, helfe ich Ihnen. Ich kenne mich nämlich hier aus.«

Auch das noch.

Während Brigitte Pausewang herumhantierte – sie hatten beschlossen auch ein paar Brote zu schmieren, was Beppo nicht ungelegen kam – erzählte sie von sich. Sie sei Sportjournalistin beim Südwestrundfunk und habe am Abend das Spiel von Mainz gegen Wiesbaden kommentiert. Da sie öfter versucht habe, ihre Schwester anzurufen, und nur die Mailbox drangegangen sei, habe sie kurz vorbeischauen wollen. Sie habe einen Schlüssel für das Haus, von Anfang an. Sie und ihre Schwester würden sich sehr gut verstehen.

Nun fühlte Beppo sich auf sicherem Gebiet und fragte unvermittelt: »Wie ist denn das Verhältnis zwischen Ihrer Schwester und deren Mann, Frau Pausewang?«

»Nennen Sie mich bitte *Biggi*. Wenn mich einer *Frau Pausewang* nennt, komme ich mir wie eine strenge, verkrustete Lehrerin vor. Wenn Sie so direkt fragen, sage ich auch direkt: Sie haben kein Verhältnis mehr. Jeder geht seine eigenen Wege, sie meiden sich. Nur in der Öffentlichkeit spielen sie das traute Paar.«

Das Gespräch mit Biggi bereitete Beppo großes Vergnügen. Sie war offen, intelligent, was sie äußerte, hatte Hand und Fuß und half ihm vor allem, sich von den Verhältnissen des Hauses de Rascalère, ein besseres Bild zu machen. Lange saßen sie noch auf dem Sofa und redeten.

Als Graf ihn ablöste, war Biggi kurz zuvor nach oben gegangen, um sich im Gästezimmer hinzulegen. Keine zehn Pferde hätten sie dazu bewegen können nach Hause zu fahren. Beppo war es recht, so konnte sie auch nicht mit anderen über die Entführung plaudern und – gestand er sich ein – sie würden sich morgen wiedersehen.

Ninus hatte seine altersschwache Ente in der Tiefgarage abgestellt, über eine Stunde mit Carla telefoniert und betrat nun das *La Chirona*. Er hatte sich mit Beppo hier verabredet, um ein bisschen über vergangene Tage zu quatschen und um Welt- und Liebesprobleme zu erörtern. Außerdem knurrte sein Magen. Es war eindeutig Zeit für einen von Alejandros berüchtigten hausgemachten Spezialhamburgern, mit viel Mayonnaise, Ketchup, angebratenen Zwiebeln, Gewürzgurken, Tomaten, Senf, einem Salatblatt und einer Scheibe von *Aldis* billigstem Schmelzkäse.

Der Wirt stand hinter dem Tresen, schwitzte, zapfte Bier mit der einen Hand und goss mit der anderen Rotwein aus einer Literflasche in einen Glaskrug.

»Na, du alter Spanier, brauchst wohl eine dritte Hand?«

»Oj, oj. Auch noch privater Detektiv, wenn armer kleiner Spanier schon viel Unglück hat. Aushelfendes Fräulein krank, Spülautomat streikt und Lokal voll mit schlecht gelaunten Gästen.«

Auf der Durchreiche standen zwei Teller mit dampfendem Essen. Ninus trat hinter den Tresen, ergriff die beiden Teller und schaute Alejandro an.

»Tisch sieben.«

Ninus hob die Schultern.

»Hinten rechts, Mann mit Glatze, Frau mit lockigem Haar und tiefem Ausschnitt.«

Ninus brachte die Teller zu besagtem Tisch und eilte schnell zurück, weil er das Besteck vergessen hatte. Als er erneut am Tresen stand, zwinkerte Alejandro ihm zu. Ninus winkte ab, drückte sich durch die Pendeltür rechts von der Theke in den Kochbereich, in dem Alejandros deutsche Frau Elisabeth vollkommen aufgelöst herumhantierte und im Chaos versank. Als sie Ninus sah, schimpfte sie ohne ihn weiter zu beachten.

»Dieser spanische Macho, den Weibern in die Ausschnitte glotzen, große Reden schwingen, aber zu blöd um einen Handwerker zu bestellen, der die Spülmaschine repariert.«

Ninus blickt zum Spülbecken, auf dem sich Teller, Töpfe und Geschirr nur so stapelten. Hagen krempelte die Ärmel seines Hemdes hoch und begann zu spülen. Dankbar schaute sie zu ihm herüber und zog noch rechtzeitig eine Pfanne von der Kochstelle, bevor die Bratkartoffeln buchstäblich schwarz geworden wären. Etwa eine Stunde spülte Ninus wie ein frisch ins Land der unbegrenzten Möglichkeiten eingewanderter Tellerwäscher, der unbedingt Millionär werden wollte.

Elisabeth kam zu ihm, wischte sich mit dem Unterarm über die Stirn.

»Ich danke dir von ganzem Herzen. Du hast uns gerettet. Dafür darfst du dir was wünschen. Geht alles aufs Haus. Gesell dich vor zu dem Möchtegern-*fondista*, ich komme hier alleine zurecht.«

»Wenn es geht, könnte ich einen deiner Superburger gut vertragen.«

»Ist in Arbeit.«

Das Lokal hatte sich deutlich geleert, nur noch zwei Tische waren besetzt.

Alejandro saß total fertig auf einem Barhocker und schlürfte an einem Espresso. Ninus setzte sich neben ihn.

»Und?«, fragte der Wirt und deutete Richtung Elisabeth. Ninus schüttelte nur seine rechte Hand.

»Oj, oj. Muss kleiner Spanier die Nacht *otra vez* auf Matratze im Gästezimmer verbringen. Ninus, du bist ein echter *companjero*. Ich könnte dich küssen.«

»Na. Lass es lieber. Sag, war Beppo noch nicht da?«

»*No, senõr. Jefe de la policía* nix gekommen.«

Komisch, dachte Ninus. Auf Beppo war stets Verlass. Es sei denn, es war Dienstliches dazwischen gekommen. Da er sich auch telefonisch nicht gemeldet hatte, musste es eine größere Sache sein. Aber das würde er sicherlich noch früh genug erfahren.

In diesem Moment kam Elisabeth, würdigte ihren Mann keines Blickes, schob den duftenden Hamburger mit einem liebevollen Lächeln zu Ninus hin und verschwand wortlos wieder in der Küche.

»Oj, oj. Noch schlimmer. Mindestens drei Tage Gästebett. Frau und Mann, das passt nicht zusammen, so wie wenn Magnete mit selben Pol aufeinanderstoßen.«

»Alejandro, du verblüffst mich stets aufs Neue. Jetzt bist du auch noch in die Tiefen der Physik eingedrungen.«

»Nix Tiefe. Sendung mit Maus. Am Mittag, zusammen mit Sohn von Bruder geguckt. Sehr interessant. Sollte man öfter schauen.«

Ninus begann mit Heißhunger seinen Burger zu verschlingen und es störte ihn wenig, wenn dabei dicke Ketchup- und Mayonnaisekleckse auf seine Hand tropften.

»Da wir von Frauen reden. Was macht dein Harem? Carla? Lena?«

»Alle verlassen mich. Lena recherchiert über die Hintergründe des Rücktritts des Ministerpräsidenten, Carla ist in London und Beppo hat mich ebenfalls versetzt. Da ich meinen aktuellen Auftrag erledigt habe, kann ich mich auch nicht in die Arbeit stürzen.«

»Geh in die Tiefen deiner *Casa* und trommele *como alma que lleva el diablo*. Hilft dir doch sonst. Aber sag, was ist das für ein Fall?«

»Ach, da geht es um Versicherungsbetrug und Unterschlagung von Anlagegeldern.«

Alejandro wurde hellhörig und begann in akzentfreiem Deutsch zu flüstern.

»Darfst nichts zu Elisabeth sagen. Ich habe Geld, das ich übrig hatte, angelegt. Erst gute Gewinne und plötzlich alles weg. Der Makler hat gemeint, er hätte mir vorher gesagt, dass diese Möglichkeit bestünde. Hat er aber nicht. Er hat gesagt, das sei eine ganz sichere Sache. Wenn Elisabeth davon erfährt, kann ich nach Spanien auswandern.«

»So, so. Geld, das du übrig hattest. Kann es sein, das Finanzamt würde es schätzungsweise als Schwarzgeld bezeichnen?«

»Ja, nein, so ein bisschen allenfalls. Aber erzähl, wie ist das denn in deinem Fall?«

Ninus hatte fertig gegessen, bat den Wirt um einen Espresso und um einen seiner selbst gebrannten Schnäpse.

»Okay. Wir setzen uns da hinten in die Ecke, ich muss meinen Rücken anlehnen. Das lange Stehen auf dem harten Boden hat meine Muskulatur verkrampft. Mir tut alles weh. Dann erzähle ich dir, was ich rausgefunden habe.«

Gewöhnlich sprach Ninus nie über seine Fälle. Aber jetzt verspürte er ein unbekanntes Bedürfnis, mit jemandem darüber zu reden. Ab und zu half es, wenn man versuchte, einem Außenstehenden die Dinge darzulegen. Dabei kam man womöglich auf neue Ideen.

Freitag, 16. Januar

Engenhahn, Wildpark

Brigitte Pausewang schreckte hoch. Die Nacht war schrecklich gewesen. Sie war eingeschlafen, um kurz darauf aufzuwachen. Erst gegen Morgen hatte sie einen längeren Schlaf gefunden. Wie lange, konnte sie nicht sagen. Sie fühlte sich wie gerädert, heftige Kopfschmerzen quälten sie und ihr Herz raste. Sie stand auf und bemerkte, dass sie sich gar nicht ausgezogen hatte.

Sie betrat das Bad, blickte dabei auf die Uhr und vermutete, es sei wohl halb sechs. Ohne Brille konnte sie nur raten. Erst musste sie auf Toilette, danach würde sie ihre Brille suchen.

Zehn Minuten später stand sie unter der Dusche und ließ das heiße Wasser auf ihren Körper prasseln. Das tat gut. Während sie es noch mit geschlossenen Augen genoss, fiel ihr Silke ein.

Ihre zwei Jahre jüngere Schwester Silke. Wo mag sie sich befinden? Wo mag sie sein? Lebte sie noch? Es war unbegreiflich. Warum sie?

Biggi drehte das Wasser ab, stieg aus der Kabine und rubbelte sich trocken. Die ausgezogenen Kleider nahm sie in die Hand. Eventuell würde sie in Silkes Schrank passende Wäsche für sich finden. Sie hatten ähnliche Figuren. Sie öffnete die Tür und stieß einen Schrei aus. Direkt vor ihr stand jemand.

»Entschuldigen Sie. Ich bin es nur. Ich habe Geräusche gehört und wollte nachsehen, nichts für ungut.«

Max Graf war es sichtlich peinlich, die splitternackte Frau vor sich zu haben. Er war verwirrt, wusste nicht, wo er hinschauen sollte. Biggis Herz klopfte bis zum Hals, erst nach und nach begriff sie die Situation und musste lächeln. »Tut mir ebenso leid, wenn ich Sie erschreckt haben sollte, Herr Kommissar. Aber eine

Dusche war dringend vonnöten. Eben wollte ich mir ein paar neue Sachen aus Silkes Schrank holen. Wenn Sie mich vorbei lassen würden.«

Graf bekam ein knallrotes Gesicht, stammelte irgendetwas und machte Platz. Biggi schob sich an ihm vorüber den Flur entlang.

Knackiger Hintern, dachte Graf, als er hinunter ins Parterre ging. Hat ihr scheinbar nicht viel ausgemacht, so nackt vor mir rumzustolzieren. Die beiden Techniker schliefen noch seelenruhig. Er hatte sich zwei Sessel zusammengeschoben, sie lag auf dem Sofa.

Graf hatte um zwei Uhr Beppo abgelöst, ein Sudoku-Quadrat nach dem anderen ausgefüllt und war regelmäßig dabei eingenickt. Spätestens, wenn sein Kopf die Tischplatte berührte, war er wieder hochgeschreckt.

Biggi hatte mittlerweile einen Slip, ein gelbes T-Shirt und eine passende Jeans gefunden. Eng zwar, aber mit Baucheinziehen und Luftanhalten hatte sie den obersten Knopf zubekommen. Nur bei den BHs musste sie kapitulieren. Die waren einfach zwei Nummern zu klein. Sie setzte sich vor die Schminkkommode und inspizierte ihr Gesicht.

»Du siehst Scheiße aus«, bescheinigte sie ihrem Spiegelbild. Aber sie hatte auch wenig Lust, sich herzurichten, mit Cremes und Wässerchen, mit Stiften und Farben ihr Aussehen aufzupolieren. Sie genoss es, wenn sie nicht beruflich unterwegs war oder zum Sender in die Redaktion musste, natural, wie sie es nannte, herumzulaufen.

Ihre Gedanken huschten zurück zu Silke. Sie trug in letzter Zeit mehr Schminke auf. Versuchte ihr verhärmtes Gesicht zu bedecken. Sie hatte sich sogar heimlich die Gesichtsmuskeln straffen lassen. Biggi wusste genau, woran das lag. Die Ehe mit Alexander war längst eine einzige Tortur und hatte Silke fast zerstört. Sie hatte zu trinken begonnen, hatte sich gehen lassen.

Bis sie diesen Adrian kennenlernte. Sie war wie ausgewechselt gewesen, war aufgeblüht und hatte den Alkohol aufgegeben. Sie verwandelte sich in die lustige, lebensfrohe Silke, wie Biggi sie gekannt hatte.

Alexander, der Geldgeier, hatte nichts bemerkt, weder ihre Gemütswandlung noch, dass Silke häufig nachts nicht zu Hause gewesen war. Biggi vermutete, ihm war das sogar sehr gelegen gekommen. So konnte er sich hemmungslos dem Geldvermehren und seinen Gespielinnen widmen.

Dann wurde Adrian ermordet. Silke fiel in ein tiefes Loch, aus dem sie niemand mehr herausholen konnte. Sie sprach kaum noch, hatte sich in sich selbst zurückgezogen. Auch Biggi war es nicht mehr gelungen, zu ihr durchzudringen. Und nun diese Entführung.

Irgendwie kam es Biggi seltsam vor, so fern von allem, womit man rechnete. Ganz hinten in ihrem Kopf wuchs eine Vermutung, wurde deutlicher und sprang sie regelrecht an. Was wäre, wenn Silke selbst das Ganze inszeniert hatte, einfach um Aufmerksamkeit zu erregen oder Alexander eins auszuwischen.

Brigitte Pausewang zwang sich, diesen Gedanken zu verscheuchen. Nicht Silke. Dazu war sie nicht fähig. Um nicht weiter daran denken zu müssen, beschloss sie zu frühstücken.

Am Küchentisch saß Max Graf. Als Brigitte hereinkam, wurde er sofort wieder rot bis hinter die Ohren.

»Ich will einen Kaffee kochen, trinken Sie einen mit?«

»Äh, gerne, gute Idee … was ich noch sagen wollte, das von vorhin …«

»Kein Problem. Sie haben nur Ihre Pflicht erfüllt. Wenn Sie es verkraften können, ich kann es.«

Merkwürdigerweise kam ihr fast gleichzeitig Grafs Kollege in den Sinn. Irgendwie bedauerlich, dass er es nicht war, der vor der Tür stand, blitzte es kurz auf. Biggi, jetzt spinnst du total, beschimpfte sie sich und führte diese Reaktion auf ihre überspannten Nerven zurück.

Als die beiden dabei waren, sich einzuschenken, kam der Hausherr herein. Voll bekleidet, anthrazitfarbener Anzug, weißes Hemd, schwarze Krawatte, polierte italienische Markenschuhe. Rasiert und perfekt frisiert. Der Geschäftsmann, der Banker von Welt eben.

»Guten Morgen, meine liebe Biggi, guten Morgen Herr Graf.«

Meine liebe Biggi, sie konnte es nicht fassen, so hatte er sie noch nie genannt.

»Da Sie mich nicht geweckt haben, vermute ich, es gibt nichts Neues«, fuhr de Rascalère fort.

»Bis auf ein paar ungewöhnliche Geräusche im ersten Stock, war alles ruhig«, konnte Brigitte sich nicht verkneifen einzuwenden, worauf Grafs Gesicht wieder einen rötlichen Überzug bekam.

»Wie bitte?«

»Ach nichts. Ich dachte, ich hätte heute Morgen Geräusche gehört. War aber nur Frau Pausewang. Nein, nichts Neues.«

Alexander setzte sich zu den beiden und goss sich einen Kaffee ein. Nach und nach trudelten auch die beiden Beamten aus dem Wohnzimmer ein.

»Na, koche ich eben noch eine Kanne«, bot sich Brigitte an.

Es war etwa eine Stunde später, als de Rascalères Mobiltelefon einen Anruf signalisierte. Sofort waren alle voll konzentriert und in Bereitschaft. Der Techniker fummelte an seinen Apparaturen herum, die Polizistin bedeutet Alexander noch zu warten und Graf setzte Kopfhörer auf. Brigitte konnte über Lautsprecher die stark verzerrte Stimme hören, die sprach, nachdem sich Alexander gemeldet hatte.

»Um elf Uhr fahren Sie auf die A66, Richtung Frankfurt. Mit dem Geld. Nehmen Sie Ihr Handy mit. Weitere Anweisungen folgen ...«

Alexander unterbrach ihn.

»Ich habe das Geld noch nicht ...«

»Sie werden es um 11 Uhr haben, sonst ist Ihre Frau tot«.

Aufgelegt.

Polizeipräsidium Westhessen

Im HR1 sangen die Beatles *Let me tell you how it will be / There's one for you, nineteen for me. ,Cause I'm the taxman, Yeah, I'm the taxman ...* und Ninus bog von der Schiersteiner Straße auf den Konrad-Adenauer-Ring ein. Vorbei an der Dostojewskistraße, mit Telekom-Hochhaus und den beiden Finanzämtern, alles keine Firmen, mit denen Ninus besonders gut auskam, passierte er den *Amelia-Earhart-Complex*, um später auf das Gelände des ehemaligen American-Hospitals einzubiegen.

Bis zum Abzug der amerikanischen Besatzungsmacht 1990 wurden aus ganz Europa Angehörige des US-Militärs in dem Krankenhaus behandelt, brachten deren Ehefrauen hier ihre Kinder zur Welt.

Nun stand auf diesem Gelände das hochmoderne Polizeipräsidium Westhessen. In einem der vielen Büros saß Kriminalhauptkommissar Wanninger, der, wenn er nicht gerade über Kaffeezubereitung deklamierte, Mord- und Totschlag in Wiesbadens Straßen und Umgebung erfolgreich aufklärte.

Der Mann hinter der gepanzerten Glasscheibe, der Ninus gut kannte, begann zu telefonieren, bevor dieser richtig durch die Tür gekommen war. Der Pförtner nickte ins Telefon und winkte ihn durch. Kurz darauf betrat er Beppos Büro und staunte nicht schlecht, als er Graf an dessen Schreibtisch sitzen sah. Hagen trat zurück vor die Tür, um sich zu vergewissern, dass er richtig war.

»Nur herein, Herr Detektiv. Bei mir sind Sie goldrichtig.«

»Haben Sie Beppo in Frühpension geschickt, oder ist er krank?«

»Weder noch. Wie soll ich sagen, Herr Hauptkommissar ist auswärtig beschäftigt. Quasi dienstlich auf Achse. Solange er abgängig ist, bin ich hier der Boss. Was führt Sie ins Herz der ermittelnden Behörde?«

»Naja, nichts Besonderes. Ich wollte mich nur erkundigen, warum er gestern nicht zu unserer Verabredung erschienen ist ...«

»... und bei der Gelegenheit ein gutes Tässchen schlürfen, richtig?«

»Ertappt! Im Ernst, was ist los?«

»Polizeigeheimnis. Ich darf leider nicht drüber sprechen ...«

Das Telefon klingelte, Graf nahm sofort ab.

»Die Entführer waren nicht im Haus ... Fußspuren, okay ... sonst ... danke.«

Graf blickt in Hagens grinsendes Gesicht.

»Das haben Sie nicht gehört.«

Graf begann zu schwitzen. Wie konnte man nur so blöd sein.

»Keine Angst, ich werde Beppo nur erzählen, was ich nicht gehört habe, es sei denn, es fällt noch zufällig ein Name, so ganz ohne Bezug zu irgendetwas, so ein Name, den man sicherlich sofort vergisst, der einem erst einfällt, wenn man ihn in der Zeitung in Zusammenhang mit einer Entführung liest. So einen Namen, meine ich.«

Graf war hin und her gerissen. Wanninger würde ihn zur Schnecke machen, wenn er davon erfuhr. Andererseits vertraute sein Chef Ninus vollkommen und hatte ihn oft in laufende Ermittlungen eingebunden. Er war sich sicher, säße er an seiner Stelle, würde er Hagen alles erzählen.

Wieder klingelte das Telefon. Graf nickte und schlagartig änderte sich sein Gesichtsausdruck. Er schaute Hagen groß an und bemerkte: »Der sitzt mir gegenüber ... mache ich.« Graf reichte Ninus den Hörer:

»Herr Staatsanwalt Lahm möchte Sie sprechen.« Ninus begrüßte seinen Schwager in spe mit einem fröhlichen »Hallo Wolfi ... wieso, ist doch niemand hier, der es hören könnte ... ach, der Herr Graf ... der hat weggehört ... gut, ich komme mit.«

Ninus stand auf: »Kommen Sie.«

Graf blickte irritiert.

»Sie sollen zur Staatsanwaltschaft, oder?«

»Na und?«

»Ich auch.«

Da keine zehn Pferde Graf dazu bringen konnten, in einen altersschwachen Citroën zu steigen, fuhren sie zusammen in dessen Dienstwagen in die neue Unterkunft der Staatsanwaltschaft.

Bis vor kurzem hatte sie noch im Präsidium residiert, war aber vor einiger Zeit umgezogen. Eine nicht ganz glückliche Lösung, da die Polizeibeamten, wenn sie etwas von einem Staatsanwalt benötigten, einen Durchsuchungsbeschluss beispielsweise, erst dort hinfahren mussten. In umgekehrter Richtung gab es da kaum Verkehr.

Staatsanwalt Wolfgang Lahm sprach zunächst mit dem Polizisten und Ninus musste derweil im Vorraum warten. Es dauerte aber nicht lange, da rief er ihn herein.

»Hallo, Herr Hagen«, begrüßte ihn Carlas Schwager und an Graf gewandt: »Wir sind soweit klar. Ich werde rechtzeitig vor Ort sein, wenn es losgeht.«

Hagen schaute auf die Wanduhr hinter Lahm. Es war halb zehn. Graf verließ den Raum.

»Ninus, wie oft habe ich dir gesagt, du sollst mich nicht Wolfi nennen, schon gar nicht, wenn andere dabei sind.« Hagen hob entschuldigend die Hände.

»Wird nicht mehr vorkommen. Wie geht es Julia und den Kindern? Alle wohlauf?«

»Alles in Ordnung. Und Carla. Ist sie noch in London? Na, die Zeit geht auch rum. Kopf hoch. Warum ich mit dir reden muss. Du weißt bereits, dass ich Mordanklage gegen Rolozko erhoben habe und übernächste Woche der Prozess beginnen soll. Ich möchte, dass du dich auf deine Aussagen gut vorbereitest. Von dem was du zu erzählen hast, hängt viel ab. Insgesamt ist die Beweislage nicht so prickelnd. Rolozkos Anwältin, Pinga Mondschein, ist eine heimtückische Schlange. Sie wird dich dermaßen auseinandernehmen, dass du anschließend dir selbst nicht mehr glaubst.«

»Hab's verstanden, Wolf ... Wolfgang. Aber ihr habt die Augenzeugin. Was soll da schief laufen?«

An Lahms Reaktion merkte Ninus, da lief einiges schief. Er setzte sich und forderte: »Raus mit der Sprache. Was ist los. Wanninger meidet mich, Graf ziert sich und du willst mich unbedingt sprechen.«

»Das ist aber *top-secret*. Wenn davon was an die Öffentlichkeit dringt, gibt es richtigen Ärger. Ich denke da besonders an deine Busenfreundin, diese rothaarige Journalistin. Kein Wort zu ihr. Auch nicht die kleinste Andeutung.«

Ninus nickte.

»Unsere Hauptzeugin Silke de Rascalère ist verschwunden ...« »... entführt?« unterbrach Ninus.

»Kein Kommentar.«

»Und?«

»Nichts und.«

»Sag schon, wann, was, wer, wie, wo?«

»Kein Kommentar. Du weißt bereits viel zu viel. Verstehst du: kein Sterbenswort zu niemandem. Deinen Beppo habe ich auch zur strikten Verschwiegenheit verdonnert. Wenn dir an deinem Freund liegt, besonders daran, dass er weiterhin Polizist bleibt, versuchst du erst gar nicht ihn auszuhorchen.«

Auf dem Weg zu seiner Wohnung redete Ninus laut mit sich selbst.

»Das stinkt zum Himmel. Silke de Rascalère verschwindet zwei Wochen vor dem Prozess. Die Einzige, die den Mord an Adrian gesehen hat. Die Einzige, die bereit war, auszusagen. Es liegt auf der Hand, wer da die Fäden zieht.«

Alexander de Rascalère betrat pünktlich um zehn Uhr die *Allgemeine Wiesbadener Bank*, grüßte die Mitarbeiterinnen und Mitarbeiter an den Schaltern kurz und knapp und begab sich in den ersten Stock. Dort befanden sich die Besprechungs- und Verwaltungsräume der einzelnen Abteilungen.

In seinem Büro angekommen, fuhr er den PC hoch, gab das Kennwort ein und überprüfte die Bewegungen seiner diversen Konten. Besonders die beiden Chefkonten nahm er genauer unter die Lupe. Die Transaktionen von gestern waren gelaufen, stellte er befriedigt fest.

Er rief seinen Hauptkassierer per Telefon. Der kleine, etwa vierzigjährige Mann, dessen Frisur aus einem kurz rasierten Haarkranz am Hinterkopf bestand, kam herein und grüßte unterwürfig. Als Alexander ihn bat, sich zu setzen, rückte er nervös seine kleine runde Brille zurecht. Unter dem Siegel der Verschwiegenheit erklärte ihm de Rascalère in knappen Worten, was Sache war. Der Kassierer drückte emotionslos sein Bedauern aus und versprach die geforderte Summe in entsprechenden Scheinen in fünfzehn Minuten zu bringen.

Danach überdachte Alexander erneut alle Einzelheiten der bevorstehenden Aktionen. Er konnte keine Lücke entdecken, alles schien wie geplant zu verlaufen. Wenn Andrea und Berthold sich genau an seine Anweisungen hielten, würde er am Samstag seine Koffer packen und für immer verschwinden.

Er blickte erneut auf die Kontobewegungen. Auf dem unverfänglichen Chefkonto waren soeben zwei Millionen abgehoben worden. Er wandte sich zu dem mit einem Zahlenschloss gesicherten Aktenschrank, tippte die Zahlenkombination ein und öffnete beide Flügeltüren. Im untersten Regal standen zwei lederne Geldkoffer. Er nahm einen heraus, legte ihn auf den Schreibtisch, als es klopfte und der Kassierer mit einem vierrädrigen Rollwagen hereinkam, mit dem sonst die Post transportiert und im Hause verteilt wurde. Zur Tarnung hatte er die Geldbündel in graue Pappkartons gepackt. De Rascalère bedankte sich und schärfte ihm erneut ein, absolutes Stillschweigen zu bewahren.

Als er alleine war, packte er das Geld aus den Kartons in den Koffer um und sprach in das am Hals versteckte Mikrofon: »Ich bin so weit.«

Kurz darauf kam eine Frau in sein Büro. Er erkannte sie. Es war die Kollegin des Abhörspezialisten, die auch bei ihm zu Hause gewesen war. Sie installierte im Koffer einen minikleinen GPS-Sender und zwei drei andere Dinge, deren Funktion Alexander nicht kannte. Er beobachtete aber sehr genau jeden Handgriff. Als sie fertig war, verschwand sie lautlos, wie sie gekommen war.

De Rascalère sollte noch fünf Minuten warten und hantierte so lange in seinem Büro herum. Abermals sprach er ins Mikrofon.

»Ich gehe los.«

Über den Ohrhörer vernahm er Wanningers Stimme. »Wenn Sie Kontakt haben, wiederholen Sie laut, was Ihnen mitgeteilt wird. Wenn es schriftlich ist, lesen Sie es vor. Wir sind stets in Ihrer Nähe. Viel Glück.«

Wie angewiesen, fuhr Alexander über die Rhein- und Schiersteiner Straße Richtung Rheinbrücke, um von dort aus die Ausfahrt auf die A66 nach Frankfurt zu nehmen. Er versuchte zu erkennen, welche der Fahrzeuge vor oder hinter ihm von der Polizei waren aber keiner der Wagen kam ihm verdächtig vor.

Hinter Wallau klingelte sein Handy über die Freisprechanlage des Fahrzeugs. Ihm war im letzten Moment eingefallen, dass er per Bluetooth-Verbindung diese aktivieren und so das Gespräch über das Polizeimikrofon mitgehört werden konnte. Dadurch entfiel das sicherlich auffällige Nachplappern.

»Fahren Sie zum Frankfurter Hauptbahnhof. Parken Sie und gehen Sie dann in die Halle. In Höhe von Gleis 15 bleiben Sie stehen. Nehmen Sie das Geld und Ihr Handy mit.«

Wanninger, der etwa dreihundert Meter hinter Alexander in einem Zivilfahrzeug des Landeskriminalamtes saß, hörte das Telefonat mit und beorderte einen Wagen, der sich ebenfalls an der Verfolgung beteiligte zum Frankfurter Hauptbahnhof.

»Ihr habt es gehört. Postiert euch dort unauffällig und gebt durch, was sich tut. Wagen sieben stellt sich an den West-, acht an den Ost- und wir werden uns den Haupteingang vornehmen.«

Der Frankfurter Hauptbahnhof mit den unablässig hin und her laufenden Menschen und den vielen Möglichkeiten, irgendwo unbemerkt rein und raus zu gelangen, war ein guter Ort für eine Geldübergabe aus Sicht der Entführer. Über Funk meldete sich ein Kollege.

»Das Gespräch kam aus einer öffentlichen Telefonzelle. In der Nähe des Messegeländes. Gleich wissen wir es genauer ... da haben wir sie. Direkt vom Vorplatz am Haupteingang. Ihr kommt gleich daran vorbei.«

Wie auf Kommando drehten sich die Köpfe der Wagenbesatzung nach rechts vorne. Sie sahen die Telefonzelle, eine Frau stand darin.

»Graf, halt da an und nehmt euch die Dame vor, ich glaube zwar nicht ... aber dennoch, sicherheitshalber.«

Beppo schaute durch die Heckscheibe und sah, wie Grafs dunkelblauer BMW rechts ausscherte und vor der Telefonzelle hielt.

»Zielobjekt am Bahnhof angekommen. Parkt am Westausgang im Halteverbot.«

De Rascalère eilte zum Eingang und durchquerte die Halle. Das Handy klingelte erneut.

»An dem Stützpfeiler befindet sich ein Mülleimer. Darin liegt ganz unten ein brauner Briefumschlag.«

Damit war das Gespräch zu Ende. Alexander gab die Anweisung durch und bewegte sich auf den orangefarbenen Kunststoffbehälter zu. Er wühlte sich durch Plastikbecher, ketchupverschmierte Pappteller, Bananenschalen und Apfelreste. Er zog den braunen Umschlag hervor. Ein Telefon und ein Zettel mit getippter Anweisung waren darin. Er sprach laut:

»Ein Handy und ein Zettel. Auf dem Zettel steht: Fahren sie zurück auf die A66, Richtung Wiesbaden, so lange, bis sie von mir hören. Mit dem Geld!«

»Na, das kann ja lustig werden«, stöhnte Wanninger ins Mikro.

Der Fuchs stand auf der Grorother Straße, dort wo sie die A66 überquerte. Das gestohlene blaue Mountainbike lag weiter vorne im Gebüsch. Er blickte in Richtung Frankfurt. In der rechten Hand hielt er das Telefon und wartete. Er schaute auf die Armbanduhr und drückte die Rückruftaste.

»Wo sind Sie? Gut. Sie werden gleich, kurz vor der Ausfahrt Frauenstein, in Höhe des Brückenpfeilers rechts ranfahren. Halten Sie auf dem Seitenstreifen an. Direkt hinter dem Betonpfeiler. Werfen Sie den Koffer in die Böschung. Fahren Sie sofort weiter.«

Er unterbrach die Verbindung. Vereinzelte Autos fuhren an ihm vorüber, aber weder Fußgänger noch

Fahrradfahrer waren zu sehen. Er eilte zurück zu dem Mountainbike, rutschte dort vorsichtig die Böschung hinunter und versteckte sich hinter dem Brückenpfeiler. Kurz darauf hörte er, wie ein Wagen auf dem Standstreifen anhielt und eine Tür geöffnet wurde. Ein schwarzer Geldkoffer flog direkt vor ihm ins Gebüsch.

Er wartete, bis der Wagen angefahren war, spurtete an die Stelle, wo der Koffer gelandet war, ergriff ihn und krabbelte die Böschung hoch. Er schwang sich auf das Fahrrad und radelte mit dem Koffer unter dem Arm, so schnell er konnte in Richtung Frauenstein.

Nach etwa fünfzig Metern bog er rechts auf einen Feldweg ein und hatte bald seinen Passat erreicht, den er dort unter Kirschbäumen versteckt hatte. Hastig öffnete er den Koffer und erstarrte.

Wie gelähmt stand er einen Moment da, riss sich zusammen, schleuderte den Koffer ins Gebüsch und bestieg den Passat. Mit Vollgas fuhr er den Feldweg weiter, raste zwischen Ackerflächen und Rebenhängen hindurch. Kreuz und quer, aber er hatte sich den Weg genau eingeprägt, war ihn oft abgefahren, sodass er ohne Mühe am Weingut Nürnberger Hof herauskam. Von dort aus fuhr er weiter über die Hauptstraße an den Kliniken vorbei, zum Wohngebiet Schelmengraben.

Den Wagen hatte er weit entfernt von dem Haus abgestellt, das er nunmehr betrat und in dem versifften Aufzug in den fünfzehnten Stock fuhr. Er öffnete hastig die Wohnungstür, trat ein und hängte sofort die Sicherheitskette ein. Er lehnte sich mit dem Rücken gegen die Wand, schnaufte heftig, schloss die Augen und atmete tief durch.

Franz Wanninger fluchte laut vor sich hin und stapfte wütend zwischen den parkenden Dienstfahrzeugen hin und her. Mittlerweile war auch de Rascalère auf der Grorother Straße eingetroffen.

»Warum haben Sie nicht durchgegeben, dass Sie das Geld hier aus dem Wagen werfen sollten«, schnauzte Beppo ihn an.

»Habe ich doch.«

»Aber erst, als wir bereits an der Stelle vorbeigerauscht waren, Mann!«

»Ich war so aufgeregt und habe vergessen, dass ich mit dem anderen Handy gar keine Verbindung zur Freisprechanlage hatte. Deshalb habe ich die Anweisungen auch nicht wiederholt. Erst als ich losgefahren war, ist mir das klar geworden. Aber da musste ich erst mein eigenes Telefon aus der Tasche holen ...«

Ein Beamter kam auf Beppo zu.

»Wir haben den Koffer gefunden. Dort vorne, unter den Kirschbäumen. Natürlich leergeräumt. Da liegt auch ein blaues Fahrrad und Reifenspuren sind zu erkennen.«

»Schickt die Spusi hin. Gibt's was vom Hubschrauber?«

»Nee, solange die nicht wissen, wonach Ausschau gehalten werden soll, kreisen die ziemlich sinnlos herum.«

»Sie haben recht. Sollen heimfliegen. Das Ding ist vorerst gelaufen.«

Wanninger stieg zu Graf in den Wagen.

»Abflug!«

Graf fuhr los.

»Ich könnte ihn erwürgen!«

»Chef, der Mann war halt aufgeregt. Kann man verstehen. Die Übergabe war wirklich gut durchdacht. Mitten auf der Autobahn. Wir hatten kaum eine

Chance, auch wenn de Rascalère uns rechtzeitig informiert hätte, wären wir zu spät gekommen. Das war exakt geplant. Ich glaube nicht an einen Einzeltäter. Die hatten das Haus im Wildpark bestimmt tagelang beobachtet und wussten sicher auch, dass Silke de Rascalère an diesem Tage alleine war. Außerdem denke ich, ist mindestens einer der Täter dem Auto des Bankdirektors gefolgt. Wie sonst hätten die Anweisungen so präzise erfolgen können. Das waren ausgebuffte Profis, sag ich Ihnen.«

»Darum geht es gar nicht. Diese Entführung ist sowieso nur ein Scheinmanöver, genauso wie die Geldübergabe. Oder glauben Sie an einen Zufall? Zwei Wochen vor Prozessbeginn wird die Hauptzeugin entführt. Mir ist dieser de Rascalère nicht ganz koscher. Irgendwie habe ich ein ganz merkwürdiges Bauchgefühl bei dem.«

»Aber der war zur Tatzeit nachweislich in der Schweiz. Das haben wir als Erstes überprüft.«

Beppo kratzte sich am Bauch und dachte laut.

»Vielleicht sollten wir nochmals mit der Schwester der Entführten sprechen.«

»Mit Brigitte Pausewang? Das sollten besser Sie übernehmen, Chef.«

Wanninger schaute seinen Kollegen respektvoll an. Soviel Menschenkenntnis hatte er ihm gar nicht zugetraut. Dabei hatte Graf bloß an die Begegnung vom Morgen gedacht.

Der Fuchs hatte sich beruhigt. Nach zwei Telefonaten begann er seine Sachen zusammenzusuchen und in den Rucksack zu stopfen. Er achtete akkurat darauf, nichts liegen zu lassen. Auf mögliche Fingerabdrücke brauchte er keine Rücksicht zu nehmen, denn er trug stets Handschuhe. Er saugte die gesamte Wohnung sehr gewissenhaft durch, nahm den Staubsaugerbeutel heraus, um ihn später unterwegs zu entsorgen. Dann reinigte er Stühle, Tische und alle Gegenstände, mit denen er in Berührung gekommen war. Er wusste, die Spurensucher würden dennoch irgendwas entdecken, was für einen DNA-Vergleich ausreichte. Er wollte es ihnen aber so schwer wie möglich machen, und hoffte, bis dahin weit fort zu sein.

Bevor er die Tür öffnete, zog er sich eine Wollmaske übers Gesicht. Er hatte die Frau gestern Abend auf einen Stuhl am Tisch gesetzt, hatte sie mit kalter Pizza gefüttert und ihr Wasser eingeflößt. Er löste die Handschellen und fesselte sie wieder an den Heizkörper. Willenlos ließ sie es geschehen, schaute ihn apathisch an.

Beim Verlassen der Wohnung blickte er sich sorgfältig um, nickte zufrieden und verschwand.

Ninus saß müde und schläfrig an seinem Schreibtisch. Lustlos blätterte er in den Akten herum, schob einen Stapel Bilder von rechts nach links und umgekehrt. Im Aschenbecher qualmte eine Zigarette vor sich hin, eine Tasse mit lauwarmem Kaffee stand daneben. Es war spät geworden bei Alejandro.

Nachdem Hagen ihm die ganze Geschichte um den Fall Beyer erzählt hatte, begann der Wirt ihn unerwartet zu beschimpfen. Was ihm denn einfiele, Carla und Lena dermaßen in Gefahr zu bringen, ob die Verwundung Lenas im letzten Jahr nicht schlimm genug gewesen sei und und und.

Ninus hatte versucht, sich zu rechtfertigen. Schließlich sei es Lena gewesen, die ihn in den Rolozkofall gedrängt habe und was Carla beträfe, so wisse er genau, sie habe schließlich einiges angestellt, was Ninus gerade noch so habe ausbügeln können. Alejandro solle den Ball flach halten. Das hatte Ninus zwar gesagt, aber ohne Überzeugung. Es lag in der Natur der Dinge, dass er regelmäßig in gefährliche Situationen geriet. Besonders im Bereich der Wirtschaftskriminalität wurde brutal gekämpft, aber fast nichts drang an die Öffentlichkeit. Wie auch? Meist waren hochrangige Politiker genauso wie Wirtschaftsbosse darin verstrickt und die verstanden es hervorragend, die Berichterstattung zu ihren Gunsten zu beeinflussen.

Das war bei seinem letzten Fall ebenso gewesen, wie bei einigen davor. Zwar hatte Ninus maßgeblich dazu beigetragen, dass Andrej Doran Rolozko die Unterschlagung von über fünfzig Millionen Euro nachgewiesen werden konnte und er hinter Gitter gekommen war aber fast sämtliche Politiker, die mit dem windigen Russen Geschäfte gemacht hatten, Geschäfte fern jeglicher Legalität, waren ungeschoren davon gekommen.

Bis auf einen, der wurde zwangsweise ins Europäische Parlament versetzt. Der Rücktritt des Ministerpräsidenten stand wahrscheinlich damit im Zusammenhang, war prinzipiell aber unwichtig, denn es gab keine Ermittlungen gegen ihn, ganz zu schweigen von irgendwelchen Strafverfahren.

Er fuhr den PC hoch, überflog den E-Mail-Eingang. Wie meist überwogen die Spams oder unwichtige Informationen. Einzig die beiden Mails von Carla las er und schrieb ihr ein paar Zeilen zurück. Bei Google suchte er nach dem Namen de Rascalère und erhielt mehrere Tausend Einträge aufgelistet. Nach wiederholtem Filtern der Datenmenge verblieb dennoch eine ansehnliche Trefferquote.

Eine illustre Familie. Als er endlich auf Alexander de Rascalère stieß und sein Bild sah, staunte er nicht schlecht. Das war der Typ, den er mit Carla am Frankfurter Flughafen gesehen hatte. Zusammen mit der Rechtsanwältin Mondschein. Jetzt wird es aber interessant, dachte Ninus. De Rascalères Frau Silke hatte ein Verhältnis mit Rolozkos rechter Hand Adrian Petrescu und war dabei, als Rolozko angeblich Adrian ermordete. De Rascalère trifft sich mit Rolozkos Verteidigerin am Flughafen, einen Tag, bevor Silke entführt wird.

Das stinkt zum Himmel. Darüber muss ich unbedingt mit Beppo sprechen, Schweigegelübde hin, Schweigegelübde her, beschloss Ninus. Er war im Begriff den Hörer abzuheben, als das Telefon klingelte. Eine Frauenstimme meldete sich am anderen Ende.

»Guten Tag. Spreche ich mit Ninus Hagen, dem Privatdetektiv?«

»Ja.«

»Ich heiße Brigitte Pausewang und hätte einen Auftrag für Sie.«

Der Name sagte Ninus nichts.

»Worum geht es denn?«

Hoffentlich keine Scheidungsgeschichte, dachte er.

»Das ist am Telefon schwierig zu erklären.«

Das hörte er häufig.

»Eine Andeutung müssten Sie dennoch machen.«

»Es ist ... es ist so, meine Schwester ist entführt worden und ...«

»Wie bitte?«, unterbrach Ninus.

»Entführt. Gestern. Und ich brauche Ihre Hilfe.«

»Ihre Schwester heißt nicht zufällig Silke?«

Am anderen Ende herrschte plötzlich Schweigen.

»Hallo, sind Sie noch da?«

»Woher wissen Sie – ich meine, das ist niemandem außer der Polizei bekannt.«

»Das ist am Telefon schwierig zu erklären«, meinte Ninus. »Wir sollten uns treffen.«

»Gerne. Sofort?«

Ninus blickte auf den Aktenberg vor sich, überlegte kurz.

»Was halten Sie von morgen früh?«

»Erst? Okay. Wo?«

»Können Sie nach Wiesbaden kommen? In die Neugasse. Da gibt es ein Bistro, die *Haltbar* ...«

»Kenne ich. Passt neun Uhr?«

»Neun Uhr, *Haltbar*. Sie erkennen mich ...«

»Ich weiß, wie Sie aussehen. Bis morgen.«

Na, das war ja ein Ding. Nicht, dass die Dame ihn kannte. Ausgerechnet Silke de Rascalères Schwester wandte sich an ihn. Zufall? Zu viele Zufälle für Hagens Geschmack. Routinemäßig gab er den Name Brigitte Pausewang bei Google ein: Tausende Treffer. Sie war Sportjournalistin. Er drehte sich eine neue Zigarette, die andere hatte sang- und klanglos ihr Leben im Aschenbecher ausgehaucht, und wählte Lenas Nummer.

»Na, du Schnüffler. Sehnsucht nach deiner kleinen Lena?«

»Klar. Was glaubst du denn. Ich denke den ganzen Tag an niemanden anderes als an ein kleines rothaariges Teufelchen.«

Lena legte auf und Ninus grinste. Das Telefon meldete den nächsten Anruf.

»So, jetzt hast du eine zweite Chance.«

»Liebe Lena, ich vergehe fast vor Sehnsucht nach dir. Besser?«

»Geht so. Was verschafft mir die Ehre deines Anrufs in Wirklichkeit?«

»Nur eine Frage: Sagt dir der Name Brigitte Pausewang etwas? Muss eine Kollegin von dir sein.«

»Das ist nicht dein Ernst. Du weißt nicht, wer die Pausewang ist? Ninus, Ninus! Du lebst in deinem verträumten Kurstädtchen wirklich hinter dem Mond. Brigitte Pausewang ist zurzeit die gefragteste Sportreporterin im deutschen Rundfunk. Ihre Spielberichterstattungen gehören zu den Highlights der samstäglichen Bundesliga-Liveübertragungen. Warum willst du das überhaupt wissen?«

»Ach, nur so.«

»Hagen! Deine Nase wackelt.«

»Na schön. Sie will sich mit mir treffen, beruflich.«

»Seit wann interessierst du dich für Fußball?«

»Nein, meinen Beruf habe ich gemeint.«

»Geht's noch ein bisschen genauer?«

»Sie will meine Dienste für eine private Sache in Anspruch nehmen.«

»Wann, wo?«

»Was?«

»Wo triffst du sie und wann?«

Ninus sah ein, dass er sich nicht rausreden konnte.

»Um neun Uhr morgen früh. In der *Haltbar*.«

»Okay. Ich bin um halb neun da.«

»Wieso du, wieso um halb neun?«

»Na, als deine Assistentin muss ich bei solch heiklen Gesprächen dabei sein. Da müssen wir uns doch vorher absprechen. Tschüss mein Lieber, bis morgen.«

Bevor Ninus fragen konnte, seit wann er eine Assistentin habe, hatte Lena aufgelegt. Das ließ sich nun nicht mehr ändern und, wenn Ninus ehrlich war, war es ihm auch gar nicht so unlieb. Eine neue Zigarette drehte sich in seiner rechten Hand und er erklärte: »Aber eins nach dem andern.«

Samstag, 17. Januar

So früh am Tag aufzustehen, schaffte Ninus selten. Aber heute war er um sechs Uhr wach geworden und nicht mehr eingeschlafen. Er hatte sich herumgewälzt, die unterschiedlichsten Stellungen und Einschlafrituale ausprobiert, um letztendlich ziemlich zerknittert aus dem Bett zu krabbeln.

Er musste eine Ewigkeit unter der Dusche gestanden haben, da es nach dem Zähneputzen, Rasieren und Anziehen urplötzlich Viertel nach acht gewesen war.

Jetzt saß er in der *Haltbar* und knabberte an einem butterfetten, aber gerade deshalb so leckeren Croissant.

Als die Bedienung eine zweite *Latte macchiato* vor ihm abstellte, schob sich ein rotfarbiges Köpfchen vor sein Gesicht, rote Lippen spitzten sich und drückten ihm einen dicken Kuss auf die Wange.

»Gestattet der Herr, wäre neben ihm noch ein Plätzchen für eine hungrige Journalistin frei?«

Lena setzte sich und strahlte Ninus an. Die roten Haarfransen standen in alle Richtungen ab und wippten bei jeder Bewegung des Kopfes.

»Wie kann man zu so unchristlicher Zeit so fidel sein?«, brummte Ninus und legte seine Hand auf Lenas. »Schön dich zu sehen.«

»Dito. Was macht die Kunst? Was macht die Versicherungsbetrügerei?«

»Erinnere mich nicht daran. Eigentlich ist der Auftrag längst abgehakt, aber er beschäftigt mich weiterhin. Wie ein verworrenes, perfides Computerspiel. Hat man einen Weg zurückgelegt, landet man im nächsten Level und beginnt von vorne.«

»Da ich von nun an und hochoffiziell deine Assistentin bin, werden wir das gemeinsam meistern ...«

»... selbst ernannte Assistentin!«

»Was sind die Aufgaben einer Detektivassistentin?«

»Äh, Assistentinnen haben die Aufgabe, Gesprächsnotizen zu machen, nur zu reden, wenn sie gefragt werden und vor allem ihrem Chef aufs Wort zu gehorchen.«

»Aye aye, Captain. Lenamäuschen wird schweigen wie Frau Schweigestill bei Thomas Mann und gehorchen wie Michel aus Lönneberga.«

»Hatte der nicht blonde Haare?«

»Na, dann eben wie Pumuckl, wenn dir das besser gefällt. Sag, kommt Madame Pausewang wirklich?«

»Wir sind verabredet, ob sie kommt, werden wir sehen.«

»Mutmaßlich wäre es günstig, wenn du mich auf den Stand der Dinge bringst. Es macht sicherlich keinen guten Eindruck auf deine Mandantin, wenn deine Assistentin wie ein kleines Dummerchen auftritt.«

Wer konnte Lenas Charme widerstehen. Folglich erzählte Ninus, was er wusste, und endete mit der Frage: »Was kannst du mir über Frau Pausewang erzählen?«

»Sie ist so in meinem Alter, allenfalls zwei, drei Jahre älter. Ist die Sportchefin beim SWR, hat in der Badminton-Bundesliga gespielt und ist bei allen sportlichen Ereignissen dabei, seien es Olympische Spiele oder Fußballmeisterschaften. Sie ist eine der ersten Frauen, die sich in der männerdominierten Sportberichterstattung durchgesetzt haben. Eine tolle Stimme.«

»Wenn Sie nicht heiser ist«, krächzte es neben Lena.

Die beiden waren so in ihr Gespräch vertieft, dass sie nicht bemerkt hatten, wie eine Frau an ihren Tisch getreten war.

Beide schauten hoch, Lenas Wangen nahmen fast die Farbe ihrer Haare an. Ninus stand auf.

»Frau Pausewang?«

»Guten Morgen, Herr Hagen. Danke, dass Sie Zeit für mich haben.«

»Nehmen Sie bitte Platz.«

Als Ninus sich setzte, bekam er einen Tritt gegen das Schienbein.

»Hm, das ist meine Assistentin, Frau Lena Rotmilch. Im Nebenberuf auch Journalistin.«

»Angenehm« begrüßte sie Lena und reichte ihr die Hand. Lena strahlte, während sie die Sportreporterin unverwandt anstarrte. Das war richtig peinlich. Nun war es an Ninus, Lenas Schienbein zu bearbeiten.

Brigitte Pausewang schien nichts von der Untertischfußkommunikation zu bemerken und bestellte bei der Bedienung einen Tee. Sie hatte halblanges, dunkelbraunes Haar, ein schmales Gesicht und braune Augen. Über einer weißen Bluse trug sie eine graublaue Jeansjacke, ihre Beine steckten in ausgewaschenen Jeans.

»Sie müssen meine Stimme entschuldigen«, nahm sie das Gespräch wieder auf. »Ich habe mich erkältet und das schlägt bei mir auf die Stimmbänder. Fatal für eine Sprecherin – Sie wissen bereits, woher auch immer, dass meine Schwester Silke de Rascalère entführt wurde. Gestern war die Geldübergabe. Der Erpresser ist der Polizei entwischt. Bisher gibt es noch kein Lebenszeichen von ihr. Ich habe Angst um sie und glaube, ein privater Ermittler kann mehr ausrichten als die Polizei. Deshalb bitte ich Sie, nach meiner Schwester zu suchen.«

Das war knapp und klar. Hagens Fragen beantwortete sie völlig offen. Dabei schaute sie unentwegt Lena an, lächelte ihr zu und bezog sie mit ins Gespräch ein. Lena spürte allerdings, dass sie anscheinend eine andere Sache bedrückte, deshalb mischte sie sich ein.

»Sie haben nicht alles erwähnt, oder täusche ich mich, Frau Pausewang.« Ninus schaute Lena groß an.

»Sie sind eine gute Beobachterin, Frau Rotmilch ...«

»Nennen Sie mich bitte Lena. Rote Haare zu haben und Rotmilch zu heißen, ist schon Strafe genug, aber ständig auch noch diesen Namen zu hören, muss nicht sein.«

»Da geht es Ihnen wie mir, Lena. Pausewang finde ich gleichermaßen nervig. Alle nennen mich Biggi.«

Ninus verdrehte die Augen bei diesen fürchterlich wichtigen Erörterungen. Aber Biggi kam rasch zum Thema zurück.

»Es gibt da was – es ist mehr so ein Gefühl, eine Vorstellung – was mir schwerfällt zu erklären. Ich habe es der Polizei gegenüber nicht erwähnt. Sie müssen wissen, die Ehe meiner Schwester war alles andere als harmonisch und ihr Mann Alexander ist ein fürchterlicher Kotzbrocken. Nicht nur unsympathisch, sondern auch hinterlistig und durchtrieben. Entschuldigen Sie meine Ausdrucksweise, aber ich rechne mit Ihrer Diskretion?«

Beide nickten.

»Um es kurz zu machen. Ich werde den Verdacht nicht los, Alexander kommt Silkes Verschwinden sehr gelegen. Er plant etwas. Etwas, bei dem ihm meine Schwester im Wege ist.«

»Meinen Sie damit, er könnte von der Entführung gewusst oder sie sogar in Auftrag gegeben haben?«

»Soweit habe ich noch nicht gedacht, um ehrlich zu sein. Womöglich tue ich ihm auch unrecht. Gleichwohl hat er nicht gezögert, die zwei Millionen zu zahlen. Dennoch ist das Gefühl da. Vielleicht können Sie mehr herausfinden.«

Was Biggi erzählte, lag nicht sehr weit von dem entfernt, was Ninus beschäftigte. Besonders, wenn er an die Begegnung am Flughafen dachte, die er natürlich nicht erwähnte. Er vermeldete stattdessen: »Ich denke, wir machen das. Was meinst du, Lena?«

Lena war über diese Frage so erstaunt, dass sie nur zustimmend nicken konnte.

»Ich habe bereits einen Plan«, fuhr Ninus fort und unterbreitete den beiden Frauen seine Idee.

»Das kann unter Umständen gefährlich werden. Ohne Ihre Unterstützung funktioniert das nicht.«

»Ich finde das klingt gut. Natürlich mache ich mit«, stimmte Pausewang zu und Lena verkündete: »Ich sowieso.«

Bevor Ninus Einwände erheben konnte, sagte Biggi: »Das wäre wunderbar. Zu dritt sind wir unschlagbar.« Lena blinzelte Biggi freudig an.

Ninus ergab sich in sein Schicksal.

»Ich werde auf alle Fälle vorher mit meinem Freund Hauptkommissar Wanninger reden ...«

»... Beppo, der nette Polizist?« Jetzt war es an Ninus, erstaunt zu schauen.

»Genau der. Wir sind befreundet, wir vertrauen einander. Keine Angst, von unserem Plan werde ich ihm natürlich nichts erzählen.«

»So viel zu vertrauensvollen Männerfreundschaften«, kommentierte Lena.

»Wir sind uns einig. Sie, Biggi, recherchieren, wann Alexander morgen zu Hause ist. Ich rede mit Beppo. Lena schreibt das Protokoll und danach treffen wir uns.«

Als Biggi gegangen war, begann Lena zu schwärmen.

»Eine tolle Frau. Hast du ihre Grübchen gesehen, wenn sie lächelte. Diese braunen Augen, in denen eine Mischung aus Melancholie und ...«

»Lena? Klingt ganz so, als habe meine Assistentin sich ein bisschen verliebt?«

»Deine private Detektivin auf keinen Fall. Die private Lena Rotmilch – eventuell. Apropos Assistentin. War das mit dem Protokoll ernst gemeint?«

Ninus lachte los, drückte sie an sich und flüsterte ihr ins Ohr: »Du bist süß. Ich wünsche der privaten Lena viel Glück.«

Mittelmeer, vor Korsika

Die zwölf Meter lange Jacht glitt ruhig durch das kaum bewegte Wasser des Tyrrhenischen Meeres. Berthold de Rascalère stand in der Badehose am Ruder und beobachtete den Horizont. Ganz entfernt, rechts von ihnen fuhr ein Kreuzfahrtschiff Richtung Westen, wurde zunehmend kleiner, bis es aus seinem Sichtfeld entschwand.

Der nervöse Blick auf die Instrumente zeigte ihm, dass sie auf dem richtigen Kurs waren. Ihm war nicht ganz wohl in seiner Haut. Zwar war er seit vielen Jahren im Besitz eines Sportseeschifferscheins und hatte mit Bravour auch alle Prüfungen bestanden, die es ihm erlaubten, mit einer Jacht dieser Größenordnung im Mittelmeer herumzuschippern, aber seit seiner letzten Fahrt war eine geraume Zeit vergangen. Wenn sie in See gestochen waren, so hatten sie meist einen erfahrenen Skipper an Bord gehabt.

Doch nun hatte Alexander darauf bestanden, dass außer ihm und Andrea niemand mitfuhr. Er hoffte nur, dass das Wetter so blieb. Die Vorhersagen waren jedenfalls günstig. Er hatte keine Lust, in einen Sturm zu geraten und gegen hohe Wellen ankämpfen zu müssen.

Der Himmel war klar, fast wolkenlos und die Sonne stand hoch über ihnen.

»Na Holdi, alles klar? Ich habe dir eine kleine Stärkung mitgebracht.«

Unbemerkt war Andrea Gurutze neben ihn getreten, zwei Gläser in der Hand.

»Lieber nicht. Ich muss einen klaren Kopf behalten. Wir fahren noch ein Stündchen, dann haben wir unseren Ankerplatz erreicht. Vielleicht sind auch ein paar Entspannungsübungen drin.«

Berthold grinste anzüglich. Diese Frau war einfach eine Wucht und es war wirklich schade, dass Alexander ein Dauerabonnement bei ihr hatte. Zwar hatte sie bisher all seinen Angeboten widerstanden, aber er hoffte dennoch auf dieser Fahrt zum Zuge zu kommen.

»Wie viel ist denn in dem Koffer? Ich habe ihn mir größer vorgestellt?«

»Genug. Genug für uns drei, um unser Leben bis zum Ende in Wohlstand genießen zu können, ohne uns Gedanken machen zu müssen. Ich bitte dich, lass den Koffer dort, wo ich ihn versteckt habe. Du weißt selbst am besten, wie Alexander sein kann, wenn man seine Anordnungen nicht haargenau befolgt.«

Das wusste Andrea nur zu gut. Um von diesem unangenehmen Thema abzulenken fragte sie unvermittelt: »Stimmt es, Holdi, dass du so ein richtiger Minister warst, so wie der Joschka oder die von der Leyen?«

»Ein richtiger Minister, aber nicht so wie diese beiden. Die sind beziehungsweise waren Bundesminister, ich war Landesminister, genauer gesagt, Innenminister.«

»Und was macht so ein Innenminister, ich meine, welche Aufgaben hat er. Der Finanzminister ist für die Finanzen, also die Kohle, zuständig. Die Gesundheitsministerin muss darauf aufpassen, dass die Bevölkerung gesund bleibt. Wofür musstest du sorgen?«

»Der Innenminister ist dafür verantwortlich, dass es im Landesinneren ruhig bleibt. So wie der Außenminister die bösen Feinde außerhalb des Landes bekämpft, so habe ich die Feinde in unserem schönen Hessenlande bekämpft. Deshalb ist der Innenminister auch der Chef der Polizei.«

Andrea lachte los. »Du! Chef der Polizei? Da wurde – wie sagt man – der Bock zum Gärtner gemacht. Das war ein Spaß von dir, oder?«

De Rascalère schaute Andrea fast wütend an. »Wie meinst du das?«

»Na, wenn ich mir deine Freunde so anschaue, kommen da locker ein paar Jahrzehnte Gefängnisaufenthalt zusammen. War nicht der Typ, der seinen Geschäftspartner umgebracht haben soll, einer deiner besten Kumpels und ist der nicht auch wegen anderer Dinge zu was weiß ich wie vielen Jahren verknackt worden?«

»Das ist höhere Politik, meine Liebe, das verstehst du nicht.«

Holdi hatte sich beruhigt und Andrea atmete innerlich tief durch. Fast wäre sie mit ihrer Fragerei zu weit gegangen. Aber sie hatte sich vorgenommen, möglichst viele Informationen aus Berthold herauszuholen. Wenn der Plan gelingen sollte, mussten sie wissen, was vorging.

Beide, Alexander als Bankchef genauso wie Berthold als Politiker, hatten jahrelang Geschäfte mit diesem Rolozko gemacht, nicht nur mit dem natürlich, aber er war einer der lukrativsten Partner.

Seitdem Rolozko verurteilt worden war, zitterte die halbe Landesregierung und keiner traute dem anderen. Wer würde welche Informationen wem zuspielen, um Gegner auszuschalten oder sich selbst aus dem Schussfeld zu bringen. Das Denunzierungskarussell drehte sich noch nicht richtig, würde aber in absehbarer Zeit Fahrt aufnehmen. Die ganz Schlauen waren sofort, quasi ohne Anlass, mehr aus privaten Gründen, wie es in der Presseerklärung hieß, von all ihren Ämtern zurückgetreten, bevor ihre Machenschaften an die Öffentlichkeit gelangten.

Die simpelste Methode, Männer unvorsichtig werden zu lassen und sie zum Reden zu bringen, war, das kleine Dummerchen zu spielen und natürlich ihre Sexfantasien anzustacheln. Damit das auch weiter wirkte, nahm sie sich einen Liegestuhl, platzierte ihn so, dass Berthold sie sehen konnte, zog ihr schwarzes Oberteil und das gleichfarbige Bikinihöschen aus, sehr langsam, sehr stripteasemäßig. Sie bückte sich, indem sie ihren Oberkörper nach vorne beugte, ohne die Beine einzuknicken, und hob die beiden Wolldecken auf. Genüsslich wickelte sie sich ein und setzte sich in den Stuhl.

Zwar betrug die Lufttemperatur nur 12 Grad, aber in dieser windgeschützten Ecke wärmte die Sonne herrlich ihr Gesicht. Durch die abgedunkelten Gläser der Sonnenbrille konnte sie Berthold genau beobachten, wie er sie mit gierigen Blicken anstarrte. Ich darf es nicht übertreiben, nahm sie sich vor.

Sie war wohl eingenickt. Der Motor war abgestellt, eben wurde der Anker gesetzt.

»Wir sind da«, rief Berthold, als er sah, dass sie wach war. Andrea stand auf.

»Wollen wir essen?«

»Trinken, essen, trinken. In dieser Reihenfolge und dann ...«

»Holdi, bitte. Ich finde dich ganz toll. Aber Alexander ist dein Bruder. Das können wir ihm nicht antun. Lass uns einfach gute Freunde sein.«

»Freunde. Na schön.«

Wird sich rausstellen, wie lange die Freundschaft anhält, dachten beide gleichzeitig.

Berthold de Rascalère ertränkte seinen Kummer mit einer halben Flasche Cognac *Francois Voyer Hors d`Age*.

Sie hatten in Genua abgelegt und waren nun an der Isola del Giglio angekommen. Laut Alexanders Anweisungen sollten sie drei Tage hier ankern und später zur Insel Capraia schippern, wo sie weitere zwei Tage warten und anschließend in Richtung Ajaccio fahren sollten. Dort würde er ihnen weitere Anweisungen geben. Was diese Schnitzeljagd zu bedeuten hatte, verstand Andrea nicht. Gewiss hatte er seine Gründe, er machte nie etwas Unüberlegtes.

Sie überzeugte sich, dass Berthold fest schlief, und schlich an Deck. Sie holte ihr Mobiltelefon hervor, schaltete es ein. Sie hatte Empfang! Ein italienischer Netzbetreiber. Das anschließende Gespräch dauerte nur zwei Minuten.

Alexander de Rascalère war froh, als die Polizisten endlich das Haus verlassen hatten. Er zog sich an, korrekt wie stets und fuhr zur Bank. Dort angekommen, erschien ihm alles wie gewohnt. In der Eingangshalle standen Kunden an Geldautomaten und Auszugsdruckern, andere saßen zusammen mit Sachbearbeitern in leise geführte Gespräche vertieft. An der Kasse stand eine junge Frau und zahlte einer alten Dame mit Krückstock Bargeld aus. Alltäglicher, ruhiger Geschäftsbetrieb.

Er durchschritt die Halle, nickte grüßend nach links und rechts und betrat einen der Aufzüge.

Auch in den Räumen im ersten Stock herrschte reges Treiben. Der Leiter der Kreditabteilung kam aus einem der Büros, sah Alexander, grüßte und bat um einen Termin.

Alexander vertröstete ihn auf Montag. Er habe eine Menge zu tun und müsse in einer Stunde außer Haus. Sein Kollege meinte, so eilig sei es nicht. Würde ihm Montag um zehn Uhr passen? Alexander stimmte zu, verabschiedete sich und betrat das Vorzimmer.

Die grauhaarige Frau, seine langjährige Sekretärin, er korrigierte sich im Geiste, das heißt ja nun Assistentin, blickte über ihre Lesebrille hinweg, lächelte und wünschte ihm einen guten Morgen.

»Auch Ihnen einen schönen Morgen. Liegt etwas Wichtiges an?«

Ohne nachsehen zu müssen, antwortete sie.

»Keine Termine, wenn Sie das meinen. Die Briefe zur Unterschrift liegen in der Mappe auf Ihrem Schreibtisch, Herr Dr. Mühlberger hatte nach Ihnen gefragt und Frau Müller-Hofgastein war hier, um sich zu verabschieden. Sie geht in Mutterschutz.«

Wie ihn das alles interessierte. Dennoch gab er aufgeräumt zurück: »Ach schade. Ich hätte sie gerne noch gesehen. Herrn Dr. Mühlberger habe ich gesprochen. Scheint wirklich ein ruhiger Freitag zu werden. Ich möchte bitte eine Stunde ungestört sein. Auch keine Telefonate. Ich habe später einen wichtigen Termin in unserer Filiale in Dotzheim, den möchte ich konzentriert vorbereiten.«

Als er die Zwischentür zu seinem Büro öffnete, ließ er noch durchblicken. »Aber für eine Tasse Kaffee, lasse ich mich gerne stören«, dabei zwinkerte er ihr verschwörerisch zu. Zog sich zurück, schloss die Tür und lehnte sich dagegen. Zum Glück hatte dieses Theater bald ein Ende. Sein letzter Arbeitstag und keiner wusste, ahnte es. Irgendwie ein mächtiges Gefühl.

Nachdem die Sekretärin den Kaffee hereingebracht hatte, machte er sich sofort daran, die letzten Transfers vorzunehmen. Besonders konzentriert löschte er alle Dateien, zu denen er Zugang hatte. An alle kam er natürlich nicht heran, sie waren mehrfach geschützt, aber das störte ihn wenig.

Bis man anfing, nachzuforschen, war er längst unbekannt verzogen. Er schlich zur Flurtür, vergewisserte sich, dass sie von innen abgeschlossen war. Lautlos schlich er zur Zwischentür und verriegelte diese ebenfalls. Schnell holte er aus dem Rollaktenschrank den Lederkoffer und packte die Geldbündel ordentlich in seine Aktentasche.

Natürlich hatte er darauf geachtet, die große dabei zu haben, damit die zwei Millionen darin bequem Platz hatten. Es waren zwar viele Bündel, aber im Vergleich zu dem, was sie wert waren, sahen sie eher mickrig aus. Er legte den leeren Koffer zurück und verriegelte den Schrank. Nahm seine Aktentasche, schloss die Tür zum Flur auf, schritt zur Zwischentür, öffnete auch diese und betrat gelassen – zum letzten Mal, beteuerte er sich selbst – das Vorzimmer.

»Ich bin dann weg. Falls es länger dauert, komme ich nicht mehr rein. Ich wünsche Ihnen ein schönes Wochenende.«

Zu Hause angekommen, begab er sich zunächst in den ersten Stock, entnahm dem Schrank mit der Glastür eine Flasche seines besten Cognacs, drehte den Verschluss auf und goss einen großen Schuss in das bauchige Glas. Er schwenkte es in der hohlen Hand, zwischen Mittel- und Zeigefinger haltend, atmete das kräftige Aroma ein und leerte es auf einen Zug.

Er füllte das Glas erneut, trat zum Schreibtisch hinüber und setzte sich. Langsam wich die Anspannung. Er rechnete: Berthold hatte vier Millionen auf dem Schiff, er zwei in der Aktentasche und vom Schweizer Konto hatte er weitere sieben Millionen auf sein geheimes Nummernkonto in Südafrika umgebucht. Das sollte reichen.

Die Grundstücke und Häuser, die er vor ein paar Jahren gekauft hatte, waren alle bereits bezahlt. Sie konnten sich dort in vollkommener Ruhe niederlassen und wie Könige leben.

Aber noch war es nicht so weit. Sein Flug war für Sonntag gebucht. Bis dahin gab es hier noch einiges abzuwickeln. Vor allem bekam er erst morgen Abend die Pässe. Ohne die war sein neues Leben nicht möglich.

Seufzend leerte er sein Glas, nahm aus dem Tresor einen dünnen Aktendeckel und arbeitete gewissenhaft alle Punkt ab, die er dort fein säuberlich aufgelistet hatte. Meist musste er Briefe schreiben – Kündigungen von Miet- und Leasingverträgen, Verträgen bei Stadtwerken, Telefongesellschaften, Zeitungs- und Zeitschriftenabonnements und so weiter. Die Liste war umfangreich. Er hatte lange überlegt. Sollte er es so machen oder einfach verschwinden und den Dingen ihren Lauf lassen. In dieser Hinsicht war er zu sehr Kind einer preußischen Familie. Das Haus musste bestellt sein, je weniger offene Angelegenheiten zurückblieben – es waren sowieso mehr als gedacht – umso wohler fühlte er sich.

Es war später Nachmittag, als er fertig war und aufstand. Auf dem Schreibtisch lagen nun, ordentlich und akkurat aufeinander, drei Stapel. Einer mit Briefen, die er am Sonntag am Flughafen in den Postkasten stecken wollte, einer mit Unterlagen, die er mitnahm und einer mit Dokumenten, die er morgen verbrennen musste. Dieser Stapel war am höchsten. Ein beträchtlicher Berg seines alten Lebens, der morgen in Flammen aufgehen würde.

Sein Magen meldete sich. Unten in der Küche schmierte er sich ein paar Brote. Kalbsleberwurst mit scharfem Senf und Cornichons, sein Lieblingsbelag, über den Silke sich stets lustig gemacht hatte. Dieser Gedanke erinnerte ihn daran, was nun anstand. Nachdem er gegessen hatte, zog er den Anzug aus und schlüpfte in alte, ausgewaschene Jeans, streifte ein dunkelblaues Sweatshirt über und schlüpfte in ausgetretene Turnschuhe.

Er fuhr mit seinem Wagen nach Wiesbaden, parkte ihn in der Tiefgarage des Dern'schen Geländes, lief zur Bushaltestelle in der Luisenstraße und fuhr mit der Linie 24 Richtung Frauenstein.

Die Nachricht kam gegen zehn Uhr. Die beiden von Ninus identifizierten Männer seien in der Kasteler Straße, in der Nähe des Ostbahnhofs gesehen worden. Max Graf war alleine im Büro, da Beppo an einer Besprechung im LKA teilnahm. Thema war die Entführung Silke de Rascalères. Es sollten die Umstände der Geldübergabe geklärt und das weitere Vorgehen abgestimmt werden.

Graf entschied sich, zunächst die Lage vor Ort zu sondieren. Er bat Hauptkommissarin Gabriele Kraft, ihn zu diesem Einsatz zu begleiten.

Fünf Minuten später brauste Graf über die Mainzer Straße Richtung Mainz-Kastel. Bevor die Darmstädter Autobahn anfing, fuhr er ab und schaltete das Blaulicht aus.

Gleich rechts nach dem Kreisel befand sich der Wiesbadener Erotiktempel *Crazy Sexy*. Eine Streife hatte die beiden Gesuchten erkannt, als sie das Etablissement betraten.

Neben dem quadratisch-nüchternen Bau, der ohne die mit rotem und blauem Neonlicht beleuchteten Fenster eher wie ein Futtersilo wirkte, hielt Graf an.

Auf der anderen Straßenseite stand einer der Streifenpolizisten, der sich hinter einer Litfaßsäule versteckte und dabei den Eingang des Bordells im Auge behielt. Er nickte Graf zu, was bedeutete, dass die zwei Typen noch im Haus waren.

»Sollten wir nicht das SEK anfordern«, fragte Kraft.

»Ich denke, wir sollten zuerst herausfinden, dass es wirklich die beiden sind. Möglicherweise haben sich die Kollegen geirrt.«

»Wie willst du das anstellen? Reingehen und einfach nachsehen? Wenn die beiden sich in irgendeiner Kammer mit den käuflichen Damen vergnügen, wird es schwierig. Wir können nicht jede Tür aufmachen und uns unverbindlich umschauen.«

»Die werden irgendwann rauskommen, wir werden ihnen unauffällig folgen, bis sich eine Gelegenheit ergibt, sie festzunehmen.«

»Wie sieht es mit Hintereingängen aus?«

»Einen. Nur fürs Personal. Dort habe ich den zweiten Streifenkollegen hinbeordert.«

»Du scheinst dich in diesem Bumshotel ja gut auszukennen. Wie kommt's?«

»War des Öfteren hier.«

»Aha. Wie sind denn die Preise heutzutage?«

»Keine Ahnung«

»Hast wohl einen Sondertarif?«

Graf schaute seine Kollegin an. Sie war mit Abstand die attraktivste Polizistin im Präsidium. Dazu noch meistens nett, freundlich und aufgeschlossen. Natürlich konnte sie auch aufmucken oder heftig Druck machen. Aber das war notwendig, um sich bei der weiterhin von Männern dominierten Polizei durchzusetzen.

Er hatte zeitweilig mit ihr zu tun gehabt. Vor zwei Jahren hatten sie zusammen einen Bankräuber verfolgt und verhaftet. Auf sie war Verlass.

Er mochte nicht wissen, wie viele Kollegen davon träumten, sie abends auszuführen, um sie anschließend mit auf die Bude zu nehmen. Aber Gabi war schon lange mit einem Typen zusammen und wie es aussah, glücklich.

»Ich habe eine Flatrate.«

Graf spürte förmlich, wie Gabi ihn erst ungläubig, dann angeekelt anstarrte.

»Bleib locker, Gabi. War nur Spaß. Ich habe und werde auch in Zukunft diesen Palast der Sünde lediglich dienstlich betreten. Du glaubst gar nicht, wie viele Typen, wenn sie zu Hause ihre Frauen und Kinder durchgeprügelt oder eine Tanke, eine alte Frau oder sonst was überfallen haben, hierher kommen, um sich Befriedigung zu erkaufen.«

»Wobei wir bei der Ausgangsfrage angelangt wären. Willst du wirklich hier warten? Wer weiß, wie lange die da drin bleiben? Ich habe keine Lust, bis morgen früh hier rumzusitzen und mir den Hintern abzufrieren.«

Graf wollte etwas erwidern, als der Polizist wild zu gestikulieren anfing. Die beiden schienen herauszukommen. Kraft und Graf sahen sich an und nickten. Während sie ausstiegen, zogen sie ihre Waffen und eilten Richtung Bordell. Sie sahen, wie ein großer und ein kleiner Mann die Treppe vor dem *Crazy Sexy* herunterkamen. Von der Statur her konnten sie es sein. Die Verdächtigen überquerten die Straße und bewegten sich weiter Richtung Kasteler Straße.

Graf bedeutete dem Polizisten mittels Handzeichen, auf sie zu warten, und rannte mit Gabriele zusammen über die Straße zu ihm hin. Zu dritt verfolgten sie die beiden Männer.

Als sie weniger als zehn Meter von ihnen entfernt waren, drehte sich der Kleine um. Er hatte plötzlich eine Waffe in der Hand und schoss ohne Vorwarnung. Der Lange kniete nieder und schoss ebenfalls. Die drei Beamten warfen sich auf den Boden, rollten sich zum Straßenrand, wo glücklicherweise ein Fahrzeug stand. Von Geschossen getroffen, zerbarst die Windschutzscheibe.

Graf fragte keuchend: »Alles Okay?« Beide nickten.

Er lugte über die Fahrzeugschnauze hinweg und sah, wie die Typen auf einen schwarzen BMW zurannten, der weiter vorne, direkt an der Kreuzung stand.

»Die hauen ab, komm Gabi!«

Graf preschte los und rief dem Streifenpolizisten zu: »Sie rufen Verstärkung und folgen uns mit Ihrem Kollegen.«

Gabi kam als Erste beim Dienstfahrzeug an, sprang hinter das Steuer, startete den Motor, während Graf sich auf den Beifahrersitz schwang.

»Wollen Sie fahren?«, fragte er überflüssigerweise, die Skepsis in seiner Stimme war unüberhörbar.

»Erster Preis im Sicherheitstraining und Verfolgungsfahren«, war die knappe Antwort, während sie bereits auf die Straße schleuderten. Der BMW schoss direkt vor ihrem Einsatzwagen vorüber. Es ging zurück zum Kreisel und von dort auf die Autobahn.

Graf plärrte ins Mikrofon.

»Verfolgen schwarzen BMW, Kennzeichen, warte ... Frankfurt - Heinrich - Zeppelin - 2201 ... auf der A671 Richtung Mainz-Kastel. Zwei Männer. Achtung! Schusswaffen ...«

Trotz Blaulicht und Sirene wechselte ein Lieferwagen, nachdem der BMW an ihm vorüber war, ebenfalls auf die linke Spur, um seinerseits einen Transporter zu überholen. Gabi bremste voll ab, riss das Lenkrad nach rechts, gab Vollgas und donnerte auf der Standspur weiter. Der BMW fuhr nun rechts, der Abstand hatte sich leicht vergrößert.

»Drück drauf!«, forderte Graf. Sie näherten sich der Ausfahrt Mainz-Kastel, der BMW wechselte auf die linke Spur.

»Die bleiben auf der Autobahn«, rief er ins Mikrofon. In Höhe der Ausfahrt hatte Gabi fast aufgeschlossen. Abrupt zog das verfolgte Fahrzeug nach rechts und erwischte gerade noch die Ausfahrt. Gabi schaute in den Rückspiegel, riss das Lenkrad nach rechts, der Wagen flog förmlich auf die Begrenzungsbäume zu.

Graf schrie: »Was machst du da ...«

Auf der Standspur zog Gabi die Handbremse an, der Wagen schleuderte, sie wirbelte wie wild am Lenkrad, das Fahrzeug drehte sich um 180 Grad, sie ließ die Handbremse los und trat das Gaspedal bis zum Anschlag durch. Sekunden später hatten sie die Ausfahrt erreicht, die direkt in eine scharfe Linkskurve mündete.

In der Kurve lag der BMW auf dem Dach, quer zur Fahrbahn. Er hatte sich überschlagen, aus dem Motorraum stieg schwarzer Qualm.

Vollbremsung.

Graf schrie, Kraft fluchte.

Im letzten Moment schaffte sie es, sich zwischen Fahrbahnbegrenzung und Autowrack zu quetschen. Dabei rammte sie das Heck des BMW, der sich wie ein Kreisel um die eigene Achse drehte. Zehn Zentimeter vor einem Baumstamm kamen die Polizisten zum Stehen.

Schweigen.

Nur der Motor röhrte ungesund vor sich hin. Graf kam zu sich. Ein *Déjà-vu*.

Es war noch gar nicht so lange her, da hatte Graf neben Ninus Hagen am Lenkrad ebenfalls eine Verfolgungsjagd mitgemacht, mit ähnlichem Ergebnis.

»Alles klar?«, fragte Kraft.

»Weiß nicht. Los, wir müssen raus. Aber vorsichtig. Ich konnte nicht erkennen, ob die beiden noch im Wagen waren.«

Hastig beschrieb Graf der Leitstelle die Situation, dann schoben sich beide in gebeugter Haltung nach draußen, den Wagen als Schutz nutzend. Einer der Typen lag bewegungslos vor dem BMW auf der Straße, seine Knarre noch in der Hand. Der zweite saß hinterm Steuer, den Kopf gegen die Scheibe gelehnt.

Gabi verließ die Deckung und wollte zu den Verletzten hinübergehen. Graf fasste sie am Hosenbein, zerrte sie zurück. Sie stolperte und knallte hin. Das Geschoss hatte sie nur um wenige Zentimeter verfehlt und schlug im Baum hinter ihr ein.

Graf rief: »Geben Sie auf, Mann. Werfen Sie die Waffe in unsere Richtung.«

Keine Reaktion.

»Werfen Sie ihre Waffe fort oder wir schießen.«

Keine Reaktion.

Ein silberner Mercedes kam die Ausfahrt hochgerast, sah das Hindernis zu spät.

Reflexartig sprangen Kraft und Graf Richtung Bäume. Keine Sekunde zu früh.

Nachdem der Mercedes den BMW gerammt hatte, war er geradewegs auf den Polizeiwagen geknallt. Fast gleichzeitig kamen von der Autobahn als auch von der Bundesstraße her Einsatzfahrzeuge herangerast.

Graf setzte sich auf, lehnte sich gegen einen Baumstamm.

Von seiner Stirn tropfte Blut, lief über die Wangen und tropfte auf den weißen Hemdkragen.

Kraft lag neben ihm im Gras. Sie atmete schwer, bewegte sich sonst nicht. Sie schlug die Augen auf, lächelte Graf an: »Danke.«

»Außerordentlich wichtig ist es, einen Porzellanfilter zu verwenden, weißes Filterpapier und beim Aufgießen stets darauf zu achten, die aufsteigende Schaumkrone nicht zusammensacken zu lassen.«

Beppo war in seinem Element, während er resümierend weiter kochendes Wasser aufgoss, und Ninus freute sich auf die neue Mischung, die aus Nigeria stammte.

»Und diese Biggi hat dich beauftragt. Scheint keine besonders hohe Meinung von der Polizei zu haben.«

»Das würde ich so nicht sagen, hat sie doch dich als den besonders netten Beppo bezeichnet. Was mich ein bisschen stutzig machte.«

»Bin ich nicht in der Tat Wiesbadens nettester Kripobeamter?«

»In jedem Fall. Aber dass sie dich Beppo nannte, hat mich leicht erstaunt.«

Wanninger grinste vielsagend in sich hinein. Er dachte dabei an das nächtliche Gespräch mit der wirklich sehr sympathischen und attraktiven Biggi in de Rascalères Haus.

»Hin und wieder ist es der Polizeiarbeit sehr zuträglich, wenn man ein gewisses Vertrauensverhältnis zu Zeugen aufbaut ... So, der Kaffee ist fertig. Zum Wohlsein.«

Wanninger nahm hinter dem Schreibtisch Platz und genoss sichtlich und hörbar seine neue Kreation.

»Sie vermutet, ihr Schwager habe mit der Sache zu tun und beauftragte mich, ihn mir genauer anzuschauen. Aus alter Freundschaft wollte ich dich vorher darüber informieren, damit du hinterher nicht sagst, ich würde dich nur ausnutzen.«

»Nett von dir. Allerdings bin ich mir sicher, nur die halbe Geschichte gehört zu haben. Aus leidvoller Erfahrung weiß ich, deine Offenheit ist zielgerichtet. Sag nichts. Ich sehe es dir an, noch bevor du das erste Wort gesprochen hast. Und wenn ich mir den Kaffeesatz anschauen würde, stünde dort deutlich geschrieben: Herr Privatschnüffler hätte gerne ein paar Informationen. Sag nichts ... Leider hat die Dame schon zu viel verraten. Es macht wenig Sinn, mich auf meine Verschwiegenheitspflicht zu berufen. Es stimmt, Silke de Rascalère wurde am Dienstag aus ihrem Haus, besser gesagt, vor ihrem Hause entführt und ist seitdem abgängig ... Ja, die Lösegeldübergabe hat gestern stattgefunden. Ja, der Täter ist uns entwischt. Ja, auch ich habe kein gutes Gefühl, was den Herrn Bankdirektor betrifft.«

Beppo schwieg und schlürfte den Rest aus seiner Tasse.

Ninus war beeindruckt. Einen dermaßen langen Vortrag hatte er lange nicht mehr von seinem Freund gehört. Hing das mit Frau Biggi zusammen? Der kleine Schwerenöter Wanninger und die große Sportjournalistin Pausewang – ein Traumpaar!

Ninus führte seine Fantasien auf den eigenen Liebeskummer zurück. Überall sah er verliebte Menschen, die glücklich strahlten. Heute Morgen Lena, jetzt Beppo.

»Gibt es weitere Hinweise, die gegen de Rascalère sprechen?«

»Kleinigkeiten. Wir konnten den Täter nicht verfolgen, weil der Herr uns zu spät von der erfolgten Übergabe informiert hat, kann natürlich seiner Nervosität geschuldet sein. Die Spusi konnte eindeutig nachweisen, wo das Opfer betäubt und wie es vom Grundstück abtransportiert worden war. Schöne, saubere Spuren.

Jedoch keine in der Nähe des Briefkastens, in dem der Erpresserbrief gelegen haben soll. Entweder ist der Entführer erst von vorne ans Haus gegangen, hat den Brief in den Briefkasten geworfen und hat sich danach hintenherum aufs Grundstück geschlichen oder umgekehrt. Erst entführen, später vors Haus laufen und Brief einwerfen. Macht wenig Sinn, oder? Ich hätte den Brief einfach vor die Haustür gelegt oder unter der Tür durchgeschoben. Schneller und sicherer. Aber besagter Herr hat ein wasserdichtes Alibi. Er kann es nicht gewesen sein. Bleibt nur noch die Möglichkeit, er hat jemanden beauftragt.«

»Und was hältst du von meiner Beobachtung am Flughafen, von der ich dir gestern erzählt habe?«

»Das ist wesentlich interessanter. Ich denke, das bestätigt unsere Vermutungen. Es geht nicht ums Geld. Es geht darum, eine lästige Zeugin aus dem Weg zu schaffen. Mittlerweile hat sich auch der Oberstaatsanwalt eingeschaltet und hat deinem zukünftigen Schwager Wolfi gehörig die Leviten gelesen. Warum er Silke de Rascalère nicht unter Personenschutz gestellt habe, war nur einer der Vorwürfe. Dabei kann dein Wolfi gar nichts dafür. Er hatte noch, bevor er offiziell Anklage erhob, genau dies beantragt. Wurde aber aus Geld- und Personalmangel nicht bewilligt. Bürokratenkram halt. Wir sind uns alle einig, Rolozko steckt hinter der Sache. Warum Alexander hinterher spionieren?«

Ninus stimmte allem zu, was Beppo da so theoretisierte.

»Okay, ich gebe es zu. Die Entführung ist letztlich nur ein Vorwand. Du weißt, ich bin immer noch an der Beyer-Sache dran …«

»… ich dachte, die sei abgeschlossen …«

»… nur was Beyer betrifft. Ich bin fest davon überzeugt, dass de Rascalère seine Finger im Spiel hat. Wenn dem so ist und Alexander Rolozkos Anwältin kennt, denke ich, steckt da wesentlich mehr dahinter als simpler Versicherungsbetrug. Was die heftige Reaktion erklären würde, die Carla und ich zu spüren bekamen.«

Ninus wurde es sofort schlecht, wenn er daran zurückdachte.

Beppo bemerkte den Stimmungsumschwung seines Freundes und schenkte ihm noch eine Tasse ein.

»Apropos Carla. Wie geht es denn unserer Prinzessin in London?«

»Jeder fragt mich, wie es Carla geht. Keiner fragt, wie es mir geht. Mir geht es beschissen. Carla geht es genauso. Erstens, weil sie mich vermisst, ich weiß, das kannst du dir nicht vorstellen, und zweitens, weil sie sich mit faulen englischen Behördenärschen, schlampig arbeitenden Möbelpackern, deutschhassenden Jugendlichen und ständig streikenden Metro- oder Busfahrern herumärgern muss. *God save the Queen*.«

»Das war heftig, mein Freund, und ich schreibe es deinem Liebeskummer zu, wie du da ein paar Vorurteile auf Bildzeitungsniveau vom Stapel gelassen hast. Ausgerechnet du, der die Beatles geradezu vergöttert, die bekanntermaßen von jener schönen Insel stammen.«

»Musiker sind andere Menschen ...«

»... und besonders Schlagzeuger, ich weiß.«

»Du hast recht. Du kannst dir gar nicht vorstellen, wie sehr mir Carla fehlt. Ich bin wie gelähmt.«

»Na, dann beenden wir nun unser Schwätzchen. Es ist alles gesagt. Ich hoffe nur, dass Silke de Rascalère bald auftaucht, lebend und unversehrt und all unsere Gedankenspiele widerlegt.«

»Die Hoffnung stirbt zuletzt. Schön. Ich werde mich

dann mal in meine Ente zwängen, nach Hause brausen und ...« Wanningers Telefon klingelte, er hob sofort ab. Er nickte heftig, unterbrach die Verbindung.

»Wir haben deine beiden Peiniger geschnappt. Das heißt, Max Graf und eine Kollegin haben das vollbracht. Leider gab es ein paar Blechschäden, die Bösen, wie auch die Guten sind verletzt. Die Guten weniger, die Bösen sind zurzeit nicht vernehmungsfähig. Die Spusi ist noch am Unfallort. Zumindest die Pistole des einen hat dasselbe Kaliber wie das Geschoss in Beyers Kopf.«

»Was meine Theorie bestätigt. Da geht es um einiges. Beyer war zum Risiko geworden und wurde schleunigst exekutiert. Da wird es mir im Nachhinein noch richtiggehend schlecht, wenn ich daran denke, wie knapp Carla und ich davorstanden, ebenfalls zwei runde Löcher in die Stirn geblasen zu bekommen.«

Sonntag, 18. Januar

Frankfurt, Messeturm

Bis zur Fertigstellung des Commerzbank Towers im Jahr 1997 war der Messeturm das höchste Bürohaus Europas. Doch nicht nur die beachtliche Höhe von 256,5 Metern macht den Messeturm zu einem Frankfurter Wahrzeichen. Markant ist die Gebäudestruktur von Sockel, Turm und Spitze, die an die amerikanische Hochhaus-Architektur der zwanziger Jahre erinnert. Ein ähnlicher Wolkenkratzer steht in Atlanta/USA, das Hochhaus der Bank of America Plaza. Die charakteristische Pyramidenspitze des Messeturms ist nicht zugänglich; sie enthält Teile der Haustechnik. Messeturm Bauherr: Tishman Speyer GmbH & Co. Messeturm KG; Architekt: Helmut Jahn; Bauzeit: 1989 -1991; Konstruktion: Stahlbetonskelett, vorgehängte Naturstein-, Glasfassade; Bruttogeschossfläche: 82.600 qm; Geschosse: 63; Höhe: 256,5 m …

Der Fuchs las diese Informationen, die in der Eingangslobby des Frankfurter Hochhauses auf einer Tafel standen. Er las es, nahm es aber nicht auf. Er hatte eine rote Baseballmütze tief ins Gesicht gezogen. Er unterbrach das scheinbare Lesen und schaute sich unauffällig um. In den karierten Hosen, den Turnschuhen und dem Rucksack mit aufgenähtem Sternenbanner auf dem Rücken schenkte ihm niemand Beachtung. Einer der vielen amerikanischen Touristen eben.

Bereits ungeduldig geworden, sah er endlich, wie seine Kontaktperson langsam auf einen der zweiundzwanzig Aufzüge zu schlenderte. Der Fuchs folgte ihr. Zusammen bestiegen sie den Hochgeschwindigkeitsfahrstuhl und stellten sich wie zufällig nebeneinander. Weitere Menschen stiegen ein, drückten auf die unterschiedlichsten Stockwerktasten. Wie zu sich selbst murmelte die Frau mit den langen blonden Haaren und den grünen Pupillen: »Sie bekommen das Geld. Aber A muss vorher entsorgt werden.«

Der Fuchs reagierte kaum, nur ein fast unmerkliches Nicken signalisierte, dass er verstanden hatte.

»Ist seine Frau verreist?«

Kaum merkbares Kopfschütteln.

Sie drehte sich kurz um, ein fragender Blick streifte Friedhelm Müller. Der hob die Schultern.

»Das sollte noch erledigt werden.«

Nicken.

Der Lift hielt im 44. Stockwerk. Die Person stieg aus. Neben dem Rucksack, den Müller auf dem Boden abgestellt hatte, stand eine Plastiktüte. Als der Fahrstuhl einige Stockwerke später erneut hielt, ergriff Friedhelm Müller den Rucksack und die Plastiktüte, stieg aus, um sofort nach unten zu fahren.

Zwei Stunden später hatte der Fuchs sein nächstes Ziel erreicht. Er schlich sich wieder von hinten an, zwängte sich durch die Hecke und suchte hinter einem Baum Schutz.

Aufmerksam und konzentriert beobachtete er das Grundstück, das Haus und die Nachbarhäuser. Keine Menschenseele schien in diesem Nobelviertel zu wohnen. Außer den sich im Wind bewegenden Blättern und ein paar Vögeln, die ab und zu über die Dächer flogen, war es ganz still. Müller lief in geduckter Haltung über den Rasen hinweg bis zur Garage, die sich neben dem Wohnhaus befand.

Von hier aus konnte er über die Terrasse hinweg in den Wohnbereich blicken. Im ersten Stock waren mehrere Fenster. Das linke stand offen. Na, wer sagt es denn. Er schaute sich um, suchte nach einer Möglichkeit hinauf zu gelangen. Auf der anderen Seite des Hauses, neben der Terrasse stand ein Holzschuppen.

Müller huschte hin, das Schloss knackte er mit einer Zange. Wie er es sich gedacht hatte. An der Schuppenwand hing eine Aluminiumleiter.

Flugs klappte er sie aus, lehnte sie gegen die Hauswand und kletterte hoch. An dem offenen Fenster angelangt, vergewisserte er sich, dass sich niemand in dem Raum aufhielt, und kletterte hinein.

Es war das Schlafgemach, auf dem Bett lagen zwei geöffnete Schalenkoffer. Er zog die Pistole aus der Jackentasche und öffnete vorsichtig die Tür. Die Luft war rein.

Unten klingelte es. Er verharrte.

Im Flur wurde eine Tür geöffnet. Im letzten Moment konnte er zurück ins Zimmer huschen. Durch den kleinen Schlitz zwischen Tür und Wand hörte er, wie jemand die Treppen hinunterstieg. Er schlich zum Treppenabsatz.

Alexander de Rascalère stand an der Wohnungstür und redete in die Sprechanlage, danach drückte er auf einen Knopf und kurze Zeit später öffnete er. Ein etwa fünfzigjähriger Mann stand am Eingang. Sie sprachen kurz miteinander, dann bat de Rascalère ihn herein. Zusammen betraten sie den Wohnbereich.

Müller schlich die Treppe hinunter, orientierte sich kurz und betrat die Küche. Auch von dort aus führte eine Tür in die gute Stube, die nur angelehnt war. Von hier aus konnte er die beiden belauschen.

Engenhahn, Wildpark

Je näher sie dem Haus im Wildpark kamen, umso verrückter erschien Ninus der Plan. Gleichwohl waren die beiden Frauen im Fahrzeug wild entschlossen. Bequemlichkeitshalber hatten sie Biggis Wagen genommen. Der Audi war ein paar Nummern größer als Hagens Ente. Biggi fuhr und Lena saß neben ihr. Hagen war die Rückbank zugewiesen worden.

»Ihr habt höchstens fünfzehn Minuten, dann müsst ihr draußen sein. Länger werde ich ihn nicht hinhalten können«, warnte Ninus die beiden Frauen.

»Was soll schon geschehen«, erwiderte Biggi. »Ich habe die Schlüssel und es ist das Haus meiner Schwester. Ich habe jedes Recht, mich dort aufzuhalten.«

Lena nickte zustimmend. Ninus gab auf. Brigitte Pausewang bog in den Eulenweg ein und blieb sofort rechts stehen.

»Das letzte, da vorne links.«

Sie deutete mit dem Zeigefinger auf eine beeindruckende Villa.

Kurze Zeit später saß Ninus in de Rascalères Wohnzimmer. Dieser hatte zwar verwundert reagiert, aber Hagen letztendlich hereingebeten.

»So, Sie sind ein Privatdetektiv und meine Schwägerin hat Sie damit beauftragt, meine Frau zu suchen. Was verspricht sie sich davon?«

»Ich vermute, sie ist mit der Arbeit der Polizei nicht zufrieden. Ich denke, es ist auch in Ihrem Sinne, wenn ich zusätzlich versuche, Ihre Frau zu finden. Schaden kann es sicherlich nicht.«

»Ja, ja. Da haben Sie Recht. Ich weiß nur nicht genau, was Sie von mir hören wollen. Ich habe alles, was ich weiß, der Polizei und auch meiner Schwägerin bereits erzählt. Das einzig Auffällige, wenn man dies überhaupt so nennen kann, war ein silbergrauer Passat, der weiter hinten am Waldrand gestanden hatte. Aber dort parken ab und zu Autos von Wanderern oder Spaziergängern.«

Das hatte Beppo gar nicht erwähnt, wunderte sich Ninus, während Alexander fortfuhr: »Tatsache ist, das Lösegeld wurde bezahlt, aber meine Frau ist noch nicht aufgetaucht.«

In dieser Art zog sich das Gespräch eine ganze Weile hin. Der Detektiv hatte fortwährend neue Fragen, kam auf diverse Punkte zurück, ließ sich den Wortlaut des Erpresserschreibens wiederholen, fragte Alexander nach besonderen Vorkommnissen in letzter Zeit, nach Feinden und nach Silkes Gewohnheiten.

Alexander wurde es irgendwann zu viel und er komplimentierte seinen Gast ziemlich unfreundlich hinaus. Bevor Hagen gegangen war, hatte er seine Visitenkarte auf den Tisch gelegt: »Falls Ihnen trotzdem noch etwas einfällt.«

Draußen schaute Hagen auf seine Uhr. Achtzehn Minuten. Er eilte zum Audi zurück. Von den Frauen war nichts zu sehen. Na, das kann ja spaßig werden. Er setzte sich ins Auto und wartete.

Alexander war heilfroh, diesen Schnüffler endlich los zu sein. Das hatte ihm noch gefehlt. Ein Unsinn labernder, anscheinend begriffsstutziger Detektiv! Biggi hatte wirklich nicht alle Tassen im Schrank.

Was er nicht mitbekommen hatte, war, wie kurz nachdem der Detektiv das Haus betreten hatte, die Haustüre leise aufgeschlossen wurde und Biggi und Lena sich hereingeschlichen hatten.

Auf Zehenspitzen waren sie die Treppe hochgegangen und direkt in Alexanders Arbeitszimmer verschwunden.

Der Fuchs hatte aus seinem Versteck heraus alles mit angehört und als Alexander den silbergrauen Passat erwähnte, der nicht an erwähnter Stelle gestanden hatte, das wusste er zufällig ganz genau, wurde ihm mit einem Schlage klar, was Alexander vorhatte. Es kochte in ihm. Aber er riss sich zusammen. Jetzt keinen Fehler machen, kühlen Kopf bewahren.

Ständig musste er an diesen Detektiv denken. Den Namen hatte er schon gehört. Vielleicht von Mondschein, aber sicher war er sich nicht. Jedenfalls musste er augenblicklich handeln. Plötzlich wusste er genau, was zu tun war. Er schlich sich von hinten an Alexander heran, der an der Terrassentür stand und hinaus schaute.

Ein Schlag mit dem Pistolengriff genügte und de Rascalère stürzte zu Boden. Er zog ihn zum Sofa und hievte ihn hoch. Alexander erwachte und der Fuchs drückte ihm die Pistole gegen die Stirn.

»Keine falsche Bewegung, sonst bist du mausetot.«

Alexander, der langsam begriff, was geschehen war, starrte Müller angstvoll an.

»Ein Missverständnis ...«

»Halt' die Klappe. Kein Wort.«

Müller schaute sich um. Auf der Anrichte lag das Gesuchte.

»Hol das Telefon hierher und setz dich hin.«

Alexander zögerte einen Moment, einen Moment zu lange, denn sofort klatschte eine Ohrfeige in sein Gesicht. Der Bankier stand auf, schwankte auf wackligen Beinen zur Anrichte und kam zögerlich zurück. Der Lauf der Pistole verfolgte ihn. Müller nahm die Visitenkarte vom Tisch.

»Den rufst du an und sagst, du hättest wichtige Unterlagen gefunden, die du ihm unbedingt zeigen müsstest. Sehr überzeugend. Wenn er nicht zurückkommt, musst du halt gehen, in die ewigen Jagdgründe oder in die Hölle, wer weiß.«

Müller grinste feist und reichte Alexander die Visitenkarte. Dieser ergab sich in sein Schicksal, räusperte sich und wählte. Das Gespräch lief zufriedenstellend. Der Schnüffler wollte sofort kommen.

»Gut gemacht«, lobte ihn der Fuchs und schlug ihm mit dem Pistolengriff gegen die Schläfe. Alexander fiel aufs Neue in Ohnmacht und sackte zusammen.

Hagen fand de Rascalères Anruf merkwürdig, allerdings in Anbetracht der Tatsache, dass Lena und Biggi wahrscheinlich noch im Haus waren, schien es gar nicht unklug zu sein, nochmals zurückzukehren. Jäh befiel ihn Angst. Was, wenn Alexander die beiden Eindringlinge bemerkt hatte? Womöglich hatte er sie gefangen genommen und wollte auch Ninus in die Falle locken. Wenn de Rascalère wirklich der war, für den er ihn hielt, wäre das durchaus möglich.

Lena oder Biggi anzurufen, traute er sich nicht. Vermutlich sah er Gespenster. Dennoch. Er nahm sein Telefon und rief Beppo im Büro an. Der ging nicht dran. Er versuchte es auf dessen Handy. Wie so oft nur der Anrufbeantworter. Letzte Möglichkeit: Max Grafs Handy.

Der meldete sich sofort. Graf, der zusammen mit Wanninger im Auto saß, reichte Ninus an seinen Chef weiter. Hagen schilderte ihm die Situation.

Beppo verzichtet auf eine Schimpftirade und befahl Ninus, auf ihn zu warten. Er käme so schnell wie möglich.

Als er aufgelegt hatte, konnte er selbst nicht fassen, was er getan hatte. Wahrscheinlich saßen die beiden völlig entspannt mit Alexander zusammen. Er hielt es nicht länger aus. Beppos Befehl ignorierend, verließ er den Wagen und lief den Weg zum Haus der Familie de Rascalère zurück.

Als er am Tor läutete, wurde ihm ohne Frage- und Antwortspiel geöffnet.

Die Haustüre stand offen. Ninus streckte vorsichtig den Kopf hinein, schaute sich um. Niemand. Er schlich weiter Richtung Wohnraum. Er rief de Rascalères Namen. Keine Reaktion. Als er eintrat, sah er ihn auf dem Sofa liegen und sah das Blut.

Der Schlag traf Hagen unvermittelt. Ohne einen Laut von sich zu geben, sackte er zu Boden und riss dabei eine Blumenvase um, die scheppernd auf den Marmorfliesen in tausend Stücke zersprang.

Noch bevor Ninus und seine Mitstreiterinnen in den Taunus gefahren waren, hatte Staatsanwalt Wolfgang Lahm die *SoKo Silke* in sein Büro beordert. Die Ermittlungen liefen auf Hochtouren. Aber viel gab es nicht. Weiterhin kein Lebenszeichen vom Entführungsopfer und die Spurensuche in Frauenstein, dem Übergabeort des Lösegeldes, hatte auch nichts Wesentliches ergeben. Das Mountainbike war in Wiesbaden-Biebrich am Tage zuvor als gestohlen gemeldet worden, der Besitzer des Fahrrads kam als Täter oder Mittäter nicht infrage. Am Geldkoffer befanden sich keine Fingerabdrücke außer denen von de Rascalère.

Die Fußabdrücke neben dem Fahrrad könnten die gleichen sein, wie die am Tatort gefundenen, sie stimmten aber ausschließlich in der Schuhgröße überein, die Profile unterschieden sich. Auch Reifenspuren waren vorhanden gewesen. Es handelte sich um Allerweltsreifen, vermutlich von einem Mittelklassewagen.

»Wir haben nichts«, betonte der Staatsanwalt und an Wanninger gewandt: »Was hat die Überprüfung von Alexander de Rascalère ergeben?«

»Sein Alibi ist hieb- und stichfest, das wissen Sie bereits. Die Befragung des Oberkassierers der AllWiBa hat nichts ergeben. Graf hat herausgefunden, dass de Rascalères Bruder Berthold sich wohl zum gleichen Zeitpunkt wie er in Zürich aufgehalten haben muss. Jedenfalls ist er drei Tage vor Alexander nach Zürich geflogen. Er hat zwei Tickets bei der Lufthansa gebucht. Nur Hinflug. Der zweite Flugschein war auf den Namen Andrea Gurutze ausgestellt. Ein ehemaliges Callgirl, von der feineren Sorte, nur Stammkunden und so. Schätzungsweise war diese Dienstreise eher eine Vergnügungsreise, ein flotter Dreier in der Luxussuite eines Nobelhotels. Die Angestellte des Hotels, in dem de Rascalère abgestiegen war, konnte nichts in dieser Hinsicht bestätigen. Er habe gegen zehn Uhr eingecheckt, sei kurz auf seinem Zimmer gewesen und kurz darauf gegangen. Der Nachtportier erinnerte sich an ihn. Er sei am Dienstagmorgen, am Tag der Entführung, um fünf Uhr ins Hotel zurückgekehrt und sich ein Frühstück aufs Zimmer bestellt. Der Service bestätigte, ihm das Frühstück gegen halb sieben gebracht und ein großzügiges Trinkgeld bekommen zu haben. De Rascalère sei alleine gewesen ...«

Die Bürotür wurde aufgerissen, ein Beamter kam herein und übergab Wanninger einen Zettel. Wanninger überflog ihn kurz.

»Die Brüder de Rascalère besitzen eine Jacht, welche die meiste Zeit in Genua liegt. Am Dienstagabend sei sie ausgelaufen und ...« Beppo schaute auf den Zettel, »...habe bis Donnerstag im Hafen von Porto Torres auf Sardinien vor Anker gelegen. Na, ob uns das was bringt. Der Herr Exminister ist halt auf Vergnügungsfahrt und die Entführung seiner Schwägerin scheint ihn nicht dazu bewogen zu haben, seinem Bruder Beistand zu leisten.«

Hauptkommissarin Gabriele Kraft, mit verbundenem Kopf und einem Arm in der Schlinge, meldete sich zu Wort.

»Wir haben in Butzbach nachgefragt. Keine Auffälligkeiten, keine Besuche, außer seiner Anwältin, aber die kommt fast täglich, seit Rolozko dort einsitzt.«

Lahm stand auf: »Nicht besonders viel. Sie, Frau Kraft, gehen nach Hause, Kollege Bender bleibt weiter an Rolozko dran, vor allem sollten Sie die Aktivitäten der Anwältin, wie heißt die noch schnell, ach ja, Mondschein, genauer unter die Lupe nehmen. Aber diskret, Sie wissen, die Dame ist Spezialistin für Dienstaufsichtsbeschwerden. Wanninger, Sie und Graf nehmen sich nochmals de Rascalère vor ...«

»Was soll das bringen?«, warf Graf ein.

»Versuchen Sie Ihr Glück. Sonst haben wir nichts. Vielen Dank, meine Damen und Herren. Ab an die Arbeit.«

Auf dem Weg in den Taunus meckerte Graf unentwegt an Lahm rum.

»Ab an die Arbeit! Wenn ich das schon höre. Der denkt, wir drehen den ganzen Tag Däumchen...« und mit einem Blick zu Beppo, »... oder trinken Kaffee.«

»Lassen Sie es gut sein. Der steht mächtig unter Druck. Wenn einem die wichtigste Zeugin abhandenkommt, dann ist das eine Katastrophe für die Anklage. Vor allem, wenn es sich wie hier, um einen Fall handelt, der von der Öffentlichkeit genauestens beobachtet wird.«

Graf wollte noch etwas hinzufügen, als sein Handy klingelte. Er nahm das Gespräch entgegen und reichte das Gerät Beppo.

»Für Sie, Chef.«

Graf beobachtete die Miene des Hauptkommissars. Die Kinnlade fiel ihm zwar nicht herunter, aber an Wanningers Gesichtsfarbe erkannte er, dass sein Chef innerlich kochte. Mit einem wütenden Druck auf die rote Taste beendete er das Gespräch.

»Geben Sie Gas, Graf. Zeigen Sie, dass Vettel ein Waisenknabe gegen Sie ist.«

Engenhahn, Wildpark

Biggi und Lena durchsuchten gründlich Alexanders Büro. Besonders ein Stapel mit Dokumenten auf dem Schreibtisch erwies sich als sehr ergiebig. Lena fotografierte und Biggi steckte das eine oder andere Schreiben in ihre Umhängetasche.

Sie waren so in die Arbeit vertieft, dass sie von den Vorgängen unter ihnen nichts mitbekamen. Erst als sie das Zerschellen der Vase hörten, horchten sie auf. Vorsichtig schlichen sie zum Treppengeländer, stiegen ein paar Stufen hinab, bis sie ins Wohnzimmer blicken konnten. Fast hätten sie aufgeschrien. Im letzten Moment hielten sie sich die Hände vor den Mund. Auf dem Sofa erkannten sie den blutenden Alexander und davor lag Hagen, ebenfalls am Kopf blutend.

Jetzt trat ein fremder Mann in ihr Gesichtsfeld. Was sie sahen, ließ ihnen das Blut in den Adern gerinnen. Der Fremde hatte eine Pistole, beugte sich zu Ninus hinunter und drückte sie ihm in die Hand. Er führte Hagens Hand und zielte damit auf Alexander. Ohne nachzudenken, sprang Biggi die letzten Stufen hinab und stürzte sich auf den Fremden.

Ein Schuss löste sich. Noch im Fallen gewahrte sie, wie die Kugel in der Decke einschlug. Zusammen mit dem Fremden knallte Biggi zu Boden.

Sie wollte den Überraschungsmoment nutzen und aufstehen, was ihr auch fast gelang. Der Fremde hatte sie reflexartig am Fußgelenk gepackt und niedergerissen. Hart schlug sie mit dem Gesicht auf, war benommen. Der Fremde stürzte sich auf sie, holte aus und wollte zuschlagen, da kam Lena von hinten und umklammerte seine Arme.

Mit einer heftigen Drehbewegung schüttelte er Lena wie ein lästiges Insekt ab. Lena flog zur Seite und knallte voll mit dem Kopf gegen die Anrichte. Sie blieb bewegungslos liegen.

Mittlerweile war Ninus zu sich gekommen, hatte schnell die Situation erfasst und konnte mit einem mächtigen Hechtsprung Müller von Biggi herunterreißen.

Aber Müller wehrte sich geschickt, ein ausgeglichener Kampf entbrannte. Müller verlor die Pistole, sie rutsche über die Fliesen. Als Ninus das bemerkte rief er Biggi zu, sie solle sie aufheben. Diesen Moment der Unaufmerksamkeit nutzte Müller und trat Hagen in den Unterleib – nicht schon wieder, schoss es diesem überflüssigerweise durch den Kopf. Müller löste sich von Hagen.

Biggi hielt die Pistole in der Hand, starrte entsetzt darauf. Der Fuchs bewegte sich seelenruhig auf sie zu, die rechte Hand fordernd ausgestreckt. Biggi hob die Waffe und zielte in seine Richtung. Er ging unbeirrt weiter.

»Das traust du dich nicht«, keuchte er.

Biggi zitterte, wäre am liebsten fortgelaufen.

Er kam bedrohlich näher.

Müller hatte sich verschätzt.

Sie traute sich.

Das Geschoss verfehlte ihn und zischte knapp an seiner Hüfte vorbei. Stattdessen drang es in Alexanders Bauch ein.

Bevor der Fuchs sich auf Biggi werfen konnte, trat Hagen ihm gegen ein Bein. Müller stolperte nach vorne auf Biggi zu, beide stürzten, wobei Biggi die Pistole aus der Hand gerissen wurde. Der Fuchs bekam sie zu fassen.

In diesem Moment erschienen Wanninger und Graf. Mit gezogener Waffe standen sie in der Tür. Der Fuchs schoss, ohne einen Moment zu zögern. Wanninger schrie auf. Er war getroffen. Graf duckte sich, suchte hinter einem Stuhl Deckung.

Die Verwirrung nutzend, sprintete der Fuchs zur Terrassentür, riss sie auf und rannte hinaus.

Hagen wollte ihm nach, als er aber sah, wie Beppo leichenblass zusammenbrach, eilte er zu ihm und schrie Graf an: »Los Mann, ihm nach!«

Graf blieb unbeweglich hinter dem Stuhl gebeugt und starrte unverwandt auf seinen verletzten Chef.

Wie bei einem Stromschlag durchzuckte es plötzlich seinen Körper. Er straffte sich und nahm die Verfolgung auf.

Keine halbe Stunde später standen vor dem Haus im Eulenweg drei Krankenwagen, mehrere Polizeiwagen mit laufendem Blaulicht und zivile Einsatzfahrzeuge.

Im Wohnzimmer sah es aus wie auf einem Schlachtfeld. Notärzte versorgten Wanninger und de Rascalère, Sanitäter kümmerten sich um die restlichen Verwundeten.

Lena hatte sich übergeben und drückte einen Eisbeutel gegen ihren Hinterkopf.

Ninus saß teilnahmslos auf dem Boden und weigerte sich vehement aufzustehen. Eine Sanitäterin wollte ihm eine Spritze verpassen, die er aber kategorisch ablehnte. Er gaffte zu Beppo hinüber, der auf einer Trage lag.

Biggi stand daneben und hielt den Beutel mit einer Infusionsflüssigkeit. Dabei sprach sie beruhigend auf Wanninger ein. Erst als Beppo hinausgetragen wurde, löste sich Hagens Erstarrung.

»Beppo«, rief er, wollte hochspringen, den Sanitätern nacheilen, aber ein Schwindelanfall zwang ihn, sich zu setzen. Mit letzter Kraft schaffte er es bis zum Sofa und ließ sich neben Lena plumpsen.

Nun trugen sie de Rascalère auf einer Trage hinaus. Auch er hing an einem Tropf. Draußen im Garten liefen Polizisten hin und her, sprachen dabei in Funkgeräte und gestikulierten wild.

Max Graf kam keuchend herein. Ihm war anzusehen, dass die Verfolgung des Täters anstrengend aber erfolglos gewesen war.

»Wie vom Erdboden verschwunden«, stöhnte er und baute sich vor Hagen auf.

»Das haben Sie sauber hinbekommen.«

Ninus winkte ab. Vorwürfe waren das Letzte, was er hören wollte. Die machte er sich selbst in überreichlichem Maße. Graf wandte sich an Lena.

»Wie geht es Ihnen?«

»Fragen Sie mich später, vielleicht bin ich morgen aus diesem Albtraum erwacht.«

Ninus nahm ihre Hand und drückte sie.

»Es tut mir so leid ...«

»... was denn? Dass du auf uns Weiber gehört hast? Dass wir wie durchgeknallte Teenies Räuber und Gendarm spielen wollten. Wir haben dich dazu überredet. Wenn es also jemandem leidtun muss, dann mir. Herr Graf, was macht Wanninger?«

»Der Arzt sagt, glatter Durchschuss im Schulterbereich. Keine Arterie getroffen. Wird morgen wieder Kaffee kochen können.«

»Und Alexander?«

»Lebensgefahr. Die Kugel hat ihn im Bauch getroffen. Müssen abwarten. Ist von Ihnen jemand in der Lage zu erklären, was hier eigentlich los war?«

Lena und Ninus schüttelten die Köpfe. Ninus fügte hinzu: »Frühestens morgen, Herr Graf. Haben Sie schon Frau Pausewang befragt?«

»Hätte ich gerne, aber die sitzt im Krankenwagen, rast zur Klinik und hält meinem Chef das Händchen.

Na schön. Treffen wir uns morgen um elf Uhr im Präsidium. Und das ist keine Bitte, sondern eine offizielle Vorladung.«

Es war lange nach Mitternacht, als Ninus und Lena in Hagens Wohnung ankamen.

Wie selbstverständlich war sie mit zu ihm gefahren. Keiner von beiden wollte, konnte in diesen Stunden alleine sein. Nachdem beide geduscht hatten, begutachteten sie gegenseitig ihre Wunden und bedauerten den jeweilig anderen. Lena saß in einem von Hagens Schlafanzügen im Schneidersitz auf dem Bett und betrachtete Ninus, der ausgestreckt neben ihr lag.

»Ich glaube, Biggi steht auf Männer. Wie sie Beppo angeschaut hat …«

»Wenn das deine ganzen Sorgen sind.«

»Quatsch, kam mir gerade nur so in den Kopf, als ich dich angeschaut habe. Was Frauen nur an Männern finden?«

»Was soll ich sagen, schließlich liegt ein ausgesprochenes Prachtexemplar neben dir.«

»Na eben. Wenn das alles ist.«

»Du scheinst unser Waterloo gut überstanden zu haben. Lästerst wie eh und je und ich liege hier, bin vor Angst um dich fast gestorben und mache mir höllische Sorgen um Beppo.«

»Ich mir doch auch, ich meine, Sorgen machen um Beppo. Aber er scheint Glück gehabt zu haben. Als du geduscht hast, habe ich im Krankenhaus angerufen, habe mich als Oberkommissarin Müller ausgegeben. Die nette Stationsschwester meinte, Herr Hauptkommissar, sei bereits auf dem Wege nach Hause. Sie hätten ihn zwar lieber dort behalten, aber der hamburgische Sturkopf hat sich selbst entlassen.«

»Typisch Beppo. Lass uns schlafen gehen. Womöglich schaffen wir es gemeinsam, Ruhe zu finden.«

Lena schmiegte sich neben ihn, zog die Bettdecke hoch und kuschelte sich in Hagens Arme.

»Das ist schön«, maunzte sie.

»Siehst du, Männer sind zu gebrauchen.«

Montag, 19. Januar

Thyrrenisches Meer, Insel Capraia

Sie stöhnte laut, hechelte antreibend, quietschte zwischendurch spitz und grell, um mit einem finalen Schrei ihren Höhepunkt zu signalisieren, als sie merkte, dass er kam.

Kühl und wohl berechnet, hatte sie sich ihm hingegeben. Die Geliebte seines Bruders zu vögeln, schien ihn besonders aufzugeilen. Allerdings hatte sie keine Wahl gehabt.

Berthold war auf die Idee gekommen, anstatt die Insel *Capraia* anzulaufen, ans Festland zu fahren, um einen Tag in *Piombino* zu verbringen. Alexander würde das gar nicht merken. Außerdem sei es auch egal.

»Wir sollen genau seine Anweisungen befolgen. Du weißt, wie aggressiv er werden kann, wenn man nicht tut, was er sagt«, hatte sie versucht, ihn umzustimmen.

»Der kann mich mal. Ich bin jedenfalls nicht sein Sklave. Ich brauche einfach für ein paar Stunden festen Boden unter den Füßen.«

Er hatte sie lüstern angelächelt.

»Außerdem wird mir meine Hose zu eng. Da ich bei dir nicht landen kann, werde ich mir an Land was Gefügigeres suchen müssen.«

Das war ein Argument, dem sie nichts entgegensetzen konnte.

Berthold hatte nicht gezögert und sofort den Anker gelichtet, um Richtung Piombino loszutuckern.

Andrea hatte überlegt, ein paar Alternativen durchdacht und einen Entschluss gefasst. Sie hatte ihm keinen festen Boden unter den Füßen besorgen können, aber, indem sie sich ihm schmachtend hingab, Erleichterung in seiner Hose, die er nicht mehr anhatte.

Was soll's, dachte sie, dieses Theater wird bald ein

Ende haben und ich werde diesen arroganten Fettsack los sein.

Für die Umsetzung großer Visionen musste man Opfer bringen. Sie hätte noch ganz andere Trümpfe ausgespielt, wenn es notwendig gewesen wäre, um ihrer beider Ziele zu erreichen.

Sie würden diesen Sumpf, Schmutz und Intrigenpfuhl hinter sich lassen und gemeinsam neu anfangen. Aber noch musste sie mitspielen.

Keuchend rollte er sich von ihrem verschwitzten Körper und blieb heftig atmend auf dem Rücken neben ihr liegen. Hoffentlich bekommt er keinen Herzinfarkt.

Sie zündete sich eine Zigarette an.

Das wäre ausnehmend dumm. Wenn alles so liefe, wie geplant, wäre es egal, aber wenn nicht, hätten sie ein Problem. Sie schaute auf die Uhr, die über der Kabinentür hing. Es wurde Zeit.

Kaum hatte sie dies zu Ende gedacht, riss jemand die Kabinentür auf, eine komplett in Schwarz gekleidete, maskierte Person stürmte herein und bedrohte die beiden mit einer Maschinenpistole.

»Koffer mit Geld«, brüllte sie.

Berthold schreckte hoch, wollte losschreien. Ein heftiger Stoß mit dem Lauf der Waffe gegen die Brust brachte ihn zum Schweigen.

»Koffer mit Geld!« Unmissverständlich.

Der Nackte hob beide Arme, stand auf, wandte sich zum Wandschrank. Er öffnete die beiden Lamellentüren. Sieht ganz schön scheiße aus, dachte Andrea, als er sich bückte und sie das schlaffe Fleisch, den faltigen breiten Hintern und den verschrumpelten Hodensack zwischen seinen Beinen baumeln sah. Berthold zog einen schwarzen Koffer hervor und warf ihn aufs Bett.

»Öffnen!«

Berthold gab die Ziffernkombination ein, der Deckel sprang hoch. Ordentlich nebeneinander gestapelte Geldbündel lagen darin.

»Zumachen!«

Berthold klappte den Koffer zu. Mit einem klobigen Militärstiefel bekam er einen Tritt genau an die Stelle, wo Andrea zuletzt hingeschaut hatte. Der Nackte brach stöhnend zusammen.

Mit der Waffe bekam Andrea bedeutet, mitzukommen. Den Lauf an die Schläfe gedrückt, verließen sie rückwärtsgehend die Kabine. Berthold hörte, wie die Tür verriegelt wurde.

De Rascalère hatte noch gar nicht realisiert, was da abgegangen war. Zitternd und vor Schmerzen gekrümmt, lag er auf dem Holzboden. Es dauerte einige Zeit, bis das Reißen im Unterleib nachließ und er sich langsam aufrichten konnte. Was sollte er machen? Er musste die Tür aufbrechen, musste Andrea retten. Er schlich sich an die Kabinentür, hielt ein Ohr dagegen. Er lauschte.

Er meinte ein Motorengeräusch zu hören, ein Geräusch, das sich entfernte. Berthold trat zurück, nahm Anlauf und warf sich gegen das Holz.

Eine ohrenbetäubende Detonation erschütterte die Jacht. Kurze Zeit später trieben Hunderte von brennenden Holzstücken wie Leuchtfackeln auf dem ruhigen Wasser des Tyrrhenischen Meeres.

Hagen streckte sich. Er hatte tief und fest geschlafen. Ganz allmählich erinnerte er sich an den vergangenen Abend und die letzte Nacht. Lena lag neben ihm, das Gesicht weggedreht. Sie atmete ruhig und gleichmäßig. Damit sie nicht wach wurde, richtete er sich vorsichtig auf, bewegte sich langsam. Als er seinen Blick ans Bettende richtete, ließ er sich blitzartig zurückfallen und schloss die Augen.

Er träumte noch. Er träumte, er sei wach geworden und wollte aufstehen und da hätte Carla am Fußende gesessen. Durch die hastige Bewegung war auch Lena wach geworden. Sie wollte sich ebenfalls aufrichten, ihr Blick streifte zum Fußende des Betts und zog sich schnell die Decke vors Gesicht.

»Guten Morgen Ninus, guten Morgen Lena. Ich denke, es ist Zeit aufzustehen.«

Kein Traum, keine Fata Morgana.

Ninus öffnete ein Auge, blinzelte und hob die rechte Hand: »Hi, Carla.«

Lena lugte unter dem Laken hervor, hob die linke Hand: »Hi, Carla.«

Carla stand auf, bewegte sich argwöhnisch ums Bett herum und beugte sich über Hagen: »Muss ich das jetzt verstehen«, fragte sie ernst.

Ninus wollte sie packen, griff aber ins Leere. Lena sprang auf, verließ eiligst die Schlafstatt und flüchtete auf die Toilette. Während sie sich erleichterte, versuchte sie wach zu werden.

»Das war nicht so, wie es aussieht, Carla«, rief sie laut.

Als keine Antwort kam, öffnete sie stückchenweise die Tür und lugte um die Ecke. Carla und Ninus standen sich gegenüber. Ninus vollkommen nackt.

»Hast du so neben mir geschlafen?«, fragte Lena empört und deutete mit dem Zeigefinger auf Ninus.

»Ich schlafe stets so«, murmelte er, griff nach seinem Morgenmantel und zog ihn über.

»Besser so?«

Carla und Lena antworteten gleichzeitig: »Ja.«

»Dass du da bist ... ich kann es nicht fassen ... wie kommt's ... bleibst du länger ... Lena und ich haben nur zusammen geschlafen, ich meine nicht ... du weißt, wirklich nur geschlafen ... wann bist du angekommen ... wie bist du gekommen ... Beppo ist verletzt ... deshalb sind wir hierher ... Geht es dir gut ... wir hatten so ein schlimmes Erlebnis ... Lena wollte nicht alleine bleiben ... Ist alles in Ordnung mit dir?«

Ninus quasselte wie ein Wasserfall und hüpfte dabei von einem Fuß auf den anderen. Carla hatte keine Miene verzogen.

»Ich verstehe kein Wort. Krisensitzung in drei Minuten in der Küche. Ich brauch einen – Kaffee!«, zischte sie kühl und verschwand.

Exakt drei Minuten später saßen Lena und Ninus mit Büßermine am Tisch, Carla stand vor der Kaffeemaschine mit dem Rücken zu den beiden. Sie grinste, konnte das Lachen kaum unterdrücken. Als sie sich unter Kontrolle hatte, drehte sie sich um und schaute abwechselnd Lena und Ninus an.

»Carla. Versteh doch, da war nichts ...«

»Nö, da war wirklich nichts. Die naive Carla denkt im nebligen London, ach, der arme Detektiv ist so ganz alleine, vergeht fast vor Sehnsucht, nimmst schnell einen Flieger, segelst über den Teich und tröstest den einsamen Kämpfer. Siehe da, der feine Herr liegt nackt neben einer guten Freundin und hat sich trösten lassen. Klar, da war wirklich nichts.«

Schnell drehte sie sich wieder um, nahm die Kanne und schenkte drei Tassen ein. Ihr Oberkörper bebte vor unterdrücktem Lachen.

»Weine nicht«, bat Hagen erschüttert.

»Was soll ich denn noch sagen. Wir sind heute Nacht hierhergekommen, haben uns hingelegt und sind beide sofort eingeschlafen und sind von dir geweckt worden. Nun sag auch etwas, Lena!«

»Alles, was Ninus sagt, stimmt. Carla, ich kann mit Kerlen gar nichts anfangen. Ninus ist wie ein Bruder ... ach, was rede ich da. Das weißt du selbst genau.«

Ninus hatte sich eine Zigarette gedreht, ans Dachfenster gestellt und blies den Rauch über die Dächer der Stadt. Carla stellte die drei Tassen auf den Tisch und beugte sich zu Lena hinunter. Was kommt jetzt, fragte sich Ninus ängstlich. Carla legte beide Arme um Lena und lachte heraus.

»Klar weiß ich das. Aber euch beide mit euren betretenen Gesichtern zu sehen, war einfach zu köstlich. Eine kleine Strafe musste sein.«

Ninus hustete los, er hatte sich am Rauch verschluckt. Lena drückte Carla und zuckte zurück.

»Autsch, mein Bauch. Verdammt, schon wieder vergessen.«

»Entschuldige, ich habe auch nicht dran gedacht«, gestand Carla und wandte sich Ninus zu.

»Wenn du nicht sofort diesen Glimmstängel entsorgst, zu mir herüber kommst und mir einen sensationellen Kuss gibst, einen, bei dem mir Hören und Sehen vergeht, fliege ich sofort zurück nach London.«

So schnell hatte Hagen die Distanz zwischen Dachgaube und Küchentisch noch nie zurückgelegt und der längst fällige Kuss wollte überhaupt nicht enden.

Lena stand auf, zog ihre Schuhe an und wollte heimlich die Wohnung verlassen. Carla löste sich von Ninus.

»Bleib Lena. Wir hören auf. Außerdem bin ich neugierig auf eure jüngsten Abenteuer.«

»Ich will euch nicht stören.«

»Nix da. Du bleibst«, bat Ninus. »Bevor wir berichten, möchte ich gerne wissen, wie lange Carla gedenkt, sich auf deutschem Staatsgebiet aufzuhalten?«

»In Anbetracht der Gefahr, dass du aus lauter Sehnsucht nach mir dir unentwegt rothaarige Frauen ins Bett holst«, Carla zwinkerte Lena zu, »habe ich beschlossen, hier zu bleiben.«

»Das ist ... das ist ... super. Aber deine Arbeit, deine Wohnung, der Umzug ...«

»Beruhige dich, während du bösen Mächten hinterher hechelst, habe ich die Dinge geregelt. Mein Boss war vernünftig, wir haben den Arbeitsvertrag in gegenseitigem Einvernehmen mit sofortiger Wirkung aufgehoben, er hat mir ein tolles Zeugnis ausgestellt, die Möbelpacker haben gestern alles eingepackt und sind auf dem Weg. Für die Wohnung habe ich eine Nachmieterin gefunden, die übernächste Woche einzieht. Wie habe ich das gemacht?«

Hagens und Lenas rechte Daumen schnippten gleichzeitig in die Höhe.

Etwa eine Stunde lang berichtete Ninus, was sich ereignet hatte, was geschehen war. Lena ergänzte und kommentierte. Als Ninus endete, schüttelte Carla den Kopf.

»Das ist mindestens Stoff für drei Tatort-Serien. Beppo geht es wirklich gut?«

»Ich wollte zu ihm nach Rauenthal rüber fahren. Der Arzt forderte, er solle sich schonen und zu Hause bleiben.«

»Wisst ihr was? Wir fahren zusammen hin«, schlug Carla vor und erhob sich.

»Gute Idee!«

Taunus, Engenhahn

Er war durch den Wald gerannt, gestolpert, in den Schnee gefallen, hatte sich aufgerafft und war weitergelaufen. Irgendwann, komplett außer Atem war er stehen geblieben, hatte gelauscht. Nichts war zu hören gewesen, was auf einen Verfolger hätte schließen lassen. Sein Herz hatte gehämmert, sein Puls war gerast, er hatte gekeucht.

Müller hatte seinen Oberkörper vornübergebeugt und sich mit den Händen auf den Schenkeln abgestützt. Durch schnelles Hecheln hatte er versucht, den Würgereiz zu unterdrücken. So hatte er gut zwei bis drei Minuten gestanden, sich dann langsam in Bewegung gesetzt. Er hatte keine Ahnung gehabt, wo er sich befand. Nach dem Chaos in de Rascalères Haus, war er über die Terrasse gerannt, durch das Loch im Zaun geschlüpft und einfach geradeaus gelaufen. Erst nach einer weiteren Stunde strammen Gehens, war er auf das kleine Wochenendhaus gestoßen. Es schien bewohnt zu sein, aber es war niemand im Haus gewesen. Durch ein Fenster an der Rückfront, das er leicht aufdrücken konnte, war er eingestiegen.

Er saß auf einem Stuhl am Fenster und beobachtete die Zufahrt zu dem Häuschen. Die Kleidungsstücke, die herumlagen, ließen darauf schließen, dass hier lediglich eine Person wohnte, ein Mann. Im Kühlschrank hatte eine Flasche Mineralwasser gestanden, die er auf einen Zug leerte. In der Speisekammer fand er ein Glas mit Wiener Würstchen, die er gierig verschlang.

Er fror. Das Feuer im Kamin war ausgegangen. Er wagte nicht, es neu zu entfachen, genausowenig wie seine nassen Kleider auszuziehen. Der Besitzer konnte jeden Moment zurückkommen und da musste er bereit sein.

Das war, verdammt noch mal, ganz schön schief gelaufen. Wieso und woher waren die beiden Frauen so überraschend aufgetaucht. Er hatte das gesamte Haus durchsucht. Da war niemand mehr gewesen. Genauso wie die beiden Typen, die ganz nach Bullen ausgesehen hatten. Woher kamen die so unverhofft? Wer hatte sie gerufen? Da lief eine riesige Sauerei.

Er hoffte nur, dass dieser de Rascalère tot war. Zum einen, weil er ihn, den Fuchs, hintergangen hatte, zum anderen, weil er ganz einfach zu viel wusste. Diese hinterhältige Sau hatte das Geld selbst eingesackt und ihm den leeren Koffer hingeknallt. Zwei Millionen Euro! Eine für ihn, eine für seinen Auftraggeber. Dabei war es nicht sein eigenes Geld, das de Rascalère ihm hätte geben sollen. Kein Wunder, dass der Drahtzieher so sauer war.

Alexander hatte sich sein eigenes Grab geschaufelt. Auch wenn er überlebt haben sollte, das würde nicht lange so bleiben. Der Fuchs fühlte sich dermaßen gelinkt, konnte sich kaum noch beherrschen. Das musste er aber. Wenn er keinen kühlen Kopf behielt, war alles aus. Seine schönen Pläne, sein Leben mit Irene. Noch einen Ausbruch traute er sich nicht mehr zu.

Er befahl sich selbst: Ruhe behalten, cool bleiben und vorsichtig sein. Vor allem aber niemandem mehr vertrauen. Außer Irene natürlich. Müller hatte nach der misslungenen Geldübergabe gezwungenermaßen seine Pläne geändert.

Irene saß auf gepackten Koffern und wartete auf seinen Anruf. Das funktionierte nicht mehr und die Pläne mussten spontan geändert, die nächsten Schritte gut überlegt werden.

Er musste zu ihr, unbedingt. In der Plastiktüte befand sich nur eine Anzahlung. Den Rest sollte er nach Alexanders Eliminierung erhalten.

Draußen fuhr ein dunkelgrüner Mitsubishi Pajero vor. Ein etwa siebzigjähriger Mann stieg aus. In einer Hand trug er einen Einkaufskorb. Müller stand auf, griff nach der Eisenstange und versteckte sich neben der Eingangstür. Der Schlüssel drehte sich im Schloss, die Tür schob sich auf und vor Müller erschien der Hinterkopf des Mannes, umrahmt von einem weißen Haarkranz. Der Fuchs schlug zu, der Mann sackte lautlos zu Boden. Müller nahm ihm die Autoschlüssel aus der Hand und rannte zum Wagen.

Es dauerte einige Zeit, bis er aus dem Gewirr der Wald- und Feldwege endlich die Landstraße gefunden hatte. Diese führte direkt zur Autobahn A3. Während der Fahrt dachte er unsinnigerweise, dass er nie geglaubt hatte, je in seinem Leben mit einem *Wichser-Auto* zu fahren.

Zu köstlich fand er die Geschichte von hoch bezahlten Agenturen und Marketingstrategen, die viel zu spät bemerkt hatten, dass *Pajero* in den lateinamerikanischen Ländern auch *Schwänzchen und Wichser* bedeutete.

Deshalb hieß dieses Fahrzeug dort auch *Montero*. Die in letzter Zeit so in Mode gekommenen Geländewagen, schickimickimäßig *Off-Roader* genannt, nervten ihn total. Sie waren einfach viel zu groß für Deutschlands Straßen und vor allem für Parkplätze und Häuser. Dort wo ein *Wichser* stand, hatte kein weiteres Fahrzeug mehr Platz.

Unbewusst müssen die Werbefritzen von Mitsubishi den richtigen Namen für diesen Modelltyp gewählt haben. Denn anders konnte Müller sich nicht erklären, warum man sich ein derartiges Fahrzeug kaufte. Diese schlecht gefederten, allradgetriebenen Wagen waren nicht dazu geeignet, um damit einkaufen oder ins Büro zu fahren, die Kinder zur Schule zu bringen oder die Freunde in der Innenstadt zu besuchen. Unverhofft saß er nun selbst in so einem Kasten und war heilfroh, überhaupt noch fahren zu können.

Bei Niedernhausen verließ er die Autobahn, steuerte den Wagen in die Stadt und parkte ihn in der Nähe des Bahnhofs. Mit der S2 fuhr er weiter nach Frankfurt. Im Hauptbahnhof stieg er aus, begab sich zu einem Kiosk und kontrollierte von dort aus dezent die Wartehalle.

Es schien ihm niemand gefolgt zu sein. Er eilte zu den Schließfächern, öffnete eine Tür, nahm die Alditüte heraus und schlenderte, seine Umgebung weiter beobachtend, zur Haltestelle der S8.

In Niederrad stieg er aus, lief die Melibocusstraße entlang, bis er auf die Bruchfeldstraße stieß. Dort, in einem der dreistöckigen Flachdach-Siedlungshäuser lag seine Wohnung. In dieser Siedlung, die den Beinamen *Zickzackhausen* trug, wohnte er seit über acht Jahren. Das ging nun zu Ende. Er drückte auf der Klingel das vereinbarte Zeichen, kurz darauf ertönte der Summer und der Fuchs betrat das Haus.

Ninus hatte vergessen, wie steil die Serpentinen hoch nach Rauenthal waren. Mit drei Personen an Bord, kam der 34-PS-Motor seiner Ente ganz schön ins Schnaufen. Nach dem Besuch auf dem Polizeipräsidium, hatten sie sich zu dritt auf den Weg in den Rheingau gemacht. Zum Glück war die Straße geräumt.

»Hoffentlich überholt uns kein Traktor«, frotzelte Lena von der Rückbank aus.

»Das wäre zu blamabel.«

»Kannst ja zu Fuß gehen.«

»Das erinnert mich jedenfalls an die Urlaube mit meinen Eltern«, fuhr sie unbeirrt fort. »Unser grauer Volkswagen hat bei der Überquerung der *Hohen Tauern* regelmäßig schlapp gemacht. Mit drei Erwachsenen, zwei Kindern und Gepäck für zwei Wochen Urlaub an Bord war das Käferchen absolut überladen. Wenn mein Vater am steilsten Stück vom zweiten in den ersten Gang zurückschalten musste, noch mit Zwischengas, brummte der Motor: Nee, so nicht und quittierte den Dienst. Dann hieß es, alle Mann von Bord. Mama, Oma, die rothaarige Lena und ihr blonder Bruder Robert mussten aussteigen und schieben. Der Motor sprang lustig an, mein Vater fuhr weiter und erwartete uns am Gipfel.«

»War doch bestimmt ein Mordsspaß für euch Kinder.«

Carla hatte sich zu ihr umgedreht.

»Wie man es nimmt. Eine halbe Stunde den Berg hinauf, meist bei Nebel und kaltem Wind, hat uns nicht so richtig begeistert. Indes ist es eine schöne Geschichte, die man immer wieder gerne erzählt.«

Die Ente erreichte allen Befürchtungen zum Trotz den Ortseingang des kleinen Weindorfs in der Höhenlage des Rheingaus. Beppo hatte eine Wohnung im Parterre eines Zweifamilienhauses in der Kiedricher Straße. Ninus parkte die Ente direkt davor.

»Er wird hoffentlich nicht beim Mittagessen sitzen«, bemerkte Ninus und klingelte. Es dauerte eine Weile, bis die Tür geöffnet wurde. Staunen breitet sich auf allen drei Gesichtern aus.

»Herr Hagen, Lena?«

»Biggi?«

Carla reichte ihr unvoreingenommen die Hand. Biggi hatte einen Bademantel an und war barfuß. Sie war sehr blass und hatte schwarze Ringe um die Augen.

»Carla Cosian. Freut mich, Sie kennenzulernen.«

»Guten Tag. Brigitte Pausewang. Beppo, äh, Herr Wanninger ... schläft noch ... eigentlich nicht. Er liegt noch im Bett.«

Ninus fasste sich als erster.

»Klar, nach der Schussverletzung muss er sich ausruhen. Meinen Sie, er empfängt uns dennoch?«

»Ach, Entschuldigung. Kommen Sie rein. Nehmen Sie im Wohnzimmer Platz. Sie kennen den Weg, Herr Hagen. Ich hole Beppo.«

»Sicher, außerdem ist es ein ungeschriebenes Gesetz, wenn man gemeinsam in einen Schusswechsel geraten ist und überlebt hat, duzt man sich. Ninus.«

»Biggi. Aber das wissen Sie – äh, weißt du bereits. Jedenfalls müssen wir später drauf anstoßen. Bis gleich.«

Und fort war sie. Die drei Gäste machten es sich auf dem Sofa bequem.

»Lena, du bist so ruhig«, begann Carla die Schweigeminute zu unterbrechen.

»Ja.«

»Und?«

Ninus mischte sich ein. »Es ist so, Carla. Du weißt,

dass Lena, wie soll ich es nennen, dass Lena Biggi ... sag halt was, Lena.«

»Nein.«

»Gut, wie du willst. Lena hat sich in Biggi verknallt.«

»Ach, du Scheiße. Und jetzt steht sie bei Beppo halb nackt in der Tür. Vielleicht ist das auch ganz anders, als es aussieht. Genauso wie am Morgen, als ich dich mit Lena im Bett erwischte ...«

»Wer hat wen mit Lena im Bett erwischt?«

Beppo stand strahlend in der Tür.

Alle schauten hoch. Ein Bild, das sich Ninus einprägen würde. Hänfling Wanninger in Boxershorts, aus denen zwei dicht behaarte Spindelbeinchen hervor lugten. Ein Sweatshirt mit dem Aufdruck *Mainz 05 – Energieträger der nächsten Generation* und grinsend, als habe er die Kaffeemischung des Jahrtausends entdeckt. Neben ihm und Händchen haltend, die ein Kopf größere Biggi Pausewang. Weiterhin barfuß, aber nun bekleidet mit Jeans und einem Hemd des Kommissars, unter dem sie eindeutig nichts weiter anhatte. Hagen stand auf, trat auf seinen Freund zu, wollte ihn umarmen, aber Beppo wehrte ab.

»Meine Schulter!«

»Wie geht es dir? Warum hast du das Krankenhaus verlassen? Was macht die Verletzung? Hast du Schmerzen ...«

»Stopp. So viele Fragen kann ich mir nicht merken. Also: Gut, weil ich in meinem eigenen Bett schlafen wollte, glatter Durchschuss, ja. Setzen!«

Beppo setzte sich in den Plüschsessel.

Ninus wandte sich an Biggi.

»Und du?«

Sie sagte nichts, Tränen kullerten über ihre Wangen, sie schluchzte und hielt sich beide Hände vors Gesicht.

»Setz dich zu mir«, bat Beppo. Biggi nahm auf der

Armlehne Platz. Wanninger umarmte sie, verzog dabei das Gesicht, unterdrückte aber tapfer den Schmerz. »Biggi steht immer noch unter Schock. Sie kann es nicht fassen, auf einen Menschen geschossen und ihn lebensgefährlich verletzt zu haben ...«

»Aber du hast mir das Leben gerettet, Biggi. Ohne dich und dein beherztes Eingreifen läge ich in der Pathologie und man würde mir den Bauch aufschneiden.«

Ninus bekam einen Tritt gegen das Schienbein.

»Bei dir habe ich mich doch schon bedankt, Lena. Immerhin durftest du die ganze Nacht in meinem Bett verbringen ...«

Beppo neigte den Kopf.

»Nur wie Brüderchen und Schwesterchen«, erklärte Carla. »Behaupten sie jedenfalls.

»Genau wie wir«, konnte Beppo sich nicht zurückhalten zu bemerken.

Lena schaute hoch. Als sie sah, wie Biggi Beppos Hand nahm, wie sie ihn anschaute, stand sie auf und eilte zur Wohnungstür.

»Ich warte im Auto.«

Die Erste die reagierte, war Carla. Sie erhob sich, rannte ihr hinterher.

»Warte, Lena!«

Zu Beppo hin rief sie: »Wir verschwinden kurz nebenan. Ist das okay?«

»Fühlt euch wie zu Hause.«

Biggi hatte ihre Selbstkontrolle zurückgewonnen. »Was hat sie«, fragte sie mit leiser, heiserer Stimme.

»Liebeskummer«, bemerkte Hagen.

»Wegen dir und Carla?«

»Nein. Wegen dir.«

»Wegen mir?«

»Genau.«

»Ist sie in Beppo verliebt?«

»Nein, in dich.«

»In mich?«

»Ja.«

»Wieso?«

»Wenn ich diesen geistreichen Dialog unterbrechen dürfte«, schaltete sich Beppo ein.

»Unsere liebenswerte Lena verliebt sich grundsätzlich nur in Angehörige des weiblichen Geschlechts ...«

»... und bei unserem Treffen in der *Haltbar* hat es bei ihr gefunkt«, ergänzte Ninus.

»Oh, verdammt. Ich fand sie von Anfang an total nett, mochte sie sofort. Das muss sie missverstanden haben. Allerdings dachte ich, sie sei mit Ninus zusammen, so vertraut, wie ihr miteinander umgegangen seid. Die Schienbeintreterei unterm Tisch ist mir nicht entgangen.«

In Hagens Gesicht stieg eine leichte Röte empor.

»Ich gehe zu ihr. Pass mir so lange auf diesen Kommissar hier auf. Er ist längst nicht so fit, wie er vorgibt«, sagte Biggi und verschwand ebenfalls.

»So, so, Brüderchen Beppo und Schwesterchen Biggi. Ist es ernst?«

»Wie soll ich das nach den paar Stunden sagen. Ich finde sie einfach klasse und ich glaube, sie mag mich auch. Zwischen uns war sofort so eine Verbindung da, eine Vertrautheit, als würden wir uns schon Jahre kennen. Sie ist mit mir im Krankenwagen gefahren, hat im Krankenhaus neben mir gesessen, hat auf mich gewartet, ist mit in den Behandlungsraum, die Ärzte haben sie mit Frau Wanninger angesprochen, sie nahm das hin – wie bei einem alten Ehepaar eben. Genauso selbstverständlich war es, dass sie mit hierherfuhr und wir zusammen ins Bett gingen, äh zum Schlafen. Derartiges habe ich noch nie erlebt. Ich hoffe nur, das ist kein Traum und ich wache gleich aus der Narkose auf.« Beppos Mine veränderte sich, er wurde ernst.

»Über eure gestrige Aktion wird noch zu reden sein. Ausführlich und das wird nicht lustig, das kann ich dir und deinen Helfershelferinnen versprechen ...«

»Reg dich nicht auf. Du bist krank ...«

»Leicht verletzt, an der Schulter, aber nicht im Kopf. Was habt ihr euch dabei gedacht?«

»Beppo, lass uns morgen darüber sprechen. Du sollst dich ausruhen. Graf hat alles im Griff. Wir waren vorhin bei ihm, haben alles zu Protokoll gegeben. Anhand eurer Verbrecherkartei konnten wir den Typ ziemlich schnell identifizieren. Wir haben mit rothaarigen Ganoven angefangen und wurden ziemlich schnell fündig. Einer, der bei euch ganz oben auf der Liste steht. Friedhelm Müller, genannt der Fuchs!«

»Der Fuchs! Das ist der Hammer. Den suchen wir seit acht Jahren. War buchstäblich abgetaucht. Wir dachten, er habe sich ins Ausland abgesetzt. Was hat der Typ mit Alexander de Rascalère zu schaffen?«

»Vermutlich ist er der Entführer.«

»Aber warum ist er dort aufgetaucht und wollte, wenn ich Biggi richtig verstanden habe, Alexander töten? Er hat doch das Lösegeld. Das ergibt keinen Sinn. Ich muss mit Graf sprechen ...«

»Das wirst du schön bleiben lassen.«

Biggi stand augenblicklich hinter ihm.

»Du bist dienstuntauglich.«

»Telefonieren kann ich dennoch.«

»Auch das wäre eine dienstliche Handlung und ist damit strengstens untersagt.«

»Beppo, sei vernünftig«, mischte sich Carla ein, die hinter Biggi eingetreten war.

»Da stimme ich zu«, ergänzte Lena.

»Geballte Frauenpower. Da bist du machtlos«,

stimmte auch Ninus zu, stand auf und umarmte Lena.

»Geht's?«

»Muss wohl. Hab mich wie ein pubertierender Teenager benommen. Aber weh tut es trotzdem.«

Ninus ließ Lena los und küsste Carla.

»Oh, womit habe ich das verdient?«

»Weil du da bist, weil ich dich ununterbrochen küssen könnte und weil du dich um Lena gekümmert hast.«

»Mein Gott«, stöhnte Wanninger auf. »Was für ein Gesülze. Schaltet einfach den Fernseher ein. Um diese Zeit laufen herzige *Telenovelas* oder wie diese berüchtigten Unappetitlichkeiten heißen. Da findet ihr noch ein bisschen Stoff für die Fortsetzung unserer Realityshow. Sicherlich wird es auch eine Serie *Liebeswirren in Rauenthal* oder *Sehnsüchte im Weindorf.*«

»Das musst du sagen. So wie du hier sitzt, in deinem erotischen Outfit, würde sogar die Sachsenklinik sich weigern, dich als Patienten aufzunehmen.«

»So, nun ernsthaft. Lasst uns zusammenfassen, was wir haben. Herr Hagen, wenn ich bitten dürfte.«

»Okay. Silke de Rascalère wird weiterhin vermisst. Das Lösegeld wurde übergeben. Bei Alexander taucht der ehemalige Bankräuber und Ausbrecherkönig Müller auf und will ihn erschießen. Er konnte flüchten. Graf hat ihn erneut zur Fahndung ausgeschrieben. De Rascalère ist noch nicht vernehmungsfähig, ob der Prozess gegen Rolozko beginnen kann, ist fraglich.

Es gibt deutliche Hinweise darauf, dass Rolozko in beide Fälle, Silkes Entführung und Beyers Ermordung involviert ist. Beyers Mörder, die Graf festgenommen hat, schweigen sich weiterhin aus. Zumindest der eine. Der andere kann noch nichts sagen. Die zwei sind aber aktenkundig und es gilt als sicher, dass sie in Rolozkos Diensten stehen.«

»Aber Rolozko sitzt im Gefängnis!«, warf Biggi ein.

»Was ihn aber nicht davon abhält, weiterhin die Fäden zu ziehen. Unter diesem Aspekt kommt seine Anwältin, Dr. Pinga Mondschein, ins Spiel. Sie besucht ihn fast täglich im Knast. Sie hat Kontakt zu Alexander. Grundsätzlich müsste man die mysteriöse Dame genauer überprüfen ...« »... was wir aber ohne richterlichen Beschluss nicht dürfen. Um den zu bekommen, haben wir zu wenig in der Hand«, warf Beppo ein.

»Bleibt de Rascalère«, fuhr Ninus fort. »Deshalb auch unser Besuch gestern bei ihm. Da fällt mir ein, bei dem ganzen Durcheinander habe ich ganz vergessen zu fragen: Habt ihr etwas in seinem Büro gefunden?«

»Nichts, was uns in irgendeiner Weise weiterhelfen würde«, erklärte Lena. Biggi ergriff das Wort: »Bis auf einen Mietvertrag, der mir aufgefallen ist. Ich fand es merkwürdig, dass Alexander eine Wohnung im Schelmengraben angemietet hat. Ist keine besonders herausragende Wohngegend, um es freundlich zu umschreiben. Anscheinend hat Silke auch nichts davon gewusst, sonst hätte sie es mir erzählt.«

Sie lief zur Garderobe im Flur und kam mit einem Papier zurück.

»Ich hatte den Vertrag gerade eingesteckt, als wir gestört wurden. Habe ich in der Aufregung vergessen.« Sie gab ihn Beppo. Der las vor: »Wiesbaden, Karl-Marx-Straße, Hausnummer 55, 15. Stock, rechts.«

»Da werde ich morgen hinfahren. Nur mal nachschauen«, beschloss Ninus.

»Davon weiß ich nichts, will ich auch nichts wissen.« Beppo blinzelte seinem Freund zu.

»Der liebe Kriminalkommissar wird euch jedenfalls gleich ein Käffchen zubereiten, wie ihr es in eurem ganzen Leben noch nicht getrunken habt.«

Dienstag, 20. Januar

Frankfurt, Zickzackhausen

Friedhelm Müller lag in der Badewanne und versuchte die Geschehnisse zu verarbeiten. Es war kurz nach Mitternacht. Zunächst hatte er ein langes Gespräch mit Irene. Vor ein paar Tagen erst hatte er ihr erklärt, es sei erforderlich, aus beruflichen Gründen die Stadt sofort zu verlassen. Er hatte angedeutet, für sie und ihn wäre es in Frankfurt zu gefährlich geworden. Nun musste er ihr gestern erzählen, dass sich die Abreise verzögern würde, da er noch wichtige Dinge zu erledigen habe.

Es fiel ihm zunehmend schwerer, seine Fassade aufrecht zu erhalten. Acht Jahre lang hatte er erfolgreich die Rolle des Geheimagenten gespielt. So geheim, dass er mit niemandem, auch nicht mit seiner Partnerin, darüber sprechen durfte. Freunden gegenüber vermieden sie das Thema. Wenn es unausweichlich geworden war, so wurden Aufträge im Ausland angedeutet. Müller hatte stets darauf geachtet, für mehrere Tage zu verreisen, in geheimer Mission eben.

In Wirklichkeit war er nach *Fahretoft*, einem Ortsteil von *Dagebüll* gereist, wo er sich speziell für diesen Zweck ein Häuschen gekauft hatte. Mit gefärbten Haaren, Brille und einem selbst gebastelten Gebiss, das seine Gesichtsform veränderte, hatte er sich dort aufgehalten. Für die Halligbewohner war er ein verschrobener Wissenschaftler, der sich für ein paar Tage in das Haus zurückzog und seine Abhandlungen schrieb.

Das Arbeitszimmer stand voll mit Büchern zu den Themen Physik, Chemie und Mathematik. Fotokopien, Zeitungsberichte und Karteikarten lagen überall im Raum verstreut. Müller war stets mit einem gemieteten Wagen vorgefahren, hatte eine Kiste mit Lebensmitteln, eine mit Aktenordnern ins Haus geschleppt und hatte erst nach drei bis vier Tagen sein Domizil verlassen. Auch wenn jemand in seiner Abwesenheit, ins Haus gekommen wäre, hätte er nichts anderes vorgefunden, als die chaotische Wohnung eines schrägen Wissenschaftlers und typischen Junggesellen. Selbst wenn jemand nach Fingerabdrücken gesucht hätte, wäre er erfolglos geblieben. Der Fuchs zog dort nie seine Handschuhe aus. Nur nachts war er vor die Tür gegangen, hatte sich bei schönem Wetter auf die Bank im kleinen Vorgarten gesetzt und davon geträumt, eines Tages mit Irene in einem ähnlichen Haus auf einer Insel oder Hallig zu leben.

Müller ließ heißes Wasser nachlaufen. Das tat seinen geschundenen Knochen gut. Das Klingeln an der Wohnungstür schreckte ihn aus seinen Gedanken. Polizei?

Er stieg aus der Wanne. Wer sonst? Noch bevor er den Bademantel überstreifen konnte, kam Irene herein. Die kleine, pummelige Frau hatte ihre langen, blond gefärbten Haare zu einem Pferdeschwanz zusammengebunden.

»Da will dich jemand dringend sprechen. Eine Frau! Sie sagt, du würdest sie kennen«, flüsterte sie irritiert.

»Wie sieht sie aus?«

»Lange blonde Haare, Brille, schlank, Hosenanzug. Höchstens 35 Jahre alt ... und katzengrüne Augen!«

»Sie soll sich rüber setzen. Ich komme gleich. Ach Irene, es wäre schön, wenn du uns für einen Moment alleine lässt. Es ist beruflich ...«

»Hab' verstanden. Soll ich ihr was zu trinken anbieten?«

»Das wäre lieb.«

»Das ist gefährlich. Er wird bestimmt bewacht«, gab Müller zu bedenken. Er saß mit seiner Besucherin im recht konservativ eingerichteten Wohnraum, wie diese befand. Irene hatte dem Fuchs eine Flasche Bier und der Frau ein Mineralwasser gebracht.

»Alexander muss weg«, zischte sie. »Er wird reden, da sind wir uns sicher. Er kocht sein eigenes Süppchen. Er hat nicht nur das Lösegeld unterschlagen und damit die ganze Aktion gefährdet, nun scheint er auch bereit zu sein, auszusagen. Er wird Ihnen die Entführung anlasten und da Sie heute Mittag ...«, sie schob ihren Handschuh nach vorne und schaute auf die kleine goldene Armbanduhr, »... besser gesagt gestern, in de Rascalères Haus gesehen wurden, wird die Polizei ihm glauben.«

Der Fuchs zögerte, dann nickte er und sie fuhr fort: »Ich habe eine Spritze mitgebracht. Um Punkt 16 Uhr wird der wachhabende Beamte ans Telefon gerufen und Sie können unbemerkt das Krankenzimmer betreten. Ein kurzer Stich in den Transfusionsschlauch, abdrücken und fertig. Eine Sekundensache. Das Gift wirkt erst nach zehn Minuten. Sie haben genügend Zeit, zu verschwinden.«

Sie zog aus ihrer Handtasche ein in weißes Papier eingepacktes Päckchen hervor und reichte es ihm. Er nahm es und wickelte es aus. Ein blaues Kunststofftäschchen kam zum Vorschein. Müller öffnete den Reißverschluss und betrachtete die kleine Spritze, die darin lag. Die Frau nahm das Papier und packte es in ihre Handtasche.

»Anschließend kümmern Sie sich noch um seine Gattin, wie abgemacht.«

Sie reichte Müller einen Schließfachschlüssel.

»Das Geld wird im Wiesbadener Hauptbahnhof für Sie bereitliegen.«

Sie stand auf. Der Fuchs wiegte das Spritzenetui nachdenklich in seiner Hand.

»Gut, ich mach's. Hören Sie, dann ist endgültig Schluss. Egal, wie es ausgeht. Spätestens um fünf Uhr am Nachmittag hole ich das Geld. Wenn es schief geht, werde ich auspacken.«

Als der Fuchs alleine war, kamen ihm Zweifel. War es klug, ihr zu drohen? Aber er hatte keine Wahl. Nach diesem Job musste er verschwinden. Er begab sich hinüber ins Schlafzimmer, zog sich aus und legte sich neben Irene, die in einer Zeitschrift blätternd im Bett saß. Er war hundemüde, musste aber noch mit ihr einige Dinge besprechen.

Sie sollte morgen mit den beiden Koffern in denen sich die nötigsten Sachen befanden, den ICE nehmen, der um 17:58 auf Gleis acht abfahren würde. Sie durften auf keinen Fall zusammen gesehen werden. Erst kurz vor dem nächsten Halt in Kassel würden sie sich auf der Plattform vorm Speisewagen treffen.

»Wenn alles gut geht, fängt morgen unser neues Leben an.«

Er umarmte sie, küsste sie auf die Wange und seufzte hörbar.

Die blonde Frau war sofort, nachdem sie Müller verlassen hatte, in Richtung Wiesbaden gefahren. Es war gegen zwei Uhr, als sie mit dem Schlüssel ihrer Freundin die Tür aufschloss, leise die Wohnung betrat und sich orientierte.

Im schmalen Flur stand neben der Garderobe ein kleiner runder Tisch, auf dem sich ein Telefon samt Anrufbeantworter befand. Auf dem Display blinkte die Zahl 24 rot auf. Sie drückte für einige Sekunden die Löschtaste, eine synthetische Stimme fragte nach, inwieweit sie sich sicher sei, wirklich alle Nachrichten zu löschen, was sie sofort bestätigte. Sie bückte sich, zog den Telefonstecker aus der Buchse und ließ einen Zettel zu Boden fallen. Es sah aus, als sei er vom Tisch gesegelt.

Auf dem Weg zurück zum Auto blieb sie unter einem Baum stehen, lehnte sich an ihn und schaute hoch in die sternenklare Nacht. Es war frostig kalt und sie fror.

Hatte sie an alles gedacht? Der kleinste Fehler würde ihrer beide Leben zerstören. Heute und morgen würde sich alles entscheiden. Es war nicht mehr aufzuhalten, nicht mehr rückgängig zu machen. Ihre Gedanken schweiften zurück.

Es kam ihr vor wie eine Ewigkeit. Dabei war es erst vorgestern gewesen, als sie nach der Überfahrt mit ihr im Helikopter gesessen und mit Champagner angestoßen hatte. Danach der schmerzliche Abschied am Aeroporto di Roma-Ciampino.

Sie seufzte und stieg in den Wagen. Zuerst nahm sie die Brille ab, zog die Perücke herunter, fummelte die Kontaktlinsen heraus und verstaute alles im Handschuhfach.

Hagen fand vor dem Hochhaus einen Parkplatz. Die Klingelanlage half ihm nicht weiter, weder stand dort Alexanders Name noch konnte man ersehen, welcher Name zu welcher Wohnung gehörte. Er klingelte im ersten Stock, bei Henrich. Siehe da, ohne Nachfrage ertönte der Summer und die Haustür ließ sich aufstoßen.

Der nicht sehr vertrauenserweckende Aufzug rumpelte und quietschte fast wie Hagens 2CV. Seufzend stoppte er abrupt im 15. Stock. Die graue Tür nahm mehrfach Anlauf, bis es ihr gelang sich auseinanderzuschieben. Hagen trat erleichtert hinaus und wandte sich nach rechts. Dort gab es drei Wohnungstüren. Zwei mit Namensschildern, eine ohne. Der Wunsch nach Anonymität kann mehr verraten, als man glaubt, dachte Ninus. Er schlüpfte mental in die Rolle eines Versicherungsvertreters und klingelte.

Er wartete. Keine Reaktion. Er versuchte es aufs Neue. Gleiches Ergebnis.

Während Hagen die Vertreterrolle aufgab, fummelte er sein Besteck hervor und versuchte dabei zu erkennen, ob sich im Spion der Tür gegenüber ein Auge bewegte. Zwei, drei gekonnte Handgriffe und das Schloss schnappte auf. Vorsichtig betrat Ninus die Wohnung.

Ein schwach süßlicher und dennoch ekelhafter Geruch stieg ihm in die Nase. Er bewegte sich langsam vorwärts, schaute in den ersten Raum. Niemand.

Der zweite Raum. Die Küche. Auf dem Boden vor dem Heizkörper lag eine Frau. Hagen erkannte sie sofort aufgrund der Fotografie, die er in ihrem Haus gesehen hatte.

Es war Silke de Rascalère. Sie war tot. Das war eindeutig. Da musste er die Leiche erst gar nicht anfassen. Er griff nach seinem Telefon und rief Max Graf an.

Zwei Stunden später, Hagen hatte seine Aussage gemacht und Graf darauf verzichtet, ihn wegen des Einbruchs zu rügen, wimmelte es von Polizisten und Kriminaltechnikern des Landeskriminalamts. Hagen verließ den Schauplatz und traf zur Mittagszeit bei Beppo ein.

Biggi saß weinend auf Wanningers Sofa, der Kommissar neben ihr. Ziemlich ungeschickt versuchte er, sie zu trösten.

»Leg dich hin, das ist bequemer«, sagte er, platzierte ein Kissen ans eine Ende des Sofas und drückte sie sanft hinein. Er nahm ihre Beine und legte sie hoch.

»Möchtest du einen Kaffee?«

Biggi schüttelte den Kopf.

»Etwas anderes? Nein? Eine Beruhigungstablette ... Auch nicht ... Was? Einen Kuss?«

Wanninger äugte zu Ninus hinüber, leichte Röte stieg in sein Gesicht, bevor er sich zu Biggi hinunter beugte und sie zaghaft auf den Mund küsste. Mit einer Hand auf seinem Hinterkopf hielt sie ihn fest und erhöhte den Druck. Beppo ließ sich das gerne gefallen. In einer Atemholpause rief er zu Ninus hinüber: »Ruf den Graf an. Der soll so schnell wie möglich herkommen ... mmpf.«

Hagen hatte sich an den Esstisch gesetzt und mit Carla telefoniert. Als sie hörte, was vorgefallen war, versprach sie, sofort zu kommen und sich um Biggi zu kümmern. Er wählte Grafs Nummer und gab ihm den Wunsch seines Chefs durch.

»Kommt!«, vermeldete er, stand auf und trat hinaus auf den Balkon. Dort drehte er sich eine Zigarette, zündete sie an und inhalierte nachdenklich.

Im Rheintal hing dichter Nebel, der sich bis in die Weinberge hochzog. Nur hier oben in Rauenthal konnte man die klare Wintersonne genießen. *Du bist wia de wintasunn / die nua an maunchn togn scheint …*, erklang Wolfgang Ambros' Stimme in ihm. Wie gerne würde er in diesem Moment am Schlagzeug sitzen und trommeln, was das Fell aushielt. Stattdessen drückte er die Zigarette am Balkongeländer aus und steckte den Stummel in seine Jackentasche.

Als er hineinging, sah er, dass Biggi schlief und hörte Beppo im Nebenraum hantieren.

»Wird auch Zeit. Ich dachte schon, ich müsste mir selbst einen Kaffee kochen.«

»Den hättest du dann auch alleine trinken dürfen … das hat sie ganz schön mitgenommen, Biggi meine ich.«

»Ist doch verständlich. Wenn die Schwester ermordet wird …«

»Klar. Nur weiß ich nicht, damit umzugehen. Ich fühle mich so hilflos, so völlig unbegabt … ich weiß nicht, was ich sagen, was ich machen soll. Ich fühle mich so unnütz.«

»Na, na. Der Dauerkuss schien nicht sehr unbegabt gewesen zu sein.«

»Das ist es eben. Sie ist so lieb, so – einfach toll. Das ist mir im letzten halben Jahrhundert nicht widerfahren, mich in der Nähe eines Menschen derart glücklich und geborgen zu fühlen. Dabei kenne ich sie erst vier Tage.«

»Versuch es mit dem Begriff Liebe.«

Bevor Wanninger eine Erwiderung einfiel, begann der Wasserkessel zu pfeifen und signalisierte damit, seine Arbeit geleistet zu haben. Der Kommissar nahm ihn vom Herd und goss langsam das dampfende Wasser auf das Kaffeemehl. Gleichzeitig klingelte es an der Tür. »Ich gehe«, verkündete Ninus.

Zuerst war Carla eingetroffen, kurz darauf Max Graf. Alle, auch Biggi, hatten sich an Beppos großen runden Esstisch gesetzt und zunächst schweigend Kaffee getrunken.

Graf erstattete Bericht. Silke de Rascalère war mindestens drei Tage tot. Todesursache war ein Messerstich ins Herz. Sie musste die ganze Zeit über am Heizkörper gefesselt gewesen sein. Ansonsten war die Wohnung sauber, um nicht zu sagen rein. Alles abgewischt, abgesaugt und abgewaschen. Fast keine Spuren. Bei dem Wort *fast* schauten sie alle gleichzeitig Graf fragend an. Die Spusi-Leute hatten ein Blatt Papier gefunden. Mit zwei Telefonnummern darauf.

An dieser Stelle machte Graf eine Pause, hob die Tasse und trank genüsslich mehrere Schlucke.

Er fuhr fort und erzählte, dass die eine Nummer zu Alexander de Rascalères Haustelefon und die zweite eine Mobilnummer war. Auf dem Papier hätten sich Fingerabdrücke befunden. Beides, Mobilnummer und Papier seien nun bei den Technikern im LKA und er erwarte jeden Moment einen Anruf.

Über die Wohnung hätte er auch einiges herausgefunden. Gemietet hatte sie de Rascalère vor etwa zwei Jahren. Wanninger nickte zufrieden.

»Herr Graf, ich muss sagen, Sie haben alles im Griff. Hätte ich nicht besser machen können.«

Hagen, der bis zu diesem Moment still zugehört hatte und froh darüber war, bei der Besprechung dabei sein zu dürfen, meldete sich nun zu Wort.

»Hat in der Wohnung eigentlich jemand gewohnt? Ich hatte so den Eindruck...«

»Das ist die Frage. Es wurden keinerlei persönliche Dinge gefunden. Dennoch haben Sie recht. Die Art der Einrichtung, die Pflanzen, die vorhandene Wäsche, wie Handtücher, Bettzeug und so weiter deuten daraufhin, dass bis vor kurzem noch jemand dort gelebt hat. Die Kollegen sind dabei, die Nachbarn zu befragen und ich habe Mayer gebeten, sich vom Einwohnermeldeamt die Liste aller in diesem Haus gemeldeten Personen zu besorgen und sie mit den jetzigen Bewohnern des Hauses zu vergleichen. Vielleicht bringt uns das ...«

Graf unterbrach sich, da sein Telefon klingelte. Er nahm das Gespräch an, nickte nachdenklich und unterbrach die Verbindung. Sofort klingelte es wieder. Neuerlich bewegte sich sein Kopf hoch und runter, wobei er aus der Jackentasche mit der freien Hand einen Block, und einen Stift hervorholte und sich Notizen machte.

»Warte einen Moment, da klopft jemand an.«

Graf drückte auf der Tastatur des Telefons herum, meldete sich, nickte, bedankte sich, drückte verschiedene Tasten, um fortzufahren: »Da bin ich. War der Kollege Mayer.«

Die anderen saßen stumm dabei und beobachteten Graf beim Telefonieren, als hätten sie das noch nie gesehen. Endlich war er fertig.

»Und?«, platzte Beppo heraus.

»Tja, wo fange ich an. Erstens, die Fingerabdrücke auf dem Papier konnten eindeutig identifiziert und zweitens, der Inhaber der Handynummer ermittelt werden. Drittens, Mayer ist sich sicher, zu wissen, wer in dieser Wohnung wohnt oder gewohnt hat.«

Graf hatte das schnell abgespult, sodass niemand ihn unterbrechen konnte. Unvermittelt brach das Chaos los. Alle redeten durcheinander, stellten Fragen, äußerten Vermutungen, bis Wanninger mit einem lauten, sehr lauten »Ruhe, verdammt!« sich Gehör verschaffte und als alle abrupt schwiegen, leiser fortfuhr: »Ich stelle hier die Fragen und ihr seid mucksmäuschenstill, ansonsten verweise ich euch des Feldes, äh, der Wohnung. Schön, Graf, wie Sie das dramaturgisch aufgebaut haben. Die Spannung ist ja nun da, deshalb könnten Sie eventuell mehr zur Aufklärung beitragen, oder was meinen Sie?«

Max Graf rutschte auf dem Stuhl hin und her. Mit der rechten Hand deutete er auf die Teilnehmer der illustren Runde.

»Hier? Jetzt? Ich meine, das sind hochsensible Ermittlungsergebnisse, die können wir nicht einfach so vor jedermann ausplaudern.«

Wanninger schaute zunächst seinen Kollegen an, dann Hagen, dann Carla und zuletzt schweifte sein Blick hinüber zu Brigitte Pausewang.

»Lassen Sie es gut sein, Graf. Ich nehme das auf mich. Sollte es Probleme geben, sagen Sie einfach ich hätte das so gewollt. Ich, beziehungsweise wir hören.«

Max Graf schluckte und fing an: »Die Fingerabdrücke gehören Friedhelm Müller, alias der Fuchs, die Handynummer gehört zu einer SIM-Karte, die ein gewisser Rolozko sich vor zwei Jahren gekauft hatte und die Dame vom Schelmengraben heißt Andrea Gurutze.«

Er lehnte sich zurück und verschränkte die Arme vor der Brust. Die Erste, die zu sprechen begann, war Biggi.

»Die kenne ich. Das ist eine Geschäftspartnerin von Alexander, vertritt irgendeine ausländische Bank. Ich habe sie auf dem Silvesterball im Kurhaus getroffen.«

»So, so. Eine Bankmanagerin wohnt in einer Wohnung im Schelmengraben oder ist zumindest da gemeldet, in einer Wohnung, die de Rascalère angemietet hat und in der die Leiche seiner Frau gefunden wurde. Ziemlich merkwürdig!«, zweifelte Ninus.

»Sei es, wie es ist, die Frau muss ausfindig gemacht werden«, schlug Beppo vor und Graf meinte lapidar:

»Schon veranlasst.«

Wanninger hob den Daumen.

»Und noch etwas«, fuhr sein Kollege unbeirrt fort. »Mayer hat einige Nachbarn befragt. Ein älterer Herr, der im selben Stockwerk wohnt, berichtete, ein gut gekleideter Mann habe regelmäßig Frau Gurutze besucht. Zuletzt am Samstag, vor vier Tagen!«

Gegen vierzehn Uhr fuhr der Fuchs zum Hauptbahnhof, nahm von dort die S-Bahn nach Wiesbaden. In der Zugtoilette setzte er sich eine graue Perücke auf, tauschte seine Hornbrille gegen eine mit einem schmalen, goldfarbenen Gestell. Zuletzt klebte er sich noch einen grauen Schnauzbart unter die Nase.

Zufrieden mit der Verwandlung stieg er in Wiesbaden aus und fuhr mit den Stadtbussen zu den Horst-Schmidt-Kliniken, die sich gegenüber dem Wohngebiet Schelmengraben befanden.

Er betrat das Hauptgebäude und ging über das Treppenhaus in den ersten Stock, den Flur entlang, am Schwesternzimmer vorbei.

Vor Tür 23-1 saß ein uniformierter Polizist. Müller schaute ihn nicht an, studierte die Namensschilder an den Türen der gegenüberliegenden Wand. Am Ende des Flurs drehte er um und las nun die Etiketten auf der Seite, auf der der Beamte saß.

Ohne zu zögern, betrat er das Zimmer daneben. Zwei Betten befanden sich darin. Nur eins war belegt. Die Frau, die an mehreren Infusionsschläuchen hing, schien zu schlafen. Müller ließ die Tür einen Spalt weit offen, so dass er auf den Flur hinausschauen konnte. Es war drei Minuten vor vier.

Pinga Mondschein saß mit übergeschlagenen Beinen auf einer Bank neben dem Haupteingang der Horst-Schmidt-Kliniken. Um sie herum standen Kranke, meist mit Bade- oder Morgenmänteln bekleidet. Manche führten an Galgen aufgehängte Infusionsflaschen mit sich, andere saßen im Rollstuhl und einige stützten sich auf Krücken. So unterschiedlich sie vom Alter, Aussehen, Hautfarbe oder Geschlecht waren, vereinte sie eins – sie rauchten. Um übervolle Kippenbehälter gruppiert, pafften sie, was das Zeug hielt und zogen sich später auf ihre Krankenbetten zurück.

Das interessierte Pinga aber keinen Deut. Sie trug eine Perücke mit langen schwarzen Haaren, schwarze enge Jeans, einen dicken schwarzen Wintermantel mit Fellkapuze und die obligatorische Sonnenbrille, obwohl der Himmel tief verhangen war und trübes, schmuddeliges Wetter herrschte.

Es war eine Minute vor 16 Uhr. Pinga nahm ihr Handy aus der Manteltasche und wählte. Knapp und kurz gab sie die Anweisung.

»Ihr könnt euren Kollegen anrufen.«

Nun würde der riskantere Part kommen. Sie stand auf, betrat die Klinik und postierte sich vor den Aufzügen.

Der große Zeiger der Wanduhr sprang auf die Fünf, der rechte Aufzug öffnete sich, der Fuchs kam heraus. Sie drehte sich um, schaute über die Schulter hinweg ihm nach, wie er sich in Richtung Ausgang bewegte.

Sie wartete. Als der große Zeiger auf die Zehn sprang, nahm sie den nächsten Lift nach oben. Vor der großen Glastür zur Station blieb sie stehen und schaute in den dahinterliegenden Flur.

Der Polizist saß auf dem Stuhl neben Alexanders Tür und blätterte gelangweilt in einem Heft.

Plötzlich leuchtete über seinem Kopf ein rotes Signal auf. Nur Sekunden später kam ein Arzt aus dem Raum hinter dem Tresen gerannt, im Gefolge eine Schwester. Am Beamten vorbei stürzten sie ins Zimmer. Die Schwester kam wieder heraus, rief nach einem weiteren Arzt. Pinga drehte sich um und verdrückte sich. Er hatte es getan. Eile war geboten.

Als sie in ihrem Wagen saß und das Parkgelände der Klinik verlassen hatte, holte sie aus dem Handschuhfach ein Billighandy heraus und tippte eine Nummer ein. Es klingelte.

»Ihr könnt mich ruhig am Bahnhof absetzen. Die S-Bahn fährt jede halbe Stunde nach Frankfurt.«

»Lieber Rotschopf, wenn dein Herr und Meister, und das bin ich, da du freiwillig meine Assistentin geworden bist, wenn der dir sagt, er fährt dich nach Hause, steht das nicht zur Diskussion. Das ist einfach so. Quasi Gesetz. Oder, Carla?«

»Wenn du recht hast, hast du eben recht. Lena, lass ihm seinen Spaß. Er schaukelt mit der Ente über die Autobahn und wir zwei haben Zeit, uns zu unterhalten. Stoff gibt es genügend.«

»Wenn du es so siehst. Ich wollte nur nicht noch länger zwischen euch stehen. Ich versuche ständig, irgendeine Ordnung in die Frauengeschichten Alexander de Rascalères zu bringen.

Silke, seine Frau, die er nicht mehr liebte, wenn ich Biggi richtig verstanden habe, sogar hasste, wird entführt. Er zahlt dennoch für sie das Lösegeld.

Er hat ein Verhältnis mit Andrea Gurutze, einem Ex-Callgirl, das er seinen Geschäftsfreunden aber als spanische Bankmanagerin vorstellt. Die Wohnung im Schelmengraben hat er für sie angemietet. In dieser Wohnung wird Silke ermordet. Das gibt alles keinen Sinn.«

Hagen, der genervt aufs Lenkrad trommelte, weil sich vor Erbenheim wieder ein Stau gebildet hatte und die Karawane lediglich im Schritttempo vorankam, übernahm Lenas Gedankengänge.

»Es wird noch komplizierter, wenn wir bedenken, dass es der Fuchs war, der Silke entführte. Warum hat er sie in Alexanders Liebesnest gebracht ...« Carla unterbrach ihn.

»Als Silkes Mörder kommen drei Personen infrage: der Fuchs, Andrea Gurutze oder Alexander selbst. Alle drei kannten sich. Außer Andrea und Alexander wusste niemand von der Wohnung. Folglich muss das einer der beiden dem Fuchs verraten haben. Wonach sieht das aus? Richtig. Gemeinsame Sache. Die drei haben das gemeinsam geplant. De Rascalère beauftragt den Fuchs, seine Frau zu entführen, der Fuchs bringt sie in den Schelmengraben und Gurutze tötet sie.«

»Fast gut. Gurutze scheidet freilich als Mörderin aus. Die war nämlich zur fraglichen Zeit mit Alexanders Bruder Berthold auf dem Mittelmeer. Wenn ihr schon beim Kriminalisieren seid, wie das der Pfarrer Braun zu formulieren pflegt, fragt euch, wer denn ein Motiv hatte ...«

»Alexander ...«

»Exakt. Und? Richtig. Rolozko. Der hatte ein eminent starkes Interesse daran, Silke de Rascalère zum Schweigen zu bringen. Und wer war über Jahre hinweg sein Kumpan? Richtig. Alexander.«

Carla, die neben Ninus auf dem Beifahrersitz saß, drehte sich zu Lena um.

»Gar nicht dumm, unser Schnüffler. Langsam wird es klar. Rolozko beauftragt Alexander, dafür zu sorgen, dass Silke verschwindet, was dieser natürlich gerne ausführen lässt, wird er so seine ungeliebte und untreue Gemahlin los.

Alexander beauftragt den Fuchs mit der Entführung, richtig Herr Detektiv?«

»Vielleicht. Das erklärt zwar, warum Alexander die Polizei bei der Geldübergabe in die Irre geführt hat, aber nicht, warum Friedhelm Müller sich nicht sofort aus dem Staub machte, sondern ganz im Gegenteil, bei Alexander auftauchte, um ihn umzubringen.«

Hagens Telefon klingelte. Er nahm das Gespräch an,

hörte konzentriert zu und schaute verblüfft auf das Display.

»Was war das denn?«

Er tippte eine Nummer ein.

»Hallo Herr Graf. Ich habe einen anonymen Anruf erhalten. Eine Frauenstimme. Sie sagte, wenn ich den Fuchs fangen will, muss ich um fünf Uhr am Wiesbadener Hauptbahnhof sein, bei den Schließfächern. Gut. Versprochen.«

Die beiden Frauen im Auto hatten bis dahin geschwiegen.

»Und? Was sagt Graf?«

»Wer war die Frau?«

»Was hast du Graf versprochen?«, fragten sie durcheinander.

Ninus schaute in den Rückspiegel, drehte seinen Kopf, setzte den Blinker, wechselte auf die rechte Spur, von dort aus auf den Standstreifen und fuhr an der Schlange vorbei, bis er die Aral-Tankstelle erreichte. Er lenkte den Wagen durch die Zapfsäulenanlage und von dort aus hinter das Gebäude. Dort gab es eine schmale Straße, an deren Einfahrt deutlich das Schild *Durchfahrt verboten* zu erkennen war. Ninus schien es nicht gesehen zu haben.«

»Wenn du uns bitte aufklären würdest!«, säuselte Carla, noch die Ruhe selbst.

»Graf hat gesagt, er schickt sofort jemanden los. Die Frau kenne ich nicht und ich habe Graf versprochen, in keinem Fall zum Bahnhof zu fahren. Zufrieden?«

Lena grinste. »Nach Frankfurt geht es aber in die andere Richtung ...«

»... ich kenne da eine Abkürzung ...«

»... über den Wiesbadener Hauptbahnhof!«, ergänzte Carla.

Max Graf erreichte Hagens Anruf in dem Moment,

als er sich bei Wanninger verabschieden wollte. Die beiden Beamten hatten die gleichen Überlegungen wie die Besatzung des 2CV angestellt und darüber die Zeit vergessen. Dummerweise wiederholte Graf laut was Hagen sagte. Nun war Beppo nicht mehr aufzuhalten.

»Ich fahre mit!«

Das war so deutlich, dass Graf nicht wagte, Widerspruch einzulegen.

Brigitte Pausewang schlief. Wanninger zog sich an, so schnell es eben in Anbetracht seiner Verletzung möglich war. Er schleppte sich zu Grafs Wagen und quälte sich unter leisem Stöhnen und lautem Fluchen auf den Beifahrersitz.

Während sein Assistent das Auto vorsichtig die Serpentinen hinunter lenkte, die Straße war glatt und rutschig, rief Wanninger den Staatsanwalt an, um ihn zu informieren und das weitere Vorgehen abzustimmen.

Lahm wollte sofort das MEK loszuschicken, ließ sich vom Kommissar aber dazu überreden, abzuwarten, ob der Fuchs auch tatsächlich auftauchte. Beppo würde mit Lahm in Kontakt bleiben, die Spezialeinheit sollte sich bereithalten.

Bevor Wanninger die nächste Nummer wählen konnte, klingelte Grafs Handy. Max bedeutete seinen Chef, das Gespräch entgegen zu nehmen. Es war Bender, der Kollege, der sich um Rolozkos Anwältin kümmern sollte. Verwundert fragte er, wieso Wanninger erstens an Grafs Telefon ginge und zweitens, wieso Beppo nicht im Bett läge. Beppo ersparte sich die Antworten und brachte Bender auf den Stand der Dinge. Bender seinerseits berichtete, was er und seine Kollegen herausgefunden hatten. Bei der Befragung der Bewohner des Hochhauses im Schelmengraben konnte ein Nachbar de Rascalère eindeutig als den regelmäßigen Besucher Andreas identifizieren und war sich ziemlich sicher, Alexander vor vier Tagen gesehen zu haben. Eben genau an dem Tag, der im vorläufigen Obduktionsbericht als Todeszeitpunkt angegeben wurde. Kaum war das Gespräch beendet, kam schon das nächste rein. Lahm informierte Wanninger, dass Alexander de Rascalère vor etwa fünfzehn Minuten im Krankenhaus gestorben war. Beppo schluckte. Weniger der Tod Alexanders und der damit verbundene Verlust eines Zeugens oder sogar die Möglichkeit ihm einen Mord nachzuweisen und damit den Fall aufzuklären beunruhigte den Kommissar. Vielmehr dachte er sofort an Biggi und was das für sie bedeutete. Sie hatte einen Menschen getötet. In seine Gedanken hinein brummelte Graf »Hier geht es zu wie in einem Callcenter« und fädelte sich auf der A66 in den fließenden Verkehr Richtung Wiesbaden ein. Ein langjähriger Kollege vom BKA rief an.

»Hallo Beppo. Na, alter Knochen. Habe gehört, du hast dich als Zielscheibe zur Verfügung gestellt. Mann, willst wohl dem Staat deine Pensionsansprüche schenken. Ich habe dir so oft gesagt, komm zu uns, da sitzt du den ganzen Tag am Schreibtisch, sortierst Akten und ... ist gut, ist gut. Ihr sucht diese, warte – wie heißt sie gleich – wo habe ich es denn? Hier steht es. Andrea Gurutze. Könnt ihr abhaken. Vor einer Stunde kam die Information von Interpol, dass im Mittelmeer eine Jacht explodiert sei, auf der sich zwei Personen befunden haben sollen. Ein gewisser Bernhard de Rascalère und eben jene Gurutze. Einige Leichenteile haben sie bereits herausgefischt. So wie es das Schiff zerlegt hat, ist da von niemandem ein Knochen am anderen geblieben ... gern geschehen. Überleg es dir, mit dem Wechsel zu uns, meine ich.« Beppo schüttelte den Kopf und sinnierte laut.

»So langsam gehen uns die Zeugen als auch die Verdächtigen aus. Das ist bestimmt kein Zufall, wenn ausgerechnet die Jacht, auf der sich Alexanders Liebchen aufhält, in die Luft fliegt. Das sieht verteufelt nach einem großen Reinemachen aus. Ich bin sehr gespannt, wie das mit dem Fuchs wird. Graf, drück auf die Tube.«

Pinga Mondschein saß im Wartebereich des Abfluggates. Die Maschine nach Manchester hatte zehn Minuten Verspätung. Einerseits gut, dachte sie. Dann kann ich darüber nachdenken, ob ich etwas vergessen habe.

In das Handy, das sie Rolozko vor drei Wochen besorgt hatte, hatte sie eine alte SIM-Karte von ihm eingelegt und die Nummernunterdrückung ausgeschaltet. Außerdem hatte sie dafür gesorgt, dass die Polizei diese Nummer erhielt. Ihr eigenes Mobiltelefon und das, von dem aus sie diesen Privatdetektiv angerufen hatte, lagen in irgendeinem Abfallbehälter auf dem Krankenhausparkplatz. Die Chipkarten landeten in einem Gulli. Der Perücken, Sonnenbrillen und anderer Kleidungsstücke hatte sie sich auf einer Flughafentoilette entledigt. Ihren alten Reisepass hatte sie gestern geschreddert, genauso wie Personalausweis, Kreditkarten und ähnliche Plastikkärtchen, die der zivilisierte Mensch so benötigte.

Rechtsanwältin Pinga Mondschein gab es nicht mehr. Als Helga Hauptrock flog sie nach Großbritannien und im direkten Anschluss weiter nach Bridgetown. Es waren drei heiße Wochen gewesen. Drei Wochen, in denen sich alles geändert hatte. Nicht nur, dass sie sich aus den Fesseln ihres Auftraggebers befreit hatte, wovon dieser noch gar nichts wusste, sondern sich nur wundern würde, warum sie morgen früh nicht im Gefängnis antanzen würde, gleichzeitig ein paar Millionen abgezweigt hatte, die nun auf einer hübschen kleinen Bank auf Barbados auf sie warteten, Ihre Existenz war restlos ausradiert. Ja, auch sie selbst hatte sich verändert.

Aus der coolen Anwältin, der eiskalt kalkulierenden Powerlady ohne Privatleben war eine liebesbedürftige Frau geworden, die sich nach nichts anderem sehnte, als mit ihrem Schätzchen zusammen zu sein, gemeinsam das Leben zu genießen und dabei weder Karriere, Erfolg oder anderen lebensverhindernden Beschäftigungen nachzugehen.

Der Airbus war zum Einsteigen bereit, sie schritt zunächst langsam, dann schneller werdend durch den Tunnel, erreichte die Einstiegsluke und mit einem letzten großen Schritt betrat sie ihr neues Leben.

Hagens Ente und Grafs Vectra trafen fast gleichzeitig auf dem Parkplatz am Hauptbahnhof ein. Eilig stiegen alle Insassen aus und besprachen sich kurz, besser gesagt, Wanninger erteilte Befehle.

»Graf und ich gehen hier durch den Ost-, Ninus durch den Haupteingang. Die beiden Damen, die leider Gottes nun auch dabei sind, sollten hier im Wagen bleiben und Kommunikationszentrale spielen.«

Heftiger Protest mit Androhung von Liebes- und Freundschaftsentzug waren die Folge.

Wanninger winkte resigniert ab.

»Schon gut, schon gut. Zum Glück gibt es da noch einen Westeingang. Da stellen sich die Damen bitte hin. Und wenn ich hinstellen sage, meine ich, nicht reingehen. Ist das klar?«

Zweifaches Kopfnicken.

»Solltet ihr dort etwas bemerken oder sehen, unternehmt ihr nichts. Nichts! Gar nichts! Sondern zückt eure schnuckeligen Telefone und ruft mich brav an. Verstanden?«

Kopfnicken.

»Verstanden?«

»Yes, Boss.«

Die Schließfachanlage im Wiesbadener Bahnhof war leicht überschaubar. Es war daher auch schwierig, sie unbemerkt zu beobachten. Beppo und Graf waren, auf der einen Seite, Hagen auf der anderen so gut wie möglich in Deckung gegangen.

Es war kurz nach siebzehn Uhr, als ein grauhaariger, gebückt laufender alter Mann sich näherte, kurz stehen blieb, um anscheinend neue Kräfte für die nächsten Schritte zu sammeln. Dass er sich dabei unauffällig umschaute, bemerkten die drei Beobachter sofort.

Graf zog seine Dienstwaffe, Beppo signalisierte, noch zu warten, als Hagens Handy klingelte. Verdammt. Schnell drückte er die grüne Taste.

»Hier Sonderposten West. Keine besonderen Vorkommnisse«, meldete Lena.

Bevor Hagen sehr Unfreundliches sagen konnte, sah er, wie der Alte zu ihm herüberschaute, sich aufrichtete und losspurtete. Hagen war so perplex, dass er einen Augenblick zu lange zögerte. Dann rannte er dem Alten nach, der sich nun in keinster Weise mehr wie ein alter Mann bewegte. Er hörte Graf brüllen: »Halt stehen bleiben! Polizei. Bleiben Sie stehen.«

War es nun Schwerhörigkeit oder Ignoranz, jedenfalls reagierte der Angesprochene nicht, sondern setzte seine Flucht fort. Er rannte im Zickzack zwischen den Verkaufsständen hindurch, streifte einen jungen Mann, dessen Hamburger in hohem Bogen durch die Bahnhofshalle segelte, und war fast am Westausgang angelangt, als ihm Lena und Carla in den Weg traten.

Doch der Fuchs schlug einen Haken und ließ die beiden verblüfft stehen. Blitzschnell war er über die Straße hinweg und verschwand im angrenzenden Einkaufscenter. Während Graf und Hagen dem Flüchtenden nachhetzten, hatte Beppo, der sich nur langsam fortbewegte, Lahm angerufen und das MEK angefordert.

Eine halbe Stunde später. Das Einsatzkommando hatte alle Ein- und Ausgänge besetzt, ließ das Gebäude räumen und durchsuchte es systematisch.

Beppo, Hagen und die beiden Frauen standen an einem Bistrotisch in der Wartehalle. Graf leitete den Einsatz.

»Für uns gibt es nichts mehr zu tun«, bemerkte Wanninger und verzog angewidert das Gesicht, als er aus dem Becher eines Kaffeeautomaten trank. In einem hohen Bogen flog der Pappbehälter in den Plastiksack neben dem Automaten.

»Ekelhaftes Gift. Kein Wunder, dass die Menschheit zugrunde geht.«

»Was habt ihr euch dabei gedacht, mich einfach anzurufen?«, wandte sich Hagen ziemlich sauer an die beiden Frauen. »Das Klingeln hat ihn aufgescheucht und er hat sich sofort an mich erinnert. Schöne Scheiße.«

Carla und Lena sahen sich an. Carla streckte die Hand aus.

»Die Autoschlüssel, bitte!«

Lena ergänzte: »Grundkurs für Detektive, erster Teil: Bei Observierungen Handys auf stumm schalten. Zweiter Teil: Assistentinnen kündigen sofort, wenn sie unbegründet angemotzt werden und sich obendrein in einer zugigen Bahnhofshalle den Hintern abfrieren müssen. Ende des Grundkurses.«

Da es wenig sinnvoll war, in dieser Situation zu diskutieren, zog Hagen den Schlüssel aus der Tasche und gab ihn Carla. Gleichzeitig bemerkte er, wie ein rothaariger Mann zum Bahnsteig drei hetzte, um dort den Zug zu erreichen, der gleich abfahren sollte.

Hagen rannte los. Als er auf dem Bahnsteig ankam, sah er den Fuchs, der auf eine offenstehende Tür zueilte.

Das Abfahrtssignal ertönte. Der Fuchs stieg ein.

Er war auf der obersten Stufe angelangt, als Ninus ihn erreichte, mit der rechten Hand die Jacke zu fassen bekam und kräftig daran zog. Friedhelm Müller fiel rücklings heraus, riss Hagen mit zu Boden.

Beide lagen nebeneinander auf dem Bahnsteig. Müller griff in die Manteltasche, zog eine Pistole hervor. Bevor er auf Ninus zielen konnte, traf ihn ein Faustschlag mitten ins Gesicht.

Bundeskriminalamt

Im Büro des Bundeskriminalamts gab es Grund zum Feiern. Die bundesweite Durchsuchungsaktion in Versicherungsagenturen und Banken, die gestern und heute in Zusammenarbeit mit dem BKA, den Landeskriminalämtern und den regionalen Polizeibehörden durchgeführt worden war, war jetzt schon ein voller Erfolg.

Das Ausmaß der Betrügereien, bei denen es sich sicherlich um dreistellige Millionenbeträge handelte, war zwar bei Weitem noch nicht zu überblicken, aber die wenigen gesichteten Akten zeigten klar auf, wie die Agenturen gearbeitet hatten und inwieweit jeweils die Banken vor Ort darin verwickelt waren.

Auslöser dieser Aktion waren die in einer Wiesbadener Agentur gefundenen Unterlagen und die Ermittlungen in der *Allgemeinen Wiesbadener Bank*.

Über die Chefkonten des Vorstandsvorsitzenden Alexander de Rascalère hatte Paul Beyer das Schwarzgeld seiner geprellten Kunden und die der anderen Agenturen gewaschen und über dunkle Kanäle auf irgendwelchen Steueroasenkonten versickern lassen.

Nach der Beschlagnahme aller Akten des ermordeten Paul Beyer, sämtlicher Unterlagen aus den Privathäusern des verstorbenen Alexander und dessen Bruder, dem Exminister Berthold de Rascalère, wurde schnell klar, dass Typen wie Beyer oder die de Rascalères nur kleine Marionetten im großen Spiel waren.

Die Drahtzieher saßen in Staatskanzleien, Aufsichtsräten oder agierten sogar aus dem Gefängnis heraus. Zumindest dem verurteilten Andrej Doran Rolozko konnte man, dank der Unterlagen, die in einem Bankschließfach der ebenfalls verstorbenen Silke de Rascalère gefunden worden waren, die Federführung in dieser Sache eindeutig nachweisen.

Besonders erfreut war Staatsanwalt Wolfgang Lahm, als man ihm mitteilte, im Schließfach wäre auch eine schriftliche und unterschriebene Aussage gefunden worden, in der Rolozko als der Mörder Adrian Petrescus belastet wird. Zusammen mit Silkes protokollierten Aussagen im Polizeipräsidium und den Geständnissen der von Max Graf und Gabriele Kraft festgenommenen Helfer Rolozkos konnte der Mordprozess gegen ihn termingerecht beginnen.

Die Chancen, den ehemals smarten und beliebten Geschäftsmann und Frauenheld lebenslang hinter Gitter zu sperren, waren ausgesprochen gut.

Samstag, 23. Januar

»Fuchs gefangen!« Ninus Hagen legte siegesgewiss den Herzbuben auf das Karoass. Irritiert schaute Beppo ihn an.

»Woher weißt du das?«

»Weil das dein Fuchs ist und ich drüber trumpfe. Der Stich gehört mir, ergo: Fuchs gefangen.«

»Du weißt, dass ich *Re* gesagt habe. Daraus schließe ich, du spielst gegen mich?«

»Du hast eine Kreuzdame, richtig?«

»Also hast du keine Kreuzdame.«

»Du kombinierst ganz schön fix, Herr Kommissar ...«

»... und alle anderen wissen nun auch, dass du keine Kreuzdame hast. Und damit ist das, worauf es in diesem Spiel ankommt, nämlich herauszufinden, wer die beiden Kreuzdamen sind, von dir vorzeitig verraten worden.«

»Na und?«

Carla legt ebenfalls ihre Karten auf den Tisch.

»Wenn Beppo *Re* sagt, weißt du, ob du mit ihm oder gegen ihn spielst. Genauso verhält es sich bei den anderen. Nur wer die zweite Kreuzdame hat, weiß, dass er mit Beppo zusammen gegen die beiden anderen spielt. Aber das wiederum weiß Beppo nicht. Genauso wusste Lena, falls sie wie du keine Kreuzdame hat, dass sie gegen Beppo spielt, aber nicht, ob sie mit dir oder mit mir spielt. Durch deinen Ausruf *Fuchs gefangen*, hast du dir und Lena einen Vorteil verschafft, dadurch, dass Lena jetzt weiß, dass sie mit dir gegen mich und Beppo spielt, aber Beppo wüsste weiterhin nicht...«

Ninus gab Carla einen Kuss auf die Wange.

Spitzbübisch grinsend fragte er: »Ja, wo ist denn nun die zweite Kreuzdame?«

Genüsslich zog er eine Karte hervor und zeigte sie triumphierend herum. Es war die Kreuzdame.

»Kleiner Trick meinerseits«, säuselte Hagen süffisant.

»Na, super. Da versucht man, diesem Anfänger die Grundregeln des Spiels beizubringen, und der hat nichts Besseres zu tun, als zu mauscheln. Das Problem dabei ist, mein lieber Ninus, dass du mich, in diesem Falle deinen Partner, genauso reingelegt hast, wie alle anderen. Verstehst du?

Beim Doppelkopf, wie im richtigen Leben, muss man besonders auf seine Freunde Rücksicht nehmen und sie nicht durch irgendwelche Tricks und Alleingänge in Gefahr bringen.«

Beppo hatte Hagen noch nicht verziehen, durch seinen Alleingang in de Rascalères Haus, ihn, Biggi, Lena und Carla in Lebensgefahr gebracht zu haben.

Blitzartig war im *La Chirona* die Eiszeit ausgebrochen. Biggi, die neben Wanninger saß und als fünfte Mitspielerin gerade pausierte, griff nach seiner Hand. Lena schaute sich ihre abgebrochenen Fingernägel an, Carla stand auf und murmelte: »Ich muss mal.«

Ninus schaute Beppo fest an. Lange, so lange, bis Wanninger dem Blick nicht mehr standhielt und zu grinsen begann.

»Du bist ein unmöglicher Typ. Eigensinnig und verantwortungslos. Selbstherrlich und unmündig. Trotz allem an und für sich ganz nett. Vergessen wir den alten Kram und wenden uns künftigen Ereignissen zu. Und dann noch eins, und das musst du mir beim Grabe deiner Mutter oder bei wem auch sonst versprechen: keine Alleingänge mehr. Keine Unbeteiligten in Gefahr bringen und vor allem besser Doppelkopf spielen lernen.« Ninus zögerte und bekam prompt unterm Tisch von Lena eine verpasst.

»Das habe ich bemerkt«, warf Biggi ein.

Hagen stand auf, bewegte sich Richtung Ausgang, drehte sich auf dem Absatz um, fasste Beppo an beiden Schultern und drückte angesichts der schmerzenden Wunden zaghaft zu.

»Versprochen, alter Freund. Ich werde mein Bestes geben. Großes Ehrenwort. Nur mit dem Doppelkopf – ich weiß nicht so recht.«

Carla, die von der Toilette zurück war und das Ende des Friedensangebotes mitbekommen hatte, stoppte an der Theke und orderte bei Alejandro eine Flasche Sekt.

Nachdem die Gläser geleert worden waren, setzten sich alle zurück an den Tisch. Es war beschlossene Sache, die Karten wegzulegen, wenigstens für eine Zeit lang. Kaum war die zweite Flasche geleert, kam Graf herein. Als ihm Sekt angeboten wurde, lehnte er nicht ab und trank sofort einen großen Schluck.

»Was verschafft uns die Ehre Ihres Besuchs an meinem freien Samstag. Privat sehen Sie wirklich nicht aus.«

»Ich hätte da ein paar Neuigkeiten, die Sie bestimmt interessieren und da ich noch ein paar Erledigungen in der Stadt hatte, dachte ich, ich schau kurz vorbei. Man trifft sich hier, was sich nun bestätigt hat«, dabei prostete er jedem Einzelnen zu und fuhr fort.

»Wie ich Sie kenne, Chef, wollen Sie nicht mit mir ins Séparée gehen, um meinen Bericht zu hören?«

»Das Thema ist durch, Graf. Erzählen Sie einfach.«

»Wo fange ich an. Schön. Bei der Hausdurchsuchung in de Rascalères Haus, hat die KTU einige Messer mitgenommen, die vom Format und der Klinge her zu den Stichen in Silkes Brustkorb passen konnten. Volltreffer. Gerade kam durch, dass noch Blutspuren festgestellt werden konnten, Blut der Madame de Rascalère. Da nutzt die ganze Abwischerei nichts, Otto findet immer etwas.

Das Gleiche an ein paar alten Turnschuhen, da ist wohl was unbemerkt draufgespritzt. Womit eindeutig geklärt wäre, wer Silke de Rascalère ermordete. Was auch mit der Aussage unseres Rotschopfs...«

»... Wie bitte? Lena?«, unterbrach ihn Carla.

»... nicht die Frau Rotmilch. Der, der im Knast, äh, ich meine, bei uns im Präsidium zu Gast ist und sich der Fuchs nennt. Entschuldigung, wenn es da fast zu einem Missverständnis gekommen wäre, gnädige Frau.«

Hagen und Wanninger konnten sich kaum beherrschen. An Grafs rot aufleuchtenden Backen, wenn er Biggi sah, hatte man sich bereits gewöhnt, aber dass er zu stammeln begann? Biggi musste einen bleibenden Schaden bei ihm angerichtet haben.

»Der Fuchs gibt die Entführung zu, beteuert aber vehement, Frau de Rascalère nicht getötet zu haben. Alexander habe ihn nach Strich und Faden besch... – Pardon – betrogen. Die Entführung sei mit ihm abgesprochen gewesen, das Lösegeld sein Lohn. Aber der Koffer sei leer gewesen. Zu den Vorkommnissen im Wildpark schweigt er sich aus.«

Graf nahm noch einen Schluck und fuhr fort: »Sie erinnern sich noch an die Handynummer, die auf dem Zettel stand, den wir in der Wohnung im Schelmengraben gefunden haben?«

»Sie meinen die, die zu einem Telefon von Rolozko gehörte?«

»Genau. Das gute Stück wurde gefunden. In einem Versteck in Rolozkos Zelle. Im LKA schütteln alle den Kopf darüber, wie blöd Rolozko war, keine anonyme Prepaidkarte für seine Anrufe zu benutzen und nicht die Nummernunterdrückung aktiviert zu haben. Da lässt sich wunderbar nachverfolgen, mit wem der Herr so alles telefoniert hat. Erste Auswertungen haben ergeben, dass seine Anwältin an erster Stelle steht, wen wundert es, gefolgt von de Rascalère. Die Mondschein war es sicherlich auch, die ihm das Telefon in die Zelle geschmuggelt hat. Dafür können wir sie drankriegen. Vorausgesetzt, wir finden sie. Die Holde ist nämlich seit Dienstag verschwunden. Ihr gemieteter Wagen wurde am Flughafen entdeckt. Außer ein paar grünen Kontaktlinsen im Handschuhfach hat die KTU nichts gefunden, was uns irgendwie weiterhelfen könnte.«

Zufrieden mit seinem Vortrag leerte Max Graf sein Glas und stand auf.

»Lieber Graf, wir danken Ihnen für Ihren Bericht. Bleiben Sie bei uns. Möglicherweise bekommen wir vom Wirt auch irgendwann was zu essen, wozu ich Sie gerne einladen würde.«

»Vielen Dank, Chef, aber Sie wissen doch, Sabine wartet auf mich«, dabei blinzelte er Beppo verschwörerisch zu.

In der Tür stieß Graf mit einem hereinstürmenden Mann zusammen, der sich überschwänglich entschuldigte, Graf die Tür aufhielt und ihn mit einer Verbeugung hinausgehen ließ.

Strahlend kam Klaus Krückemeyer an Hagens Tisch.

»Habe gehört, hier soll ein flottes Doppelkopf-Spielchen laufen. Da habe ich gedacht, los Klaus, mach dich aus dem Sender raus und schwebe in die Landeshauptstadt rüber, um ein bisschen mitzumischen. Und schwupps, da bin ich«.

Nach allseitiger Begrüßung, Umarmungen und kleinen Scherzen trat abrupt feierliche Stille ein, als Alejandro das Licht im Lokal löschte und Elisabeth einen zweistufigen Servierwagen voller exzellenter Tapas, dekoriert mit funkelnden Wunderkerzen, hereinschob.

Das allgemeine Hallo und Ooh und Aah verstummte ziemlich schnell, denn alle hatte einen Riesenhunger und stürzten sich auf die Delikatessen.

Nach einer guten Stunde waren die Tonschälchen und Teller leer gefegt, die Bäuche gut gefüllt und schweigend begannen die Freunde den Verdauungsprozess, unterstützt natürlich von Alejandros Selbstgebranntem.

In die Ruhe hinein fragte KK neugierig: »Was habt ihr die drei vergangenen Wochen so alles getrieben?«

Hamburg, Hauptbahnhof

Wie schon seit vier Tagen stellte sich die 54-jährige Irene Mann pünktlich um 21:52 Uhr an den Kopf des Bahnsteigs Nummer 11 im Hamburger Hauptbahnhof. Sie wartete auf den ICE 70 aus Frankfurt. Jeden Aussteigenden betrachtete sie eingehend und stand noch dort, als der letzte Fahrgast längst an ihr vorübergegangen war.

Sie seufzte. Bedrückt und mit langsamen, schweren Schritten schlurfte sie Richtung Ausgang. Morgen würde sie wiederum hier sein und erneut warten. Sie war fast an dem Zeitungsgeschäft vorbei gelatscht, als ihr Blick zufällig auf die Schlagzeile der Abendpost fiel: *Ausbrecherkönig endlich gefasst!* Darunter ein großes Foto.

Ein Foto von Georg. Ihrem Georg! Verwirrt kaufte sie die Ausgabe, setzte sich auf einen der freien Stühle am Bierstand und begann zu lesen.

Sie erfuhr, dass Georg in Wirklichkeit Friedhelm hieß und ein seit acht Jahren gesuchter Schwerverbrecher war. Ihr Georg ein Verbrecher!

Still und leise setze ihr Herz aus.

Irene kippte vom Stuhl, Handtasche und die Zeitung unter sich begrabend.

Barbados

Am Strand von Sandy Lane waren nur noch wenige Liegestühle besetzt. Die Sonne würde gleich untergehen und die Insel mit einem kräftigen Rot überfluten.

Andrea Gurutze, die jetzt Anna Mayer hieß, drückte ihr Glas mit dem erfrischenden Cocktail in den Sand, beugte sich zu ihrer Nachbarin hinüber und küsste sie. Lange und intensiv. Dann griff sie nach dem Cocktailglas.

»Das hätte ich mir nie träumen lassen. Nach unserer ersten Begegnung an Silvester, wie weit das bereits weg ist, nach unserer ersten stürmischen Nacht, unseren ersten zaghaften Planungen haben wir das Ding wirklich durchgezogen. Es kommt mir so unrealistisch, so unglaublich vor. Ich wache oft auf und kneife mich in den Oberschenkel, um sicher zu sein, dass das alles Realität ist. Wir haben es geschafft, Pinga!«

»Helga! Gewöhn dich dran, Anna. Pinga Mondschein ist gestorben, genauso wie Andrea Gurutze.

Wir hatten viel, viel Glück. Zwei Zufälle haben uns den Weg gezeigt. Dass du mit Alexander zusammen warst, obwohl du erwiesenermaßen mehr auf Frauen stehst, war der eine und Rolozkos Auftrag, Silke de Rascalère zum Schweigen zu bringen, der zweite. Da mussten wir einfach zugreifen.«

»Aber wie du das geplant und ausgeführt hast, da kann einem Angst und Bange werden.

Allein die Idee, Alexander zu sagen, es sei abgesprochen, nichts in den Lösegeldkoffer zu tun, damit der Fuchs bereit ist, ihn umzubringen, oder Alexander den angeblichen Befehl von Rolozko auszurichten, er solle die Schweizer Konten abräumen. Das war einfach klasse. Vor allem aber, dass du genau vorhergesehen hast, wie die anderen reagieren würden, unglaublich.«

»Ach, Anna. Menschen sind so berechenbar und Männer besonders. Mit Geld, Macht und Sex bringst du jeden Kerl dazu, das zu machen, was du willst. Was zu beweisen war.«

»Eins musst du mir versprechen. Irgendwann ziehst du die schwarzen Klamotten an, stülpst dir eine Maske über und entführst mich. Ich habe mir fast in die Hosen gemacht, als du in die Kajüte gestürmt kamst. Das war so echt. Den anschließenden Flug mit dem Helikopter allerdings müssen wir nicht wiederholen. Auch keine Sprengungen ausführen. So was sollte man wirklich nur einmal im Leben ausprobieren. Schade um den Hubschrauberpiloten, der war wirklich sexy, oder?«

»Anna!«

»Ist doch nur ein Spiel.«

GAME OVER

Sonnenkönig

… Lifka zieht alle Register seiner Kunst, um den Leser bei der Stange zu halten und versteht es immer wieder eine unerwartete Wendung einzusetzen …

IM MEDIENDSCHUNGEL Der Wiesbadener Privatdetektiv Ninus Hagen erhält den Auftrag, die Botschafter-Tochter Carla Cosian zu überwachen. Gleichzeitig bittet ihn die Journalistin Lena Rotmilch, Informationen über Kordula Crown zu beschaffen, da sich diese, Geschäftsführerin einer Medienagentur, bedroht fühlt.

Kaum hat Ninus die Bewachung von Carla übernommen, findet er sie mit blutverschmierten Händen über die Leiche ihres Bruders Paul gebeugt. Auch sein zweiter Auftrag scheint ziemlich schnell zu enden: Kordula Crown wird ermordet, bevor es zu einem Treffen kommt. Doch Ninus und Lena recherchieren auf eigene Faust weiter. Alle Spuren weisen in die Welt der Medienagenturen. Insbesondere der Chef eines großen Firmenimperiums, Andrej Rolozko, in der Branche als der *Sonnenkönig* bekannt, rückt immer deutlicher in den Fokus der Ermittlungen …

Richard Lifka
Sonnenkönig
280 Seiten Paberback
ISBN 978-3-8392-1096-3

HILFE!
10 Beatles-Krimis

... Eine wundervolle Unterhaltung für jeden Leser, und ein ganz großes Vergnügen für den Beatles-Fan oder Kenner ...

Kenntnisreich kombinieren Lifka/Pfarr ihr umfangreiches Wissen über Leben und Werk der Beatles mit Krimihandlungen, die so bizarr, spannend, überraschend oder witzig sind, dass man nur warnen kann:

Die Krimihandlung und fast alle Personen sind völlig frei erfunden, eventuelle Ähnlichkeiten sind jedoch nicht stets rein zufällig ...

Für viele Leserinnen und Leser werden die 10 Beatles-Krimis von ***Hilfe!*** auch zu einer Reise in die eigene Vergangenheit, nämlich in das Lebensgefühl der 60er-, 70er-Jahre – eine *Magical Mystery Tour*.

Lifka / Pfarr
HILFE! 10 Beatles-Krimis
160 Seiten Paperback
ISBN 978-3-942291-24-8